中国20世纪名家散文经典

徐志摩散文集

徐志摩◎著
林非◎主编

他的人生观真是一种单纯的信仰，这里面只有三个词：一个是爱，一个是自由，一个是美。

陕西新华出版
太白文艺出版社·西安

图书在版编目（CIP）数据

徐志摩散文集 / 徐志摩著. -- 西安 : 太白文艺出版社, 2016.3（2024.5重印）
（中国20世纪名家散文经典 / 林非主编）
ISBN 978-7-5513-0883-0

Ⅰ. ①徐… Ⅱ. ①徐… Ⅲ. ①散文集－中国－现代 Ⅳ. ①I266

中国版本图书馆CIP数据核字(2016)第004632号

徐志摩散文集
XU ZHIMO SANWENJI

作　　者　徐志摩
主　　编　林　非
责任编辑　王大伟　荆红娟　张　笛
整体设计　和兴文化
出版发行　太白文艺出版社
经　　销　新华书店
印　　刷　三河市嵩川印刷有限公司
开　　本　700mm×960mm　1/16
字　　数　176千字
印　　张　11.5
版　　次　2016年3月第1版
印　　次　2024年5月第2次印刷
书　　号　ISBN 978-7-5513-0883-0
定　　价　42.80元

联系电话：029-81206800
出版社地址：西安市曲江新区登高路1388号（邮编：710061）
营销中心电话：029-87277748　029-87217872

主　编　林　非
副主编　陈华昌
编　委　（以姓氏笔画为序）
王湜华　乔继堂
刘应争　张品兴
苏　冰　李晓丽
惠西平

序　　言

林　非

徐志摩已经去世半个多世纪了，然而他短短十余年创作生涯中所留下的散文篇章，在今天还产生着不小的影响，不仅在大学中文系的现代文学课程中，抑或是关于这方面的研究论著里面，都还提及和分析他有关的作品，而且在广泛的青年文学爱好者中间，他的有些散文作品也依旧被传诵着。

这是什么原因呢？

我想最为重要的原因，无非是在思想表现和艺术风格这两个方面，他都有自己明显的特征：这就在于他的散文能够较为坦率地倾诉自己内心的苦闷与彷徨，因此很容易引起读者的同情和共鸣；他的散文在艺术表现方面，抒写得分外的秾丽，显出一种雕琢美的风致，在这方面也能够给读者留下鲜明的印象，因而才易于文传不衰，赢得好几代读者的青睐。

徐志摩创作的旺盛期，正处于本世纪二十年代文化与社会思潮激烈变化的氛围中间，他基本上是接受了“五四”启蒙主义思潮的影响，追求思想与精神的解放，向往着整个民族都能够走向美好和理想的前景。但是在当时军阀混战的黑暗环境里面，他尽管有强烈的正义感，抗议过“三·一八”惨案的屠戮青年学生，深感“杀死的不仅是青年们的生命，我自己的思想也仿佛遭着了致命的打击，比是国务院前的断脰残肢，再也不能回复生动与连贯”，他在愤慨的同时，也被屠戮与流血吓坏了，他确实不具备被强烈使命感所燃烧的社会斗士的气质，他还进一步这样剖析自己，“爱和平是我的生性，在怨毒、猜忌、残杀的空气中，我的神经每每感受一种不可名状的压迫”，于是他借用一位知交的话来自慰，“不要把不必要的负担，放上支撑不住的肩背，压坏你自己”，“不要迷了，定下心来享你现成的福分吧”，“你是原来轻松的，这是多可羡慕，多可贺喜的一个

发见”(《自剖》)。

这些似乎都是自暴自弃的话儿，却也是十分真诚的自我解剖，用他自己的话来说，是一种“真的感到绝望的呼声”(《求医》)。由于种种错综复杂的生理机能、家庭教养和社会影响之原因，人的心理、气质、个性、性格和命运，都是很不相同的，徐志摩的整个人生哲理与涵养，决定了他只能沉溺在自己这种思想的深渊中，就像这样自暴自弃地苦闷和彷徨下去，同时还尽量享受着“原来轻松的”“现成的福分”。他已经很真诚地谴责了自己，我们如果再去谴责他，似乎有点儿过于苛刻了，看来最重要和最根本的，还是应该谴责使这种思想得以产生的黑暗与残酷的社会。

正是这个被吓坏了的灵魂，像中国历史上很多因恐惧被杀而退隐的士大夫那样，也用醇酒为人来销愁了。他是多么津津有味地咀嚼着淫逸的人生，兴致勃勃地通过一个裸体欣赏者的叙述，抒写了花都巴黎“一个最荒唐、最艳丽、最秘密的梦”(《肉艳的巴黎》)。而当他于深更半夜，坐在北京城边一个素不相识的外国姑娘坟头时，竟萌发出一串想入非非的邪念，一厢情愿地幻想自己“枯槁的形容正配与墓墟中人作伴”(《死城》)。

徐志摩这种佻㒓的思想感情，在不少旁的篇章中也有所流露，散文集《巴黎的鳞爪》前边的短序，在描绘自己情调庸俗的闺房乐趣时，毫不掩饰地承认这是一种“轻薄相”，看来他是有自知之明的。这是因为他原来正像自己在《女子》这篇散文中表现的那样，充满着追求男女平等和尊重妇女的现代意识，所以他就不能不深深地感受到，如果不是用平等的态度去对待性爱，那就显得很恶俗和猥劣了，正是由于蕴藏着这样的思想契机，他在面对着有些妇女不幸的命运时，就常常会流露出充满了人道主义的同情心。

他确实是想用一种高尚的标尺去衡量和要求自己，只是因为黑暗和险恶的社会政治局面，压垮了他的思想与心灵，他就不得不在沉痛的自我麻醉中打发日子。他的心灵中真的存在着这种两重性的因素，请看他在眺望北戴河海滨的壮阔波澜时，是多么的渴望和幻想着“冒险”与“斗争”，“从斗争中求剧烈的生命之意义”，然而顷刻间又堕入“现在的实在”中，一切都“幻术似的灭了，灭了，一个可怕的黑暗的空虚”(《北戴河海滨的幻想》)。针对这种思绪，他要求自己“还得往底里按，往更深处剖”，甚

至苛刻地贬抑自己“是天上星星与地上泥土间爬着的虫”(《再剖》)。这种严酷得近乎神经质的自我解剖，无疑是很畸形和可怕的，显出他已经堕入了一条空虚和幽暗的人生之路，然而他这种对自己不留情面的自我解剖精神，又不能不让读者由衷的同情。像这样严酷地苛求自己的心态，总比漫无边际的自吹自擂要好得多吧。这也许正是他的散文作品至今还赢得读者的重要原因。

由于自己的思想日益陷落于“黑暗的空虚”中，徐志摩就更趋于一种迷惘的状态，他似乎已经弄不清楚中国应该走向何方？在当时落后和贫弱的中国，离开他于英国留学时所接受的西方资本主义文明的熏陶，觉得这两者之间实在是有着异常遥远的距离，他对故国的现状是不满意的，想加以改变的，然而要踏上社会主义的新路呢？他又是怀疑和反对的，于是就弹起了惆怅的心曲：“我不知道风是在哪一个方向吹。”(《我不知道风——》)从他的内心深处来说，肯定是想走上英国式的自由和民主的道路。

在“五四”落潮期的二十年代，原来的启蒙主义目标远未完成，而马克思主义的新启蒙运动又风起云涌似的兴起。至于从现实社会情状的根本原因来说，由于政局的混乱和动荡，广大人民处于水深火热的贫困生活之中，这就不能不影响和制约着思想文化的论争变得愈益急剧起来，在这样激烈的思想论战之中，几乎每一个哪怕是声言自己“幻术似的灭了”的文化人，都不可能完全超脱，总会或明显或隐约地发表自己的有关见解，否则也就不成其为敏感的文化人了。徐志摩确实曾在当时纷纭的思想论争中，小试过自己的锋芒。

留学英国归来的他，受到英国文明的影响实在太深了，他对英国无疑是抱着一种偏爱的态度。在二十年代中期反对英、日等帝国主义的群众性斗争热潮中，他抱着一种强烈反感的情绪，他在一篇谈论罗曼·罗兰的随笔中，竟情不自禁地说道，“如其有人拿一些时行的口号，什么打倒帝国主义等等，或是分裂与猜忌的现象，去报告罗兰先生说这是新中国，我再也不能预料他的感想了”(《罗曼·罗兰》)。其实反对帝国主义的侵略行径与屠杀中国人民的罪恶，这种正义的运动跟参照与吸取西方资本主义近代文明中健康合理的因素，本来完全可以加以严格的区别，两者是并行不悖的。徐志摩却将它们完全混淆起来，这不能不说是他思想上的一

种局限与弱点。这倒很像我们今天有些受“左”倾思潮影响的批评家那样，他们只会坚持反对帝国主义的侵略，却摒弃在这同时参照和吸取西方资产阶级近代文明的长处。他们自然是跟徐志摩持着完全相反的政治立场和态度，可是形而上学和机械论的方法，实在是太相似了。这作为文化史上一种有趣的现象加以提及，似乎很有点儿诙谐的历史意味吧。

对于徐志摩散文的思想倾向，进行了上述简单的分析之后，就要进一步探讨它的艺术风格问题了。我在前面已经说过，徐志摩散文的总体风格，是一种充满了秾丽的色彩的雕琢美。对于秾丽和雕琢的文风，历来就有人喜爱，自然也有人历来就加以反对。中国最早的文学批评著作《诗品》，对于这一点看来也是加以肯定的。譬如它的作者钟嵘就认为曹丕是“美赡可玩”，曹植是“词采华茂”，陆机是“才高词赡，举体华美”，张华是“巧用文字，务为妍冶”，就属于这样的情况。他在评论刘桢时，还惋惜他“雕润恨少”，而说颜延之“错采镂金”这含有贬意的话，则是引自别人的话。看来秾丽华赡和刻意雕琢的风格，确实会有人喜爱，徐志摩的散文正由于十分明显地表现了这样的特点，才获得了自己的许多喜爱者。著名的小说家和散文家沈从文就是从这样的角度，称赞他“成就的华丽局面，在国内还没有相似的另一人”（《〈轮盘〉的序》）。

就秾丽和雕琢这样的艺术风格来说，徐志摩所取得的成绩，在中国现代散文史上确实是堪称独步的。他不少著名的散文篇章，几乎都表现出这些异常鲜明的审美个性。喜爱阅读这些作品的散文爱好者，确实会从这儿获得旁的散文家所无法取代的审美愉悦。徐志摩在这方面取得的艺术成就，应该加以充分的肯定。正是他这些篇章所闪烁出来的特有的色彩与光泽，使中国现代散文的百花园变得更为绚烂和丰满，而像这样的使艺术风格趋于多样化，才有可能更好地丰富读者的心灵，极大地提高读者审美的情操和能力。

不过徐志摩在渲染这种秾丽和雕琢的文风时，往往会显得色彩过于浓厚，词藻过于稠密。他有一篇描写新加坡风光的散文，题目就叫作《浓得化不开》，用这来形容他散文创作总体的艺术风格，倒是很能够说明问题的，正是因为太浓厚了，太稠密了，下笔太没有节制了，自然就会显得“浓得化不开”，从而影响了鲜明形象的表达，和满腔热情的宣泄。多少

读者被这些排山倒海似的词藻所袭击,而很想从中获得的形象和感情,却被淹没了,被阻塞了,这样就不能不造成一种晦涩的印象。正是过于秾丽的色彩,过于稠密的词藻所造成的晦涩,从读者接受的角度来说,在阅读时可能会感到有一种沉重的负担,把自己压抑得有点儿喘不过气来。然而在经过这样紧张地阅读之后,却又感到无法留下清晰和充满层次感的印象,而只是觉得有一座杂乱地堆砌在一起的艺术原料。缺乏深沉情感和鲜明形象的浓厚与稠密,确实是只能给读者造成松散的感受,这也许是一种具有辩证意味的艺术经验吧!

《我所知道的康桥》是徐志摩很著名的散文,在他众多篇章中也应该说是写得相当流畅的,然而他总是不喜欢羌无故实地去展开风景描绘,常常被自己也认为是“极肤浅的道理”之哲理所打扰。叙述起来缺乏应有的层次,在相当繁复的铺陈中,并不去充分叠现鲜明的形象,抒发自己内心深处的情感。因此令人在读完之后,对于他所刻意渲染的康桥,多少还犹似置身于迷雾中的感觉。徐志摩曾说过自己的散文“不是质地太杂,就是笔法太乱或是太松”(《〈落叶〉序》),这是一种坦率和要求得很严格的“自剖”。在艺术上显得有点儿“杂”“乱”和“松”的情况,在《我所知道的康桥》中似乎也多少有所流露。

总之,从审美的角度来说,秾丽和雕琢的风格是自有其长处的。尽管散文创作的最高审美境界,应该是异常流畅和充满光泽的单纯、简洁与精确的美,秾丽和雕琢的美,应该是从原始状态的朴素,走向这种单纯,简洁与精确美的中间环节,是这种趋于完全成熟过程中的“否定之否定”的桥梁。由于主观和客观的种种复杂原因,无法强求每一位散文家都达到这最高的境界,艺事艰辛,不应苛求,能够很自如地写出秾丽和雕琢美的作品,已经是很大的成就了。令人惋惜的是徐志摩在这种风格的抒写中,未能充分处理好形象的凸出,和感情的融和这两个方面。从他写作的才能来说,其实是完全可以做到这一步的,而这一点如果真的实现了,他一定会取得更大的艺术成就。由于他英年夭逝,自然是永远也无法做到这一点了,只有留给喜爱追踪这种艺术风格的后继者,努力去追求和实现了。

1992年7月28日于北京

目　　录

印度洋上的秋思

昨夜中秋。黄昏时西天挂下一大帘的云母屏，掩住了落日的光潮，将海天一体化成暗蓝色，寂静得如黑衣尼在圣座前默祷。过了一刻，即听得船梢布篷上窸窸窣窣啜泣起来，低压的云夹着迷蒙的雨色，将海线逼得像湖一般窄，沿边的黑影，也辨认不出是山是云，但涕泪的痕迹，却满布在空中水上。

又是一番秋意！那雨声在急骤之间，有零落萧疏的况味，连着阴沉的气氳，只是在我灵魂的耳畔私语道:“秋!”我原来无欢的心境，抵御不住那样温婉的浸润，也就开放了春夏间所积受的秋思，和此时外来的怨艾构合，产出一个弱的婴儿——“愁”。

天色早已沉黑，雨也已休止。但方才啜泣的云，还疏松地幕在天空，只露着些惨白的微光，预告明月已经装束齐整，专等开幕。同时船烟正在莽莽苍苍地吞吐，筑成一座蟒鳞的长桥，直联及西天尽处，和轮船泛出的一流翠波白沫，上下对照，留恋西来的踪迹。

北天云幕豁处，一颗鲜翠的明星，喜孜孜地先来问探消息，像新嫁媳的侍婢，也穿扮得遍体光艳。但新娘依然姗姗未出。

我小的时候，每于中秋夜，呆坐在楼窗外等看“月华”。若然天上有云雾缭绕，我就替“亮晶晶的月亮”担扰。若然见了鱼鳞似的云彩，我的小心就欣欣怡悦，默祷着月儿快些开花，因为我常听人说只要有“瓦楞”云，就有月华；但在月光放彩以前，我母亲早已逼我去上床，所以月华只是我脑筋里一个不曾实现的想象,直到如今。

现在天上砌满了瓦楞云彩,霎时间引起了我早年许多有趣的记忆——但我的纯洁的童心,如今哪里去了!

月光有一种神秘的引力。她能使海波咆哮,她能使悲绪生潮。月下的喟息可以结聚成山,月下的情泪可以培畴百亩的畹兰,千茎的紫琳耿。我疑悲哀是人类先天的遗传,否则,何以我们儿年不知悲感的时期,有时对着一泻的清辉,也往往凄心滴泪呢?

但我今夜却不曾流泪。不是无泪可滴,也不是文明教育将我最纯洁的本能锄净,却为是感觉了神圣的悲哀,将我理解的好奇心激动,想学契古特白登来解剖这神秘的"眸冷骨累"。冷的智永远是热的情的死仇。他们不能相容的。

但在这样浪漫的月夜,要来练习冷酷的分析,似乎不近人情!所以我的心机一转,重复将锋快的智力剧起,让沉醉的情泪自然流转,听他产生什么音乐,让绻缱的诗魂漫自低回,看他寻出什么梦境。

明月正在云岩中间,周围有一圈黄色的彩晕,一阵阵的轻霭,在她面前扯过。海上几百道起伏的银沟,一齐在微叱凄其的音节,此外不受清辉的波域,在暗中坟坟涨落,不知是怨是慕。

我一面将自己一部分的情感,看入自然界的现象,一面拿着纸笔,痴望着月彩,想从她明洁的辉光里,看出今夜地面上秋思的痕迹,希冀她们在我心里,凝成高洁情绪的菁华。因为她光明的捷足,今夜遍走天涯,人间的恩怨,哪一件不经过她的慧眼呢?

印度的Ganges(埂奇)河边有一座小村落,村外一个榕绒密绣的湖边,坐着一对情醉的男女,他们中间草地上放着一尊古铜香炉,烧着上品的水息,那温柔婉恋的烟篆,沉馥香浓的热气,便是他们爱感的象征。月光从云端里轻俯下来,在那女子脑前的珠串上,水息的烟尾上,印下一个慈吻,微哂,重复登上她的云艇,上前驶去。

一家别院的楼上,窗帘不曾放下,几枝肥满的桐叶正在玻璃上摇曳斗趣,月光窥见了窗内一张小蚊床上紫纱帐里,安眠着一个安琪儿似的小孩,她轻轻挨进身去,在他温软的眼睫上,嫩桃似的腮上,抚摩了一会儿。又将她银色的纤指,理齐了他脐圆的额发,蔼然微哂着,又回她的云海去了。

一个失望的诗人,坐在河边一块石头上,满面写着幽郁的神情,他爱人的倩影,在他胸中像河水似的流动,他又不能在失望的渣滓里榨出些微甘液,他张开两手,仰着头,让大慈大悲的月光,那时正在过路,洗沐他泪腺湿

肿的眼眶，他似乎感觉到清心的安慰，立即摸出一支笔，在白衣襟上写道：

月光，
你是失望儿的乳娘！

面海一座柴屋的窗棂里，望得见屋里的内容：一张小桌上放着半块面包和几条冷肉，晚餐的剩余，窗前几上开着一本家用的圣经，炉架上两座点着的烛台，不住地在流泪，旁边坐着一个皱面驼腰的老妇人，两眼半闭不闭地落在伏在她膝上悲泣的一个少妇，她的长裙散在地板上像一只大花蝶。老妇人掉头向窗外望，只见远远海涛起伏，和慈祥的月光在拥抱密吻，她叹了声气向着斜照在圣经上的月彩嗫道：

“真绝望了！真绝望了！”

她独自在她精雅的书室里，把灯火一齐熄了，倚在窗口一架藤椅上，月光从东墙肩上斜泻下去，笼住她的全身，在花砖上幻出一个窈窕的倩影，她两根垂辫的发梢，她微澹的媚唇，和庭前几茎高峙的玉兰花，都在静谧的月色中微颤，她加她的呼吸，吐出一股幽香，不但邻近的花草，连月儿闻了，也禁不住迷醉，她腮边天然的妙涡，已有好几日不圆满：她瘦损了。但她在想什么呢？月光，你能否将我的梦魂带去，放在离她三五尺的玉兰花枝上。

威尔斯西境一座矿床附近，有三个工人，口衔着笨重的烟斗，在月光中间坐。他们所能想到的话都已讲完，但这异样的月彩，在他们对面的松林，左首的溪水上，平添了不可言语比说的妩媚，唯有他们工余倦极的眼珠不阖，彼此不约而同今晚较往常多抽了两斗的烟，但他们矿火熏黑、煤块擦黑的面容，表示他们心灵的薄弱，在享乐烟斗以外，虽然秋月溪声的戟刺，也不能有精美情绪之反感。等月影移西一些，他们默默地扑出了一斗灰，起身进屋，各自登床睡去。月光从屋背飘眼望进去，只见他们都已睡熟；他们即使有梦，也无非矿内矿外的景色！

月光渡过了爱尔兰海峡，爬上海尔佛林的高峰，正对着静默的红潭。潭水凝定得像一大块冰，铁青色。四周斜坦的小峰，全都满铺着蟹青和蛋白色的岩片碎石，一株矮树都没有。沿潭间有些丛草，那全体形势，正像一大青碗，现在满盛了清洁的月辉，静极了，草里不闻虫吟，水里不闻鱼跃；只有石缝里潜涧沥淅之声，断续地作响，仿佛一座大教堂里点着一星小火，益发对照出静穆宁寂的境界，月儿在铁色的潭面上，倦倚了半晌，重复拔起她的银舄，过山去了。

昨天船离了新加坡以后，方向从正东改为东北，所以前几天的船梢正对落日，此后“晚霞的工厂”渐渐移到我们船向的左首来了。

昨夜吃过晚饭上甲板的时候，船右一海银波，在犀利之中涵有幽秘的彩色，凄清的表情，引起了我的凝视。那放银光的圆球正挂在你头上，如其起靠着船头仰望。她今夜并不十分鲜艳：她精圆的芳容上似乎轻笼着一层藕灰色的薄纱；轻漾着一种悲喟的音调；轻染着几痕泪化的雾霭。她并不十分鲜艳，然而她素洁温柔的光线中，犹之少女浅蓝妙眼的斜瞟；犹之春阳融解在山巅白云反映的嫩色，含有不可解的迷力，媚态，世间凡具有感觉性的人，只要承沐着她的清辉，就发生也是不可理解的反应，引起隐复的内心境界的紧张，——像琴弦一样，——人生最微妙的情绪，戟震生命所蕴藏高洁名贵创现的冲动。有时在心理状态之前，或于同时，撼动躯体的组织，使感觉血液中突起冰流之冰流。嗅神经难禁之酸辛，内藏汹涌之跳动，泪腺之骤热与润湿。那就是秋月兴起的秋思——愁。

昨晚的月色就是秋思的泉源，岂止，直是悲哀幽骚悱怨沉郁的象征，是季候运转的伟剧中最神秘亦最自然的一幕，诗艺界最凄凉亦最微妙的一个消息。

今夜月明人尽望，不知秋思在谁家。

中国字形具有一种独一的妩媚，有几个字的结构，我看来纯是艺术家的匠心：这也是我们国粹之尤粹者之一。譬如“秋”字，已经是一个极美的字形；“愁”字更是文字史上有数的杰作；有石开湖晕，风扫松针的妙处，这一群点画的配置，简直经过柯罗的画篆，米佗朗其罗的雕圭，Chopin 的神感；像——用一个科学的比喻——原子的结构，将旋转宇宙的大力收缩成一个无形无踪的电核；这十三笔造成的象征，似乎是宇宙和人生悲惨的现象和经验，吁喟和涕泪，所凝成最纯粹精密的结晶，满充了催迷的秘力。你若然有高蒂闲（Gautier）异超的知感性，定然可以梦到，愁字变形为秋霞黯绿色的通明宝玉，若用银槌轻击之，当吐银色的幽咽电蛇似腾入云天。

我并不是为寻秋意而看月，更不是为觅新愁而访秋月；蓄意沉浸于悲哀的生活，是丹德所不许的。我盖见月而感秋色，因秋窗而拈新愁：人是一簇脆弱而富于反射性的神经！

我重复回到现实的景色，轻裹在云锦之中的秋月，像一个遍体蒙纱的女郎，她那团圆清朗的外貌像新娘，但同时她幂弦的颜色，那是藕灰，她踟躇的行踵，掩泣的痕迹，又使人疑是送丧的丽姝。所以我曾说：

秋月呀?
我不盼望你团圆。

这是秋月的特色,不论她是悬在落日残照边的新镰,与"黄昏晓"竞艳的眉钩,中宵斗没西陲的金碗,星云参差间的银床,以至一轮腴满的中秋,不论盈昃高下,总在原来澄爽明秋之中,遍洒着一种我只能称之为"悲哀的轻霭",和"传愁的以太"。即使你原来无愁,见此也禁不得沾染那"灰色的音调",渐渐兴感起来!

秋月呀!
谁禁得起银指尖儿
浪漫地搔爬呵!

不信但看那一海的轻涛,可不是禁不住她一指的抚摩,在那里低徊饮泣呢!就是那:

无聊的云烟,
秋月的美满,
熏暖了飘心冷眼,
也清冷地穿上了轻缟的衣裳,
来参与这
美满的婚姻和丧礼。

十月六日志摩

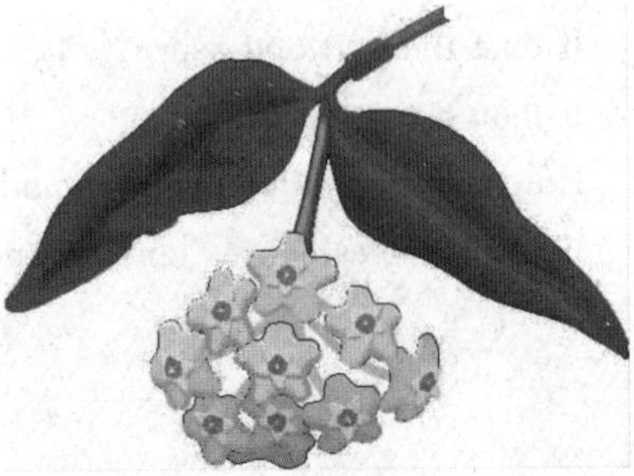

曼殊斐儿

这心灵深处的欢畅，
这情绪境界的壮旷；
任天堂沉沦，地狱开放，
毁不了我内府的宝藏！

——《康河晚照即景》

美感的记忆，是人生最可珍的产业，认识美的本能是上帝给我们进天堂的一把秘钥。

有人的性情，例如我自己的，如以气候喻，不但是阴晴相间，而且常有狂风暴雨，也有最艳丽蓬勃的春光、有时遭逢幻灭，引起厌世的悲观，铅般的重压在心上，比如冬令阴霾，到处冰结，莫有微生气；那时便怀疑一切；宇宙、人生、自我，都只是幻的妄的；人情、希望、理想也只是妄的幻的。

Ah, human nature, how,
If utterly frail thou art and vile,
If dust thou art and ashes, is thy heart so great?
If thou art noble in part,
How are thy loftiest impulses and thoughts
By so ignobles causes kindled and put out?

"Sopra un ritratto di una bella donna. "①

这几行是最深入的悲观派诗人理巴第(Leopardi)的诗;一座荒坟的墓碑上,刻着家中人生前美丽的肖像,激起了他这根本的疑问——若说人生是有理可寻的,何以到处只是矛盾的现象,若说美是幻的,何以他引起的心灵反动能有如此之深切,若说美是真的,何以可以也与常物同归腐朽,但理巴第探海灯似的智力虽则把人间种种事物虚幻的外表一一褫剥连宗教都剥成了个赤裸的梦,他却没有力量来否认美!美的创现他只能认为是称奇的,他也不能否认高洁的精神恋,虽则他不信女子也能有同样的境界,在感美感恋最纯粹的一刹那间,理巴第不能不承认是极乐天国的消息,不能不承认是生命中最宝贵的经验,所以我每次无聊到极点的时候,在层冰般严封的心河底里,突然涌起一股消融一切的热流,顷刻间消融了厌世的结晶,消融了烦闷的苦冻。那热流便是感美感恋最纯粹的一俄顷之回忆。

To see a world in a grain of sand,
And a Heaven in a wild flower,
Hold Infinity in the palm of your hand
And eternity in an hour
Auguries of Muveence William Glabe

从一颗沙里看出世界,
天堂的消息在一朵野花,
将无限存在你的掌上。

这类神秘性的感觉,当然不是普遍的经验,也不是常有的经验,凡事只讲实际的人,当然嘲讽神秘主义,当然不能相信科学可解释的神经作用,会发生科学所不能解释的神秘感觉。但世上"可为知者道不可与不知者言"的情事正多着哩!

从前在十六世纪,有一次有一个意大利的牧师学者到英国乡下去,见了一大片盛开的苜蓿(Clover)在阳光中只似一湖欢舞的黄金,他只惊喜得手足无措,慌忙跪在地上,仰天祷告,感谢上帝的恩典,使他得见这样的美,这样

① 意谓:呵,人性!如果你那样脆弱而低下,如果你渺小如尘芥,为什么你的心灵又如此博大?如果你称得上尊贵,你那最崇高的冲动和思想怎么会为了些许小事而忽闪忽灭?

的神景，他这样发疯似的举动当时一定招起在旁乡下人的哗笑，我这篇里要讲的经历，恐怕也有些那牧师狂喜的疯态，但我也深信读者里自有同情的人，所以我也不怕遭乡下人的笑话！

去年七月中有一天晚上，天雨地湿，我独自冒着雨在伦敦的海姆司堆特（Hampstead）问路惊问行人，在寻彭德街第十号的屋子。那就是我初次，不幸也是末次，会见曼殊斐儿——“那二十分不死的时间”——的一晚。

我先认识麦雷君（John Middleton Murry），ACthenaeum 的总主笔，诗人，著名的评衡家，也是曼殊斐儿一生最后十余年间最密切的伴侣。

他和她自一九一三年起，即夫妇相处，但曼殊斐儿却始终用她到英国以后的“笔名”（Penname）Miss Katherine Mansfield。她生长于纽新兰（New Zealand），原名是 Kathleen Bean - champ，是纽新兰银行经理 Sir Harold Beanchamp 的女儿，她十五年前离开了本乡，同着她三个小妹子到英国，进伦敦大学院读书，她从小即以美慧著名，但身体也从小即很怯弱，她曾在德国住过，那时她写她的第一本小说“In a German Pension”。大战期内她在法国的时候多，近几年她也常在瑞士、意大利及法国南部。她所以常在外国，就为她身体太弱，禁不得英伦的雾迷雨苦的天时，麦雷为了伴她也只得把一部分的事业放弃（Athenaeum 之所以并入 London Nation 就为此），跟着他安琪儿似的爱妻，寻求健康，据说可怜的曼殊斐儿战后得了肺病证明以后，医生明说她不过三两年的寿限，所以麦雷和她相处有限的光阴，真是分秒可数，多见一次夕照，多经一度朝旭，她优昙似的余荣，便也消灭了如许的活力，这颇使想起茶花女一面吐血一面纵酒恣欢时的名句：“You know I have no long to live, therefore I will live fast!”——“你知道我是活不久长的，所以我存心活他一个痛快！”我正不知道多情的麦雷，对着这艳丽无双的夕阳，渐渐消翳，心里“爱莫能助”的悲感，浓烈到何等田地！

但曼殊斐儿的“活他一个痛快”的方法，却不是像茶花女的纵酒恣欢，而是在文艺中努力；她像夏夜榆林中的鹃鸟，呕出缕缕的心血来制成无双的情曲，便唱到血枯音嘶，也还不忘她的责任，是牺牲自己有限的精力，替自然界多增几分的美，给苦闷的人间，几分艺术化精神的安慰。

她心血所凝成的便是两本小说集，一本是“Bliss”，一本是去年出版的“Garden Party”。凭这两部书里的二三十篇小说，她已经在英国的文学界里占了一个很稳固的位置，一般的小说只是小说，她的小说却是纯粹的文学，真的艺术；平常的作者只求暂时的流行，博群众的欢迎，她却只想留下几小块“时灰”掩不暗的真晶，只要得少数知音者的赞赏。

但唯其是纯粹的文学，她著作的光彩是深蕴于内而不是显露于外者，其

趣味也须读者用心咀嚼,方能充分的理会,我承作者当面许可选译她的精品,如今她已去世,我更应珍重实行我翻译的特权,虽则我颇怀疑我自己的胜任,我的好友陈通伯他所知道的欧洲文学恐怕在北京比谁都更渊博些,他在北大教短篇小说,曾经讲过曼殊斐儿的,很使我欢喜。他现在答应也来选译几篇,我更要感谢他了。关于她短篇艺术的长处,我也希望通伯能有机会说一点。

现在让我讲那晚怎样的会晤曼殊斐儿,早几天我和麦雷在 Charing Cross 背后一家嘈杂的 A. B. C. 茶店里,讨论英法文坛的状况。我乘便说起近几年中国文艺复兴的趋向,在小说里感受俄国作者的影响最深,他的几于跳了起来,因为他们夫妻最崇拜俄国的几位大家,他曾经特别研究过道施滔庵符斯基,著有一本"Dostoyevsky:A Critical Study Martin Secker",曼殊斐儿又是私淑契高夫(Chekhov)的,他们常在抱憾俄国文学始终不曾受英国人相当的注意,因之小说的质与式,还脱不尽维多利亚时期的 Philistinism。我又乘便问起曼殊斐儿的近况,他说她这一时身体颇过得去,所以此次敢伴着她回伦敦来住两个星期,他就给了我他们的住址,请我星期四,晚上去会她和他们的朋友。

所以我会见曼殊斐儿,真算是凑巧的凑巧,星期三那天我到惠尔思(H·G·Wells)乡里的家去了(Easten Clebe),下一天和他的夫人一同回伦敦,那天雨下得很大,我记得回寓时浑身都淋湿了。

他们在彭德街的寓处,很不容易找(伦敦寻地方总是麻烦的,我恨极了那个回街曲巷的伦敦),后来居然寻着了,一家小小一楼一底的屋子,麦雷出来替我开门,我颇狼狈的拿着雨伞还拿着一个朋友还我的几卷中国字画,进了门。我脱了雨具,他让我进右首一间屋子,我到那时为止对于曼殊斐儿只是对一个有名的年青女作家的景仰与期望;至于她的"仙姿灵态"我那时绝对没有想到,我以为她只是与 Rose Macaulay,Virginia Woolf,Roma Wilson,Mrs. Lueas,Vanessa Bell 几位女文学家的同流人物,平常男子文学家与美术家,已经尽够怪僻,近代女子文学家更似乎故意养成怪僻的习惯,最显著的一个通习是装饰之务淡朴,务不入时,"背女性":头发是剪了的,又不好好的收拾,一团和糟的散在肩上;袜子永远是粗纱的;鞋上不是有泥就有灰,并且大都是最难看的样式;裙子不是异样的短就是过分的长,眉目间也许有一两圈"天才的黄晕",或是带着最可厌的美国式龟壳大眼镜,但她们的脸上却从不见脂粉的痕迹,手上装饰亦是永远没有的,至多无非是多烧了香烟的焦痕,哗笑的声音十次里有九次半盖过同座的男子;走起路来也是挺胸凸肚的,再也辨不出是夏娃的后身;开起口来大半是男子不敢出口的话;当然最喜欢讨论的是 Freudian Complex,Birth Control 或是 George Moore 与 James Joyce 私人印行的新书,例如"A Story - teller' s Holiday""Ulysses"。总之她

们的全人格只是妇女解放的一幅讽刺面(Amy Lowell 听说整天的抽大雪茄!)和这一班立意反对上帝造人的本意的“唯智的”女子在一起,当然也有许多有趣味的地方。但有时总不免感觉她们矫揉造作的痕迹过深,引起一种性的憎忌。

我当时未见曼殊斐儿以前,固然并没有预想她是这样一流的 Futuristic,但也绝对没有梦想到她是女性的理想化。

所以我推进那房门的时候,我就盼望她——一个将近中年和蔼的妇人——笑盈盈的从壁炉前沙发上站起来和我握手问安。

但房里——一间狭长的壁炉对门的房——只见鹅黄色恬静的灯光,壁上炉架上杂色的美术的陈设和画件,几张有彩色画套的沙发围列在炉前,却没有一半个人影。麦雷让我一张椅上坐了,伴着我谈天,谈的是东方的观音和耶教的圣母,希腊的 Virgin Diana,埃及的 IsIs,波斯的 Mithraism 里的 Virgin 等等之相信佛,似乎处女的圣母是所有宗教里一个不可少的象征……我们正讲着,只听得门上一声剥啄,接着进来了一位年青女郎,含笑着站在门口,“难道她就是曼殊斐儿——这样的年青……”我心里在疑惑。她一头的褐色卷发,盖着一张的小圆脸,眼极活泼,口也很灵动,配着一身极鲜艳的衣裳——漆鞋,绿丝长袜,银红绸的上衣,紫酱的丝绒围裙——亭亭的立着,像一棵临风的郁金香。

麦雷起来替我介绍,我才知道她不是曼殊斐儿,而是屋主人,不知是密司 Beir 还是 Beek 我记不清了,麦雷是暂寓在她家的;她是个画家,壁挂的画,大都是她自己的,她在我对面的椅上坐了,她从炉架上取下一个小发电机似的东西拿在手里,头上又戴了一个接电话生戴的听箍,向我凑得很近的说话,我先还当是无线电的玩具,随后方知这位秀美的女郎,听觉和我自己的视觉仿佛,要借人为方法来补充先天的不足。(我那时就想起聋美人是个好诗题,对她私语的风情是不可能的了!)

她正坐定,外面的门铃大响——我疑心她的门铃是特别响些,来的是我在法兰先生(Roger Fry)家里会过的 Sydney Waterloo,极诙谐的一位先生,有一次他从他巨大的袋里一连摸出了七八支的烟斗,大的小的长的短的各种颜色的,叫我们好笑。他进来就问麦雷,迦赛林(Kathe rine)今天怎样。我竖起了耳朵听他的回答,麦雷说“她今天不下楼了,天太坏,谁都不受用……”华德鲁就问他可否上楼去看她,麦说可以的,华又问了密司 B 的允许站了起来,他正要走出门,麦雷又赶过去轻轻的说“Sydney,don't talk too much”。

楼上微微听得出步响,W 已在迦赛林房中了。一面又来了两个客,一个短的 M 才游希腊回来,一个轩昂的美丈夫就是 London Nation and Athenaeum

里每周作科学文章署名 S 的 Sullivan。M 就讲他游希腊的情形尽背着古希腊的史迹名胜,Parnassus 长 Mycenae 短讲个不住。S 也问麦雷迦赛林如何,麦说今晚不下楼,W 现在楼上。过了半点钟模样,W 笨重的足音下来了,S 就问他迦赛林倦了没有,W 说:“不,不像倦,可是我也说不上,我怕她累,所以我下来了。”再等一歇 S 也问了麦雷的允许上楼去,麦也照样的叮嘱他不要让她乏了。麦问我中国的书画,我乘便就拿那晚带去的一幅赵之谦的“草书法画梅”,一幅王觉斯的草书,一幅梁山舟的行书,打开给他们看,讲了些书法大意,密司 B 听得高兴,手捧着她的听盘,挨近我身旁坐着。

但我那时心里却颇有些失望,因为冒着雨存心要来一会 Bliss 的作者,偏偏她又不下楼;同时 W · S · 麦雷的烘云托月,又增加了我对她的好奇心,我想运气不好,迦赛林在楼上,老朋友还有进房去谈的特权,我外国人的生客,一定是没有份的了,时已十时过半了,我只得起身告别,走出房门,麦雷陪出来帮我穿雨衣,我一面穿衣,一面说我很抱歉,今晚密司曼殊斐儿不能下来,否则我是很想望会她的。但麦雷却很诚恳的说:“如其你不介意,不妨请上楼去一见。”我听了这话喜出望外,立即将雨衣脱下,跟着麦雷一步一步的上楼梯……

上了楼梯,叩门,进房,介绍,S 告辞,和 M 一同出房,关门,她请我坐了,我坐下,她也坐下……这么一大串繁复的手续,我只觉得是像电火似的一扯过,其实我只推想应有这么些逻辑的经过,却并不曾亲切的一一感到;当时只觉得一阵模糊,事后每次回想也只觉得是一阵模糊,我们平常从黑暗的街里走进一间灯烛辉煌的屋子,或是从光薄的屋子里出来骤然对着盛烈的阳光,往往觉得耀光太强,头晕目眩的要定一定神,方能辨认眼前的事物。用英文说就是 Senses overwhelmed by excessive light,不仅是光,浓烈的颜色,有时也有“潮没”官觉的效能。我想我那时,虽不定是被曼殊斐儿人格的烈光所潮没,她房里的灯光陈设以及她自身衣饰种种各品浓艳灿烂的颜色,已够使我不预防的神经,感觉刹那间的淆惑,那是很可理解的。

她的房给我的印象并不清切,因为她和我谈话时不容我分心去认记房中的布置,我只知道房是很小,一张大床差不多就占了全房大部分的地位,壁是用画纸裱的,挂着好几幅油画,大概也是主人画的,她和我同坐在床左贴壁一张沙发榻上。因为我斜倚她正坐的缘故,她似乎比我高得多,(在她面前哪一个不是低的,真的!)我疑心那两盏电灯是用红色罩的,否则何以我想起那房,便联想起,“红烛高烧”的景象!但背景究属不甚重要,重要的是给我最纯粹的美感的——The purest aesthetic feeling——她;是使我使用上帝给我那管进天堂的秘钥的——她;是使我灵魂的内府里又增加了一部宝藏

的——她。但要用不驯服的文字来描写那晚。她,不要说显示她人格的精华,就是忠实地表现我当时的单纯感象,恐怕就够难的一个题目。从前有一个人一次作梦,进天堂去玩了,他异样的欢喜,明天一起身就到他朋友那里去,想描摹他神妙不过的梦境。但是!他站在朋友面前,结住舌头,一个字都说不出来,因为他要说的时候,才觉得他所学的人间适用的字句,绝对不能表现他梦里所见天堂的景色,他气得从此不开口,后来就抑郁而死,我此时妄想用字来活现出一个曼殊斐儿,也差不多有同样的感觉,但我却宁可冒猥渎神灵的罪,免得像那位诚实君子活活的闷死。她也是铄亮的漆皮鞋,闪色的绿丝袜,枣红丝绒的围裙,嫩黄薄绸的上衣,领口是尖开的,胸前挂一串细珍珠,袖口只齐及肘弯。她的发是黑的,也同密司B一样剪短的,但她栉发的式样,却是我在欧美从没有见过的,我疑心她有心仿效中国式,因为她的发不但纯黑而且直而不卷,整整齐齐的一圈,前面像我们十余年前的"刘海"梳得光滑异常,我虽则说不出所以然我只觉她发之美也是生平所仅见。

至于她眉目口鼻之清之秀之明净,我其实不能传神于万一,仿佛你对着自然界的杰作,不论是秋月洗净的湖山,霞彩纷披的夕照,南洋里莹澈的星空,或是艺术界的杰作,培德花芬的沁芳南,怀格纳的奥配拉,米佗朗其罗的雕像,卫师德拉(Whistler)或是柯罗(Corot)的画;你只觉得他们整体的美,纯粹的美,完全的美,不能分析的美,可感不可说的美;你仿佛直接无碍的领会了造作最高明的意志,你在最伟大深刻的戟刺中经验了无限的欢喜,在更大的人格中解化了你的性灵,我看了曼殊斐儿像印度最纯澈的碧玉似的容貌,受着她充满了灵魂的电流的凝视,感着她最和软的春风似神态,所得的总量我只能称之为一整个的美感。她仿佛是个透明体,你只感讶她粹极的灵澈性,却看不见一些杂质。就是她一身的艳服,如其别人穿着也许会引起琐碎的批评,但在她身上,你只是觉得妥帖,像牡丹的绿叶,只是不可少的衬托,汤林生,她生前的一个好友,以阿尔帕斯山巅万古不融的雪,来比拟她清,极超俗的美,我以为很有意味的。她说:——

曼殊斐儿以美称,然美固未足以状其真,世以可人为美,曼殊斐儿固可人矣,然何其脱尽尘寰气,一若高山琼雪,清澈重霄,其美可惊,而其凉亦可感,艳阳被雪,幻成异彩,亦明明可识,然亦似神境在远,不隶人间,曼殊斐儿肌肤明皙如纯牙,其官之秀,其目之黑,其颊之腴,其约发环整如髹,其神态之闲静,有华族粲者之明粹,而无西艳伉杰之容。其躯体尤苗约,绰如也,若明蜡之静焰,若晨星之淡妙,就语者未尝不自讶其吐息之重浊,而虑是静且淡者之

且神化……

汤林生又说她锐敏的目光，似乎直接透入你灵府深处将你所蕴藏的秘密一齐照彻，所以他说她有鬼气，有仙气，她对着你看，不是见你的面之表，而是见你心之底，但她却大是侦刺你的内蕴，并不是有目的搜罗而只是同情的体贴。你在她面前，自然会感觉对她无缜密的必要；你不说她也有数，你说了她也不会惊讶。她不会责备，她不会怂恿，她不会奖赞，她不会代出什么物质利益的主意，她只是默默的听，听完了然后对你讲她自己超于美恶的见解——真理。

这一段从长期交谊中出来深入的话，我与她仅一二十分钟的接近当然不会体会到，但我敢说从她神灵的目光里推测起来，这几句话不但是不能，而且是极近情的。

所以我那晚和她同坐在蓝丝绒的榻上，幽静的灯光，轻笼住她美妙的全体，我像受了催眠似的，只是痴对她神灵的妙眼，一任她利剑似的光波，妙乐似的音浪，狂潮骤雨似的向着我灵府泼淹，我那时即使有自觉的感觉，也只似开茨(Keats)听鹃啼时的：

> My heart aches,and a drowsy numbness pains
> My sense,as though of hemlock I had drunk
> ……
> "This not through envy of thy happy lot,But being too
> happy in thy happiness."①

曼殊斐儿音声之美，又是一个 Miracle。一个个音符从她脆弱的声带里颤动出来，都在我习于尘俗的耳中，启示一种神奇的意境。仿佛蔚蓝的天空中一颗一颗的明星先后涌现。像听音乐似的，虽则明明你一生从不曾听过，但你总觉得好像曾经闻到过的也许在梦里，也许在前生。她的，不仅引起你听觉的美感，而竟似直达你的心灵底里，抚摩你蕴而不宣的苦痛，温和你半僵的希望，洗涤你窒碍性灵的俗累，增加你精神快乐的情调；仿佛凑住你灵魂的耳畔私语你平日所冥想不得的仙界消息。我便此时回想，还不禁内动感激的悲慨，几于零泪；她是去了，她的音声笑貌也似蜃彩似的一翳不再，我

① 意谓：我的心痛，一种昏睡似的麻木折磨着我的感官，仿佛我吞下了毒芹汁……不是嫉妒你的好运，而是为你的快乐感到由衷的喜悦。

只能学 Abt Vogler 之自慰，虔信：

> Whose voice has gone forth, but each survives for the melodies when eternity affirms the conception of an hour.
>
> ……
>
> Enough that he heard it once; we shall hear it by and by. ①

曼殊斐儿，我前面说过，是病肺痨的，我见她时，正离她死不过半年，她那晚说话时，声音稍高，肺管中便如吹荻管似的呼呼作响。她每句语尾收顿时，总有些气促，颧颊间便也多添一层红润，我当时听出了她肺弱的音息，便觉得切心的难过，而同时她天才的兴奋，偏是逼迫她音度的提高，音愈高，肺嘶亦更历历，胸间的起伏亦隐约可辨，可怜！我无奈何只得将自己的声音特别的放低，希冀她也跟着放低些，果然很灵效，她也放低了不少，但不久她又似内感思想的戟刺，重复节节的高引，最后我再也不忍因此而多耗她珍贵的精力，并且也记得麦雷再三叮嘱 W 与 S 的话，就辞了出来。总计我自进房至出房——她站在房门口送我——不过二十分的时间。

我与她所讲的话也很有意味，但大部分是她对于英国当时最风行的几个小说家的批评——例如 Riberlea West, Romer Wilson, Hutchingson, Swinnerton 等——恐怕因为一般人不稔悉，那类简约的评语不能引起相当的兴味。麦雷自己是现在英国中年的评衡家最有学有识之一人，——他去年在牛津大学讲的"The Problem of Style"有人誉为安诺德（Matthew Arnold）以后评衡界里最重要的一部贡献——而他总常常推尊曼殊斐儿说她是评衡的天才，有言必中肯的本能。所以我此刻要把她简评的珠沫，略过不讲，很觉得有些可惜，她说她方才从瑞士回来，在那边和罗素夫妇的寓处相距颇近，常常谈起东方好处，所以她原来对于中国的景仰，更一进而为爱慕的热忱。她说她最爱读 Arthur Waley 所翻的中国诗，她说那样的诗艺在西方真是一个 Wonderful Revelation。她说新近 Amy Lowell 译的很使她失望，她这里又用她爱用的短句——"That's not the thing!"她问我译过没有，她再三劝我应得试试，她以为中国诗只有中国人能译得好的。

她又问我是否也是写小说的，她又殷劝问中国顶喜欢契高夫的哪儿篇，译得怎么样，此外谁最有影响。

---

① 意谓：她的音容已经远逝，但每一个音符都将作为美妙的乐音而长存，因为永恒肯定了每一时刻的存在……它（似指上文之"永恒"）曾听到过，这就足矣，我们还会听到。

她问我最喜读那几家小说，哈代、康拉德，她的眉梢耸了一耸笑道——

"Isn't it! We have to go back to the old masters for good literature the real thing!"

她问我回中国去打算怎么样，她希望我不进政治，她愤愤的说现代政治的世界，不论哪一国，只是一乱堆的残暴，和罪恶。

后来说起她自己的著作。我说她的太是纯粹的艺术，恐怕一般人反而不认识，她说：

"That's just it. Then of course, popularity is never the thing for us."

我说我以后也许有机会试翻她的小说，很愿意先得作者本人的许可。她很高兴的说她当然愿意，就怕她的著作不值得翻译的劳力。

她盼望我早日回欧洲，将来如到瑞士再去找她，她说怎样的爱瑞士风景，琴妮湖怎样的妩媚，我那时就仿佛在湖心柔波间与她荡舟玩景：

Clear, placid Leman!
……Thy soft murmuring
Sounds sweet as if a sister's voice reproved.
That I with stem delights should ever
have been so moved……Lord Byron.①

我当时就满口的答应，说将来回欧一定到瑞士去访她。

末了我说恐怕她已经倦了，深恨与她相见之晚，但盼望将来还有再见的机会，她送我到房门口，与我很诚挚地握别……

将近一月前，我得到消息说曼殊斐儿已经在法国的芳丹卜罗去世，这一篇文字，我早已想写出来，但始终为笔懒，延到如今，岂知如今却变了她的祭文！

① 意谓：清澈明静的莱蒙湖！……你那轻柔的细语，仿佛姑娘的嗔语一样美妙，我愿驾一叶扁舟，永远在你的波心荡漾。

杂记

我早已想作一种西洋诗话，记述西洋诗人有趣味的逸事，他们各个人的诗的概念，以及他们各个人砥砺工具的方法。我想他们有时随意说出来的话，例如勃兰克(Blake)，开茨(Keats)，罗刹蒂(Rossetti)剩下来的杂记和信札，William Archer集的那本From Ibsen's Workshop，契考夫(Chekhov)的信札，都是他们随意流露的真心得，虽则不是长成的木料，却都是适之比况杜威的Creative Seeds，这些灵活的种子要你有适当的心田来收留培莳就会发芽生长。我昨天从通伯那里借得一本葛莱符司(Robert Graves)的《论诗》(On Poetry)，里面很多有意味的启示，我忍不住翻过几则来让大家看看。

葛莱符司是英国的一个诗人，牛津大学的，打了好几年仗。在濠沟里作诗，也是乔治派诗人(The Georgians)之一。他的诗长于短歌，艺术很不错，虽则天才不见得很高。他这册论诗却颇值得一看。

狗食盆

"侄儿，实在对不起，但我真是没有法子懂你的'新诗'。新诗真叫人看的厌恶；我看来大都是无理取闹不要脸。"

"很好，伯父，但是人家也没有盼望你懂得！看

家的老狗到了吃饭时候走到他那盆子外面分明狗食的去吃他的碎饼干,摇着尾巴顶得意的。明天你要是给他一个新盆子里面放了他不认识的鲜味儿,他过来嗅上几嗅满瞧不起的转身就跑。你看了他那样不开眼儿的蠢,他那样不识抬举,他那只知道爱碎饼干可笑的脾气,你就恨不得抬起脚来踢他;可是你慢着!

“他原先吃的那盆子外面写明狗食的,照科学先生们说,他只要一见就引起了他满狗嘴的馋涎。你现在给他的,他满不认识,没有兴起他的馋嘴,他满不舒服,反而以为让你冤了。

“可是你要是掷给小巴儿们试试;他们一见就狠命的抢着吃,回头他们看着那糊涂的老狗老恋着他那狗食盆里的碎饼干,他们哼哈着,老实说有点儿瞧不起。”

这段挖苦话的妙处不仅是对付了一般自居高明的老伯伯们,就连一群努力创造的新青年他也得了个最确当的比喻——只是一群乐天主义什么都是好吃的小巴儿们!

坏诗,假诗,形似诗

到底什么是诗,谁都想来答复,谁都不曾有满意的答复。诗是人天间基本现象之一,同美或恋爱一样,不容分析,不能以一定义来概括。近来有人想用科学方法来研究诗,就是研究比量诗的尺度、音节、字句,想归纳出作好诗的定律,揭破历代诗人家传的秘密;犹之有人也用科学方法来研究恋爱,记载在恋中人早晚的热度,心搏的缓急,他的私语,他的梦话,等等,想勘破恋爱现象的真相。这都是人们有剩余能耐时有趣味的尝试,但我们却不敢过分佩服科学万能的自大心。西洋镜从镜口里望进去,有好风景,有活现的动物世界,有繁华的跳舞会,有科学天才的孩子们就揎拳撸臂的不信影子会动,一下子把镜匣拆了,里面却除了几块纸版,几张花片,再也寻不出花样的痕迹。

所以“研究”作诗的人,尽让他从字句尺度间去寻秘密,结果也无非把西洋镜拆穿,影戏是看不成了,秘密却还是没有找到。一面诗人所求的只是烟士披里纯,不论是从他爱人的眉峰间,或是从弯着腰种菜的乡下女孩的歌声里,神感一到,戏法就出,结果是诗,是美,有时连他自己看了也很惊讶,他从没有梦想到能实现这样的境界。恋爱也是这样,随他们怎样说法,用生理解释也好,用物理解释也好,用心理分析解释也好,只要闭着眼赤体小爱神的

箭锋落在你的身上,你张开眼来就觉得天地都变了样,你就会作为你不能相信的作为,人家看来就说你是疯了——这就是恋爱的现象。受了小爱神箭伤的人,只愿在他蜜甜的愁思,鲜美的痛苦里,过他糊里糊涂无始无终的时刻,他那时听了人家头冷血冷假充研究恋爱者的话,他只是冷笑。

所以宇宙间基本的现象——美、恋爱、诗、善——只有各个人自己体验去。你自身体验去,是唯一的秘诀。高尔斯华绥(John Galsworthy)《皮局》(The Skin Game)那戏里,女孩子问她的爹说:

"By the way, Dad, That is A Gentleman?"

Hillcrist:"No, You can't define it, you can only feel it."

但我们虽则不能积极的下定义,我们却都承认我们多少都有认识评判诗与美的本能,即使不能发现真诗真美,消极的我们却多少都能指出这不是诗,这不是美。一般的人只是知其然而不知其所以然。评衡的责任就在解释其所以然。一般人评论美术,只是主观的好恶,习惯养成的趋向,评衡者的话,虽则不能脱离广义的主观的范围,但因他的感受性之特强,比较的能免除成见,能用智理来翻译他所感受的情绪,再加之学力,与比较的丰富的见识,他就能明白地写出在他人心里只是不清切的感想——他的话就值得一听。评衡者(The Critie)的职务,就在评作品之真伪,衡作品之高下。他是文艺界的审判官。他有求美若渴的热心,他也有疾伪如仇的义愤。他所以赞扬真好的作品,目的是奖励,批评次等的作品,目的是指导,排斥虚伪的作品,目的是维持艺术的正义与尊严。

人有真好人、真坏人、假人、没中用人;诗也有真诗、坏诗、假诗、形似诗(Mereverse)。真好人是人格和谐了自然流露的品性;真好诗是情绪和谐了(经过冲突以后)自然流露的产物。假人或作伪者仿佛偷了他人的衣服来遮盖自己人格之穷乏与丑恶;假诗也是剽窃他人的情绪与思想来装缀他自己心灵的穷乏与丑态。不中用人往往有向善的诚心,但因实现善最需要的原则是力,而不中用人最缺乏的是力,所以结果只是中道而止走不到他心想的境界;作坏诗的人也未尝不感觉适当的诗材,但他因为缺乏相当的艺力,结果也只能将他想象中辛苦地孕成的胎儿,不成熟地产了下来,结果即不全死也不免残废。Charles sorley 有几句代坏诗人诉苦的诗:

We are the homeless even as you,
Who hope but never can bigin.

Ourhearts are wounded through and through
Like yours, but our hearts bleed within,
Who too make music but our tones
Shake not the barrier of our bones. ①

坏诗人实在是很可怜的，他们是俗话所谓眼泪向肚里落的，他们尽管在文字里大声哭叫，尽管滥用最骇人的大黑杠子！尽管把眼泪鼻涕浸透了他们的诗笺，尽管满想张开口把他们破碎了的心血，一口一口的向我们身上直喷——结果非但不能引起他们想望的同情，反而招起读者的笑话。

但如坏诗以及各类不纯粹的艺术所引起的止于好意的怜与笑，假诗(Fake Poetry)所引起的往往是极端的厌恶。因为坏诗的动机，比如袒露着真的伤痕乞人的怜悯，虽则不高明，总还是诚实的；假诗的动机却只是诈欺一类，仿佛清明节城隍山上的讨饭专家，用红蜡烛油涂腿装烂疮，闭着眼睛装瞎子，你若是看出了他们的作伪，不由你不感觉厌恶。

葛莱符司的比喻也很有趣。他是我们康桥的心理学和人种学者 Rivers 的好友，所以他也很喜从原民的风俗里求诗艺的起源。现代最时髦的心理病法，根据佛洛德的学理，极注重往昔以为荒谬无理的梦境与梦话，这样梦的办法也是原民最早习惯之一。原民在梦里见神见鬼，公事私事取决于梦的很多，后来就有详梦专家出现，专替人解说梦意，以及补说作梦人记不清切或遗忘了的梦境。他为要取信，他就像我们南方的关魂婆、肚仙之类，求神祷鬼，眼珠白转的出了神，然后说他的“鬼话”或“梦话”。为使人便于记忆，这类的鬼话渐渐趋向于有韵的语体——比如我们的弹弦子算命。这类的巫医，研究人种学者就说是诗人的始祖。但巫医的出入神(trance)也是一种艺术，有的也许的确是一种利用“潜识”的催眠术，但后来成了一种营利的职业，就有作伪的人学了几句术语，私服麻醉剂，入了昏迷状态，模仿“出神”；有的爽性连麻醉剂也不用，竟是假装出了神，仿效从前巫医，东借西凑的说上一大串鬼话骗人敛钱。这是堕落派的巫医，他们嫡派的子孙，就是现代作伪的诗人们。

适之有一天和我说笑话，他说我的“尝试”诗体也是作孽不浅，不过我这一派，诗坏是无可讳言的，但总还不至于作伪；他们解决了自己情绪的冲突，一行一行直直白白的写了出来，老老实实的送到报上去登了出来，自己觉得

① 意谓：我们和你们一样，四处飘零，可我们满肚子理想从未付诸实践；我们的心犹如你们，累累伤痕，可我们的血只在心里流；我们也作曲，可我们的调儿总鲠在喉咙里。

很舒服很满意了，但他们却没有顾念到读他们诗的人舒服不舒服，满意不满意。但总还好，他们至少是诚实的。此外我就不敢包了。现在fake poetry的出品至少不下于bad poetry的出品。假诗是不应得容许的。欺人自欺，无论在政治上，在文艺里，结果总是最不经济的方策；迟早要被人揭破的。我上面说坏诗只招人笑，假诗却引人厌恶。诗艺最重个性，不论质与式，最忌剿袭，intellectual honesty是最后的标准。无病呻吟的陋习，现在的新诗犯得比旧诗更深。还有mannerism of peck and sentiments，看了真使人肉麻。痛苦，烦恼，血，泪，悲哀等等的字样不必说，现行新文学里最刺目的是一种mannerism of description，例如说心，不是心湖就是心琴，不是浪涛汹涌，就是韵调凄惨；说下雨就是天在哭泣，比夕阳总是说血，说女人总不离曲线的美，说印象总说是网膜上的……

我记得有一首新诗，题目好像是重访他数月前的故居，那位诗人摩按他从前的卧榻书桌，看看窗外的云光水色，不觉大大的动了伤感，他就禁不住

泪浪滔滔

固然作诗的人，多少不免感情作用，诗人的眼泪比女人的眼泪更不值钱些，但每次流泪至少总得有个相当的缘由。踹死了一个蚂蚁，也不失为一个伤心的理由。现在我们这位诗人回到他三月前的故寓，这三月内也并不曾经过重大变迁，他就使感情强烈，就使眼泪"富裕"也何止于像海浪一样的滔滔而来！

我们固然不能断定他当时究竟出了眼泪没有，但我们敢说他即使流泪也决不至于成浪而且滔滔——除非他的泪腺的组织是特异的。总之形容失实便是一种作伪，形容哭泪的字类尽有，比之泉涌，比之雨骤，都还在情理之中，但谁能想象个泪浪滔滔呢？最后一种形似诗，就是外表诗而内容不是诗，教导诗、讽刺诗、打油诗、酬应诗都属此类，我国诗集里十之七八的五律七律都只是空有其表的形似诗。现在新诗里的形似诗更多了，大概我们日常报上杂志里见的一行一行分写的都属此类。分析起来有分行写的私人日记，有初学作散文而还不甚连贯的练习，有逐句抬头的信札，有小孩初期学话的成绩，等等。

我过的端阳节

我方才从南口回来。天是真热,朝南的屋子里都到九十度以上,两小时的火车竟如在火窖中受刑,坐起一样的难受。我们今天一早在野鸟开唱以前就起身,不到六时就骑骡出发,除了在永陵休息半小时以外,一直到下午一时余,只是在高度的日光下赶路。我一到家,只觉得四肢的筋肉里像用细麻绳扎紧似的难受,头里的血,像沸水似的急流,神经受了烈性的压迫,仿佛无数烧红的铁条蛇盘似的绞紧在一起……

一进阴凉的屋子,只觉得一阵眩晕从头顶直至踵底,不仅眼前望不清楚,连身子也有些支持不住。我就向着最近的藤椅上瘫了下去,两手按住急颤的前胸,紧闭着眼,纵容内心的浑沌,一片暗黄,一片茶青,一片墨绿,影片似的在倦绝的眼膜上扯过……

直到洗过了澡,神志方才回复清醒,身子也觉得异常的爽快,我就想了……

人啊,你不自己惭愧吗?

野兽,自然的,强悍的,活泼的,美丽的,我只是羡慕你。

什么是文明:只是腐败了的野兽!你若是拿住一个文明惯了的人类,剥了他的衣服装饰,夺了他作伪的工具——语言文字,把他赤裸裸的放在荒野里看看——多么"寒村"的一个畜生呀!恐怕连长耳朵的小骡儿,都瞧他不起哪!

白天,狼虎放平在丛林里睡觉,他躲在树荫底下发痧。

晚上清风在树林中演奏轻微的音乐，鸟雀儿在巢里作好梦，他倒在一块石上发烧咳嗽——着了凉！

也不等狼虎去商量他有限的皮肉，也不必小雀儿去嘲笑他的懦弱；单是他平常歌颂的艳阳与凉风，甘霖与朝露，已够他的受用：在几小时之内可使他脑子里消灭了金钱、名誉、经济、主义等等的虚景，在一半天之内，可使他心窝里消灭了人生的情感悲乐种种的幻象，在三两天之内——如其那时还不曾受淘汰——可使他整个的超出了文明人的丑态，那时就叫他放下两支手来替脚平分走路的负担，他也不以为离奇，抵拼撕破皮肉爬上树去采果子吃，也不会感到体面的观念……

平常见了活泼可爱的野兽，就想起红烧野味之美，现在你失去了文明的保障，但求彼此平等待遇两不相犯，已是万分的侥幸……

文明只是个荒谬的状况：文明人只是个凄惨的现象，——

我骑在骡上嚷累叫热，跟着哑巴的骡夫，比手势告诉我他整天的跑路，天还不算顶热，他一路很快活的不时采一朵野花，折一茎麦穗，笑他古怪的笑，唱他哑巴的歌；我们到了客寓喝冰汽水喘息，他路过一条小涧时，扑下去喝一个贴面包，同行的有一位说："真的，他们这样的胡喝，就不会害病，真贱！"

回头上了头等车坐在皮椅上嚷累叫热，又是一瓶两瓶的冰水，还怪嫌车里不安电扇；同时前面火车头里司机的加煤的，在一百四五十度的高温里笑他们的笑，谈他们的谈……

田里刈麦的农夫拱着棕黑色的裸背在工作，从早起已经作了八九时的工，热烈的阳光在他们的皮上像在打出火星来似的，但他们却不曾嚷腰酸叫头痛……

我们不敢否认人是万物之灵；我们却能断定人是万物之淫。

什么是现代的文明；只是一个淫的现象。

淫的代价是活力之腐败与人道之丑化。

前面是什么；没有别的，只是一张黑沉沉的大口，在我们运定的道上张开等着，时候到了把我们整个的吞了下去完事。

六月二十日

泰山日出

振铎来信要我在《小说月报》的泰戈尔号上说几句话。我也曾答应了,但这一时游济南游泰山游孔陵,太乐了,一时竟拉不拢心思来作整篇的文字,一直挨到现在期限快到,只得勉强坐下来,把我想得到的话不整齐的写出。

我们在泰山顶上看出太阳。在航过海的人,看太阳从地平线下爬上来,本不是奇事;而且我个人是曾饱饫过江海与印度洋无比的日彩的。但在高山顶上看日出,尤其在泰山顶上,我们无餍的好奇心,当然盼望一种特异的境界,与平原或海上不同的。果然,我们初起时,天还暗沉沉的,西方是一片的铁青,东方些微有些白意,宇宙只是——如用旧词形容——一体莽莽苍苍的。但这是我一面感觉劲烈的晓寒,一面睡眼不曾十分醒豁时约略的印象。等到留心回览时,我不由得大声的狂叫——因为眼前只是一个见所未见的境界。原来昨夜整夜暴风的工程,却砌成一座普遍的云海。除了日观峰与我们所在的玉皇顶以外,东西南北只是平铺着弥漫的云气,在朝旭未露前,宛似无量数厚毳长绒的绵羊,交颈接背的眠着,卷耳与弯角都依稀辨认得出。那时候在这茫茫的云海中,我独自站在雾霭溟蒙的小岛上,发生了奇异的幻想——

我躯体无限的长大,脚下的山峦比例我的身量,只是一块拳石;这巨人披着散发,长发在风里像一面墨色的大旗,飒飒

的在飘荡。这巨人竖立在大地的顶尖上，仰面向着东方，平拓着一双长臂，在盼望，在迎接，在催促，在默默的叫唤；在崇拜，在祈祷，在流泪——在流久慕未见而将见悲喜交互的热泪……

这泪不是空流的，这默祷不是不生显应的。

巨人的手，指向着东方——

东方有的，在展露的，是什么？

东方有的是瑰丽荣华的色彩，东方有的是伟大普照的光明——出现了，到了，在这里了……

玫瑰汁、葡萄浆、紫荆液、玛瑙精、霜枫叶——大量的染工，在层累的云底工作；无数蜿蜒的鱼龙，爬进了苍白色的云堆。

一方的异彩，揭去了满天的睡意，唤醒了四隅的明霞——光明的神驹，在热奋的驰骋……

云海也活了；眠熟了兽形的涛澜，又回复了伟大的呼啸，昂头摇尾的向着我们朝露染青馒形的小岛冲洗，激起了四岸的水沫浪花，震荡着这生命的浮礁，似在报告光明与欢欣之临莅……

再看东方——海句力士已经扫荡了他的阻碍，雀屏似的金霞，从无垠的肩上产生，展开在大地的边沿。起……起……用力，用力。纯焰的圆颅，一探再探的跃出了地平，翻登了云背，临照在天空……

歌唱呀，赞美呀，这是东方之复活，这是光明的胜利……

散发祷祝的巨人，他的身彩横亘在无边的云海上，已经渐渐的消翳在普遍的欢欣里；现在他雄浑的颂美的歌声，也已在霞彩变幻中，普彻了四方八隅……

听呀，这普彻的欢声；看呀，这普照的光明！

这是我此时回忆泰山日出时的幻想，亦是我想望泰戈尔来华的颂词。

泰戈尔

我有几句话想趁这个机会对诸君讲，不知道你们有没有耐心听。泰戈尔先生快走了，在几天内他就离别北京，在一两个星期内他就告辞中国。他这一去大约是不会再来的了。也许他永远不能再到中国。

他是六七十岁的老人，他非但身体不强健，他并且是有病的。所以他要到中国来，不但他的家属，他的亲戚朋友，他的医生，都不愿意他冒险，就是他欧洲的朋友，比如法国的罗曼·罗兰，也都有信去劝阻他。他自己也曾经踌躇了好久，他心里常常盘算他如其到中国来，他究竟能不能够给我们好处，他想中国人自有他们的诗人、思想家、教育家，他们有他们的智慧、天才、心智的财富与营养，他们更用不着外来的补助与戟刺，我只是一个诗人，我没有宗教家的福音，没有哲学家的理论，更没有科学家实利的效用，或是工程师建设的才能，他们要我去作什么，我自己又为什么要去，我有什么礼物带去满足他们的盼望。他真的很觉得迟疑，所以他延迟了他的行期。但是他也对我们说到冬天完了春风吹动的时候（印度的春风比我们的吹得早），他不由的感觉了一种内迫的冲动，他面对着逐渐滋长的青草与鲜花，不由的抛弃了，忘却了他应尽的职务，不由的解放了他的歌唱的本能，和着新来的鸣雀，在柔软的南风中开怀的讴吟。同时他收到我们催请的信，我们青年盼望他的诚意与热心，唤起了老人的勇气。他立即定夺了他

东来的决心。他说趁我暮年的肢体不曾僵透，趁我衰老的心灵还能感受，决不可错过这最后唯一的机会，这博大、从容、礼让的民族，我幼年时便发心朝拜，与其将来在黄昏寂静的境界中萎衰的惆怅，毋宁利用这夕阳未暝时的光芒，了却我晋香人的心愿。

他所以决意的东来，他不顾亲友的劝阻，医生的警告，不顾自身的高年与病体，他也撇开了在本国一切的任务，跋涉了万里的海程，他来到了中国。

自从四月十二在上海登岸以来，可怜老人不曾有过一半天完整的休息，旅行的劳顿不必说，单就公开的演讲以及较小集会时的谈话，至少也有了三四十次！他的，我们知道，不是教授们的讲义，不是教士们的讲道，他的心府不是堆积货品的栈房，他的辞令不是教科书的喇叭。他是灵活的泉水，一颗颗颤动的圆珠从他心里兢兢的泛登水面都是生命的精液；他是瀑布的吼声，在白云间，青林中，石罅里，不住的欢响；他是百灵的歌声，他的欢欣、愤慨、响亮的谐音，弥漫在无际的晴空。但是他是倦了。终夜的狂歌已经耗尽了子规的精力，东方的曙色亦照出他点点的心血染红了蔷薇枝上的白露。

老人是疲乏了。这几天他睡眠也不得安宁，他已经透支了他有限的精力。他差不多是靠散拿吐瑾过日的。他不由的不感觉风尘的厌倦，他时常想念他少年时在恒河边沿拍浮的清福，他想望椰树的清荫与曼果的甜瓤。

但他还不仅是身体的惫劳，他也感觉心境的不舒畅。这是很不幸的。我们作主人的只是深深的负歉。他这次来华，不为游历，不为政治，更不为私人的利益，他熬着高年，冒着病体，抛弃自身的事业，备尝行旅的辛苦，他究竟为的是什么？他为的只是一点看不见的情感，说远一点，他的使命是在修补中国与印度两民族间中断千余年的桥梁。说近一点，他只想感召我们青年真挚的同情。因为他是信仰生命的，他是尊崇青年的，他是歌颂青春与清晨的，他永远指点着前途的光明。悲悯是当初释迦牟尼证果的动机，悲悯也是泰戈尔先生不辞艰苦的动机。现代的文明只是骇人的浪费，贪淫与残暴，自私与自大，相猜与相忌，飏风似的倾覆了人道的平衡，产生了巨大的毁灭。芜秽的心田里只是误解的蔓草，毒害同情的种子，更没有收成的希冀。在这个荒惨的境地里，难得有少数的丈夫，不怕阻难，不自馁怯，肩上扛着铲除误解的大锄，口袋里满装着新鲜人道的种子，不问天时是阴是雨是晴，不问是早晨是黄昏是黑夜，他只是努力的工作，清理一方泥土，施殖一方生命，同时口唱着嘹亮的新歌，鼓舞在黑暗中将次透露的萌芽。泰戈尔先生就是这少数中的一个。他是来广布同情的，他是来消除成见的。我们亲眼见过他慈祥的阳春似的表情，亲耳听过他从心灵底里迸裂出的大声，我想只要我们的良心不曾受恶毒的烟煤熏黑，或是被恶浊的偏见污抹，谁不曾感觉他至

诚的力量，魔术似的，为我们生命前途开辟了一个神奇的境界，燃点了理想的光明？所以我们也懂得他的深刻的懊怅与失望，如其他知道部分的青年不但不能容纳他的灵感，并且存心的诬毁他的热忱。我们固然奖励思想的独立，但我们决不敢附和误解的自由。他生平最满意的成绩就在他永远能得青年的同情，不论在德国，在丹麦，在美国，在日本，青年永远是他最忠心的朋友。他也曾经遭受种种的误解与攻击，政府的猜疑与报纸的诬捏与守旧派的讥评，不论如何的谬妄与剧烈，从不曾扰动他优容的大量，他的希望，他的信仰，他的爱心，他的至诚，完全的托付青年。我的须，我的发是白的，但我的心却永远是青的，他常常的对我们说，只要青年是我的知己，我理想的将来就有着落，我乐观的明灯永远不致黯淡。他不能相信纯洁的青年也会坠落在怀疑、猜忌、卑琐的泥溷，他更不能信中国的青年也会沾染不幸的污点。他真不预备在中国遭受意外的待遇。他很不自在，他很感觉异样的怆心。

因此精神的懊丧更加重他躯体的倦劳。他差不多是病了。我们当然很焦急的期望他的健康，但他再没有心境继续他的讲演。我们恐怕今天就是他在北京公开讲演最后的一个机会。他有休养的必要。我们也决不忍再使他耗费有限的精力。他不久又有长途的跋涉，他不能不有三四天完全的养息。所以从今天起，所有已经约定的集会，公开与私人的，一概撤销，他今天就出城去静养。

我们关切他的一定可以原谅，就是一小部分不愿意他来作客的诸君也可以自喜战略的成功。他是病了，他在北京不再开口了，他快走了，他从此不再来了。但是同学们，我们也得平心的想想，老人到底有什么罪，他有什么负心，他有什么不可容赦的犯案？公道是死了吗？为什么听不见你的声音？

他们说他是守旧，说他是顽固。我们能相信吗？他们说他是"太迟"，说他是"不合时宜"，我们能相信吗？他自己是不能信，真的不能信。他说这一定是滑稽家的反调。他一生所遭逢的批评只是太新，太早，太急进，太激烈，太革命的，太理想的，他六十年的生涯只是不断的奋斗与冲锋，他现在还只是冲锋与奋斗。但是他们说他是守旧，太迟，太老。他顽固奋斗的对象只是暴烈主义、资本主义、帝国主义、武力主义、杀灭性灵的物质主义；他主张的只是创造的生活，心灵的自由，国际的和平，教育的改造，普爱的实现。但他们说他是帝国政策的间谍，资本主义的助力，亡国奴族的流民，提倡裹脚的狂人！肮脏是在我们的政客与暴徒的心里，与我们的诗人又有什么关系？昏乱是在我们冒名的学者与文人的脑里，与我们的诗人又有什么亲属？我

们何妨说太阳是黑的，我们何妨说苍蝇是真理？同学们，听信我的话，像他的这样伟大的声音我们也许一辈子再不会听着的了。留神目前的机会，预防将来的惆怅！他的人格我们只能到历史上去搜寻比拟。他的博大的温柔的灵魂我敢说永远是人类记忆里的一次灵绩。他的无边的想象是辽阔的同情使我们想起惠德曼；他的博爱的福音与宣传的热心使我们记起托尔斯泰；他的坚韧的意志与艺术的天才使我们想起造摩西像的密仡郎其罗；他的诙谐与智慧使我们想象当年的苏格拉底与老聃！他的人格的和谐与优美使我们想念暮年的葛德；他的慈祥的纯爱的抚摩，他的为人道不厌的努力，他的磅礴的大声，有时竟使我们唤起救主的心像，他的光彩，他的音乐，他的雄伟，使我们想念奥林必克山顶的大神。他是不可侵凌的，不可逾越的，他是自然界的一个神秘的现象。他是三春和暖的南风，惊醒树枝上的新芽，增添处女颊上的红晕。他是普照的阳光。他是一派浩瀚的大水，来从不可追寻的渊源，在大地的怀抱中终古的流着，不息的流着，我们只是两岸的居民，凭借这慈恩的天赋，灌溉我们的田稻，苏解我们的消渴，洗净我们的污垢。他是喜马拉雅积雪的山峰，一般的崇高，一般的纯洁，一般的壮丽，一般的高傲，只有无限的青天枕藉他银白的头颅。

人格是一个不可错误的实在，荒歉是一件大事，但我们是饿惯了的，只认鸠形与鹄面是人生本来的面目，永远忘却了真健康的颜色与彩泽。标准的低降是一种可耻的堕落：我们只是踞坐在井底的青蛙，但我们更没有怀疑的余地。我们也许揣详东方的初白，却不能非议中天的太阳。我们也许见惯了阴霾的天时，不耐这热烈的光焰，消散天空的云雾，暴露地面的荒芜，但同时在我们心灵的深处，我们岂不也感觉一个新鲜的影响，催促我们生命的跳动，唤醒潜在的想望，仿佛是武士望见了前峰烽烟的信号，更不踌躇的奋勇前向？只有接近了这样超轶的纯粹的丈夫，这样不可错误的实在，我们方始相形的自愧我们的口不够阔大，我们的嗓音不够响亮，我们的呼吸不够深长，我们的信仰不够坚定，我们的理想不够莹澈，我们的自由不够磅礴，我们的语言不够明白，我们的情感不够热烈，我们的努力不够勇猛，我们的资本不够充实……

我自信我不是恣滥不切事理的崇拜，我如其曾经应用浓烈的文字，这是因为我不能自制我浓烈的感想。但是我最急切要声明的是，我们的诗人，虽则常常招受神秘的徽号，在事实上却是最清明，最有趣，最诙谐，最不神秘的生灵。他是最通达人情，最近人情的。我盼望有机会追写他日常的生活与谈话。如其我是犯嫌疑的，如其我也是性近神秘的（有好多朋友这么说），你们还有适之先生的见证，他也说他是最可爱最可亲的个人：我们可以相信适

之先生绝对没有“性近神秘”的嫌疑！所以无论他怎样的伟大与深厚，我们的诗人还只是有骨有血的人，不是野人，也不是天神。唯其是人，尤其是最富情感的人，所以他到处要求人道的温暖与安慰，他尤其要我们中国青年的同情与情爱。他已经为我们尽了责任，我们不应，更不忍辜负他的期望。同学们！爱你的爱，崇拜你的崇拜，是人情不是罪孽，是勇敢不是懦怯！

十二日在真光讲

北戴河海滨的幻想

他们都到海边去了。我为左眼发炎不曾去。我独坐在前廊，偎坐在一张安适的大椅内，袒着胸怀，赤着脚，一头的散发，不时有风来撩拂。清晨的晴爽，不曾消醒我初起时睡态；但梦思却半被晓风吹断。我阖紧眼帘内视，只见一斑斑消残的颜色，一似晚霞的余赭，留恋的胶附在天边。廊前的马樱、紫荆、藤萝、青翠的叶与鲜红的花，都将他们的妙影映印在水汀上，幻出幽媚的情态无数；我的臂上与胸前，亦满缀了绿荫的斜纹。从树荫的间隙平望，正见海湾：海波亦似被晨曦唤醒，黄蓝相间的波光，在欣然的舞蹈。滩边不时见白涛涌起，迸射着雪样的水花。浴线内点点的小舟与浴客，水禽似的浮着；幼童的欢叫，与水波拍岸声，与潜涛呜咽声，相间的起伏，竞报一滩的生趣与乐意。但我独坐的廊前，却只是静静的，静静的无甚声响。妩媚的马樱，只是幽幽的微辗着，蝇虫也敛翅不飞。只有远近树里的秋蝉，在纺纱似的垂引他们不尽的长吟。

在这不尽的长吟中，我独坐在冥想。难得是寂寞的环境，难得是静定的意境；寂寞中有不可言传的和谐，静默中有无限的创造。我的心灵，比如海滨，生平初度的怒潮，已经渐次的消翳，只剩有疏松的海砂中偶尔的回响，更有残缺的贝壳，反映星月的辉芒。此时摸索潮余的斑痕，追想当时汹涌的情景，是梦或是真，再亦不须辨问，只此眉梢的轻皱，唇边的微哂，已

足解释无穷奥绪，深深的蕴伏在灵魂的微纤之中。

青年永远趋向反叛，爱好冒险；永远如初度航海者，幻想黄金机缘于浩渺的烟波之外：想割断系岸的缆绳，扯起风帆，欣欣的投入无垠的怀抱。他厌恶的是平安，自喜的是放纵与豪迈。无颜色的生涯，是他目中的荆棘；绝海与凶巇，是他爱取自由的途径。他爱折玫瑰；为她的色香，亦为她冷酷的刺毒。他爱搏狂澜：为他的庄严与伟大，亦为他吞噬一切的天才，最是激发他探险与好奇的动机。他崇拜冲动：不可测，不可节，不可预逆，起，动，消歇皆在无形中，狂飚似的倏忽与猛烈与神秘。他崇拜斗争：从斗争中求剧烈的生命之意义，从斗争中求绝对的实在，在血染的战阵中，呼叫胜利之狂欢或歌败丧的哀曲。

幻象消灭是人生里命定的悲剧；青年的幻灭，更是悲剧中的悲剧，夜一般的沉黑，死一般的凶恶。纯粹的、猖狂的热情之火，不同阿拉伯的神灯，只能放射一时的异彩，不能永久的朗照；转瞬间，或许，便已敛熄了最后的焰舌，只留存有限的余烬与残灰，在未灭的余温里自伤与自慰。

流水之光，星之光，露珠之光，电之光，在青年的妙目中闪耀，我们不能不惊讶造化者艺术之神奇，然可怖的黑影，倦与衰与饱餍的黑影，同时亦紧紧的跟着时日进行，仿佛是烦恼、痛苦、失败，或庸俗的尾曳，亦在转瞬间，彗星似的扫灭了我们最自傲的神辉——流水涸，明星没，露珠散灭，电闪不再！

在这艳丽的日辉中，只见愉悦与欢舞与生趣，希望，闪烁的希望，在荡漾，在无穷的碧空中，在绿叶的光泽里，在虫鸟的歌吟中，在青草的摇曳中——夏之荣华，春之成功。春光与希望，是长驻的；自然与人生，是调谐的。

在远处有福的山谷内，莲馨花在坡前微笑，稚羊在乱石间跳跃，牧童们，有的吹着芦笛，有的平卧在草地上，仰看交幻的浮游的白云，放射下的青影在初黄的稻田中缥缈的移过。在远处安乐的村中，有妙龄的村姑，在流涧边照映她自制的春裙；口衔烟斗的农夫三四，在预度秋收的丰盈，老妇人们坐在家门外阳光中取暖，她们的周围有不少的儿童，手擎着黄白的钱花在环舞与欢呼。

在远——远处的人间，有无限的平安与快乐，无限的春光……

在此暂时可以忘却无数的落蕊与残红；亦可以忘却花荫中掉下的枯叶，私语的预告三秋的情意；亦可以忘却苦恼的僵瘪的人间，阳光与雨露的殷勤，不能再恢复他们腮颊上生命的微笑，亦可以忘却纷争的互杀的人间，阳光与雨露的仁慈，不能感化他们凶恶的兽性；亦可以忘却庸俗的卑琐的人间，行云与朝露的丰姿，不能引逗他们刹那间的凝视；亦可以忘却自觉的失望的人间，绚烂的春时与媚草，只能反激他们悲伤的意绪。

我亦可以暂时忘却我自身的种种；忘却我童年期清风白水似的天真；忘却我少年期种种虚荣的希冀；忘却我渐次的生命的觉悟；忘却我热烈的理想的寻求；忘却我心灵中乐观与悲观的斗争；忘却我攀登文艺高峰的艰辛；忘却刹那的启示与彻悟之神奇；忘却我生命潮流之骤转；忘却我陷落在危险的旋涡中之幸与不幸；忘却我追忆不完全的梦境；忘却我大海底里埋首的秘密；忘却曾经刳割我灵魂的利刃，炮烙我灵魂的烈焰，摧毁我灵魂的狂飚与暴雨；忘却我的深刻的怨与艾；忘却我的冀与愿；忘却我的恩泽与惠感；忘却我的过去与现在……

过去的实在，渐渐的膨胀，渐渐的模糊，渐渐的不可辨认；现在的实在，渐渐的收缩，逼成了意识的一线，细极狭极的一线，又裂成了无数不相联续的黑点……黑点亦渐次的隐翳？幻术似的灭了，灭了，一个可怕的黑暗的空虚……

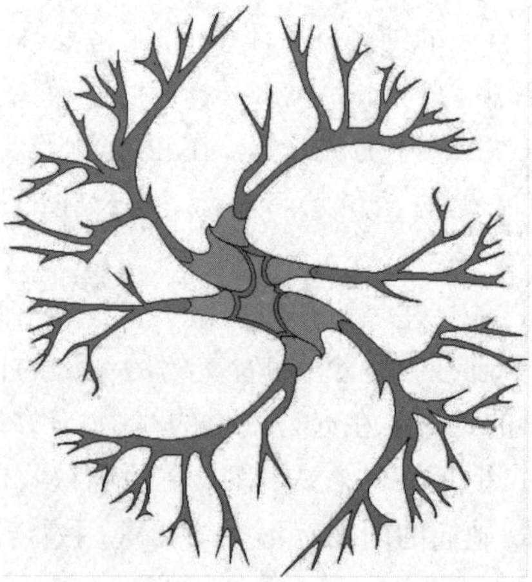

落叶

前天你们查先生来电话要我讲演，我说但是我没有什么话讲，并且我又是最不耐烦讲演的。他说：你来吧，随你讲，随你自由的讲，你爱说什么就说什么。我们这里你知道这次开学情形很困难，我们学生的生活很枯燥很闷，我们要你来给我们一点活命的水。这话打动了我。枯燥、闷，这我懂得。虽则我与你们诸君是不相熟的，但这一件事实，你们感觉生活枯闷的事实，却立即在我与诸君无形的关系间，发生了一种真的深切的同情。我知道烦闷是怎样一个不成形不讲情理的怪物，他来的时候，我们的全身仿佛被一个大蜘蛛网盖住了，好容易挣出了这条手臂，那条又叫粘住了。那是一个可怕的网子。我也认识生活枯燥，他那可厌的面目，我想你们也都很认识他。他是无所不在的，他附在个个人的身上，他现在个个人的脸上。你望望你的朋友去，他们的脸上有他，你自己照镜子去，你的脸上，我想，也有他，可怕的枯燥，好比是一种毒剂，他一进了我们的血液，我们的性情，我们的皮肤就变了颜色，而且我怕是离着生命远，离着坟墓近的颜色。

我是一个信仰感情的人，也许我自己天生就是一个感情性的人。比如前几天西风到了，那天早上我醒的时候是冻着才醒过来的，我看着纸窗上的颜色比往常的淡了，我被窝里的肢体像是浸在冷水里似的，我也听见窗外的风声，吹着一棵枣树上的枯叶，一阵一阵的掉下来，在地上卷着，沙沙的发响，有

的飞出了外院去,有的留在墙角边转着,那声响真像是叹气。我因此就想起这西风,冷醒了我的梦,吹散了树上的叶子,他那成绩在一般饥荒贫苦的社会里一定格外的可惨。那天我出门的时候,果然见街上的情景比往常不同了。穷苦的老头、小孩全躲在街角上发抖;他们迟早免不了树上枯叶子的命运。那一天我就觉得特别的闷,差不多发愁了。

因此我听着查先生说你们生活怎样的烦闷,怎样的干枯,我就很懂得,我就愿意来对你们说一番话。我的思想——如其我有思想——永远不是成系统的。我没有那样的天才。我的心灵的活动是冲动性的,简直可以说痉挛性的。思想不来的时候,我不能要他来,他来的时候,就比如穿上一件湿衣,难受极了,只能想法子把他脱下。我有一个比喻,我方才说起秋风里的枯叶;我可以把我的思想比作树上的叶子,时期没有到,他们是不很会掉下来的;但是到时期了,再要有风的力量,他们就只能一片一片的往下落;大多数也许是已经没有生命了的,枯了的,焦了的,但其中也许有几张还留着一点秋天的颜色,比如枫叶就是红的,海棠叶就是五彩的。这叶子实用是绝对没有的;但有人,比如我自己,就有爱落叶的癖好。他们初下来时颜色有很鲜艳的,但时候久了,颜色也变,除非你保存得好。所以我的话,那就是我的思想,也是与落叶一样的无用,至多有时有几痕生命的颜色就是了。你们不爱的尽可以随意的踩过,绝对不必理会;但也许有少数人有缘分的,不责备他们的无用,竟许会把他们捡起来揣在怀里,间在书里,想延留他们幽淡的颜色。感情,真的感情,是难得的,是名贵的;是应当共有的;我们不应得拒绝感情,或是压迫感情,那是犯罪的行为,与压住泉眼不让上冲,或是掐住小孩不让喘气一样的犯罪。人在社会里本来是不相连续的个体。感情,先天的与后天的,是一种线索,一种经纬,把原来分散的个体织成有文章的整体。但有时线索也有破烂与涣散的时候,所以一个社会里必须有新的线索继续的产出,有破烂的地方去补,有涣散的地方去拉紧,才可以维持这组织大体的匀整,有时生产力特别加增时,我们就有机会或是推广,或是加添我们现有的面积,或是加密,像网球板穿双线似的,我们现成的组织,因为我们知道创造的势力与破坏的势力,建设与溃败的势力,上帝与撒但的势力,是同时存在的。这两种势力是在一架天平上比着;他们很少平衡的时候,不是这头沉,就是那头沉,是的,人类的命运是在一架大天平上比着,一个巨大的黑影,那是我们集合的化身,在那里看着,他的手里满拿着分两的砝码,一会往这头送,一会又往那头送,地球尽转着,太阳、月亮、星,轮流的照着,我们的运命永远是在天平上称着。

我方才说网球拍,不错,球拍是一个好比喻。你们打球的知道网拍上哪

里几根线是最吃重最要紧,哪几根线要是特别有劲的时候,不仅你对敌时拉球、抽球、拍球格外来的有力,出色,并且你的拍子也就格外的经用,少数特强的分子保持了全体的匀整。这一条原则应用到人道上,就是说,假如我们有力量加密,加强我们最普通的同情线,那线如其穿连得到所有跳动的人心时,那时我们的大网子就坚实耐用,天津人说的,就有根。不问天时怎样的坏,管他雨也罢,云也罢,霜也罢,风也罢,管他水流怎样的急,我们假如有这样一个强有力的大网子,哪怕不能在时间无尽的洪流里——早晚网起无价的珍品,哪怕不能在我们运命的天平上重重的加下创造的生命的力量?

所以我说真的感情,真的人情,是难能可贵的,那是社会组织的基本成分。初起也许只是一个人心灵里偶然的震动,但这震动,不论怎样的微弱,就产生了及远的波纹;这波纹要是唤得起同情的反应时,原来细的便拼成了粗的,原来弱的便合成了强的,原来脆性的便结成了韧性的,像一缕缕的苎麻打成了粗绳似的;原来只是微波,现在掀成了大浪,原来只是山罅里的一股细水,现在流成了滚滚的大河,向着无边的海洋里流着。比如耶稣在山头上的训道(Sermon on the mount)还不是有限的几句话,但这一篇短短的演说,却制定了人类想望的止境,建设了绝对的价值的标准,创造了一个纯粹的完全的宗教。那是一件大事实,人类历史上一件最伟大的事实。再比如释迦牟尼感悟了生老、病死的究竟,发大慈悲心,发大勇猛心,发大无畏心,抛弃了他人间的地位,富与贵,家庭与妻子,直到深山里去修道,结果他也替苦闷的人间打开了一条解放的大道,为东方民族的天才下一个最光华的定义。那又是人类历史上的一件奇迹。但这样大事的起源还不止是一个人的心灵里偶然的震动,可不仅仅是一滴最透明的真挚的感情滴落在黑沉沉的宇宙间?

感情是力量,不是知识。人的心是力量的府库,不是他的逻辑。有真感情的表现,不论是诗是文是音乐是雕刻或是画,好比是一块石子掷在平面的湖心里,你站着就看得见他引起的变化。没有生命的理论,不论他论的是什么理,只是拿石块扔在沙漠里,无非在干枯的地面上添一颗干枯的分子,也许掷下去时便听得出一些干枯的声响,但此外只是一大片死一般的沉寂了。所以感情才是成江成河的水泉,感情才是织成大网的线索。

但是我们自己的网子又是怎么样呢?现在时候到了,我们应当张大了我们的眼睛,认明白我们周围事实的真相。我们已经含糊了好久,现在再不容含糊的了。让我们来大声的宣布我们的网子是坏了的,破了的,烂了的;让我们痛快的宣告我们民族的破产,道德、政治、社会、宗教、文艺,一切都是破产了的。我们的心窝变成了蠹虫的家,我们的灵魂里住着一个可怕的大

谎！那天平上沉着的一头是破坏的重量，不是创造的重量；是溃败的势力，不是建设的势力；是撒但的魔力，不是上帝的神灵。霎时间这边路上长满了荆棘，那边道上涌起了洪水，我们头顶有骇人的声音，是雷霆还是炮火呢？我们周围有一哭声与笑声，哭是我们的灵魂受污辱的悲声，笑是活着的人们疯魔了的狞笑，那比鬼哭更听得可怕，更凄惨。我们张开眼来看时，差不多更没有一块干净的土地，哪一处不是叫鲜血与眼泪冲毁了的；更没有平安的所在，因为你即使忘却了外面的世界，你还是躲不了你自身的烦闷与苦痛。不要以为这样混沌的现象是原因于经济的不平等，或是政治的不安定，或是少数人的放肆的野心。这种种都是空虚的，欺人自欺的理论，说着容易，听着中听，因为我们只盼望脱卸我们自身的责任，只要不是我的分，我就有权利骂人。但这是，我着重的说，懦怯的行为；这正是我说的我们各个人灵魂里躲着的大谎！你说少数的政客，少数的军人，或是少数的富翁，是现在变乱的原因吗？我现在对你说：先生，你错了，你很大的错了，你太恭维了那少数人，你太瞧不起你自己。让我们一致的来承认，在太阳普遍的光亮底下承认，我们各个人的罪恶，各个人的不洁净，各个人的苟且与懦怯与卑鄙！我们是与最肮脏的一样的肮脏，与最丑陋的一般的丑陋，我们自身就是我们运命的原因。除非我们能起拔了我们灵魂里的大谎，我们就没有救度；我们要把祈祷的火焰把那鬼烧净了去，我们要把忏悔的眼泪把那鬼冲洗了去，我们要有勇敢来承当罪恶；有了勇敢来承当罪恶，方有胆量来决斗罪恶。再没有第二条路走。如其你们可以宽恕我的厚颜，我想念我自己近作的一首诗给你们听，因为那首诗，正是我今天讲的话的更集中的表现：

毒　药

今天不是我歌唱的日子，我口边涎着狞恶的微笑，不是我说笑的日子，我胸怀间插着发冷光的利刃；

相信我，我的思想是恶毒的因为这世界是恶毒的，我的灵魂是黑暗的因为太阳已经灭绝了光彩，我的声调是像坟堆里的夜鸮因为人间已经杀尽了一切的和谐，我的口音像是冤鬼责问他的仇人因为一切的恩已经让路给一切的怨；

但是相信我，真理是在我的话里虽则我的话像是毒药，真理是永远不含糊的虽则我的话里仿佛有两头蛇的舌，蝎子的尾尖，蜈蚣的触须；只因为我的心里充满着比毒药更强烈，比咒诅更狠毒，比火焰更猖狂，比死更深奥的不忍心与怜悯心与爱心，所以我说的话

是毒性的，咒诅的，燎灼的，虚无的；

相信我，我们一切的准绳已经埋没在珊瑚土打紧的墓宫里，最劲冽的祭肴的香味也穿不透这严封的地层：一切的准则是死了的；

我们一切的信心像是顶烂在树枝上的风筝，我们手里擎着这迸断了的鹞线：一切的信心是烂了的；

相信我，猜疑的巨大的黑影，像一块乌云似的，已经笼盖着人间一切的关系：人子不再悲哭他新死的亲娘，兄弟不再来携他姊妹的手，朋友变成了寇仇，看家的狗回头来咬他主人的腿：是的，猜疑淹没了一切；在路旁坐着啼哭的，在街心里站着的，在你窗前探望的，都是被你奸污的处女：池潭里只见些烂破的鲜艳的荷花；

在人道恶浊的涧水里流着，浮荇似的，五具残缺的尸体，它们是仁义礼智信，向着时间无尽的海澜里流去；

这海是一个不安靖的海，波涛猖獗的翻着，在每个浪头的小白帽上分明的写着人欲与兽性；

到处是奸淫的现象：贪心搂抱着正义，猜忌逼迫着同情，懦怯狎亵着勇敢，肉欲侮弄着恋爱，暴力侵凌着人道，黑暗践踏着光明；

听呀，这一片淫猥的声响，听呀，这一片残暴的声响；

虎狼在热闹的市街里，强盗在你们妻子的床上，罪恶在你们深奥的灵魂里……

白　旗

来，跟着我来，拿一面白旗在你们的手里——不是上面写着激动怨毒，鼓励残杀字样的白旗，也不是涂着不洁净血液的标记的白旗，也不是画着忏悔与咒语的白旗（把忏悔画在你们的心里）；

你们排列着，噤声的，严肃的，像送丧的行列，不容许脸上留存一丝的颜色，一毫的笑容，严肃的，噤声的，像一队决死的兵士；

现在时辰到了，一齐举起你们手里的白旗，像举起你们的心一样，仰看着你们头顶的青天，不转瞬的，恐惶的，像看着你们自己的灵魂一样；

现在时辰到了，你们让你们熬着、壅着，迸裂着，滚沸着的眼泪流，直流，狂流，自由的流，痛快的流，尽性的流，像山水出峡似的流，像暴雨倾盆似的流……

现在时辰到了，你们让你们咽着，压迫着，挣扎着，汹涌着的声

音嚎，直嚎，狂嚎，放肆的嚎，凶狠的嚎，像飓风在大海波涛间的嚎，像你们丧失了最亲爱的骨肉时的嚎……

现在时辰到了，你们让你们回复了的天性忏悔，让眼泪的滚油煎净了的，让嚎恸的雷霆震醒了的天性忏悔，默默的忏悔，悠久的忏悔，沉彻的忏悔，像冷峭的星光照落在一个寂寞的山谷里，像一个黑衣的尼僧匐伏在一座金漆的神龛前；……

在眼泪的沸腾里，在嚎恸的酣彻里，在忏悔的沉寂里，你们望见了上帝永久的威严。

婴　儿

我们要盼望一个伟大的事实出现，我们要守候一个馨香的婴儿出世：——

你看他那母亲在她生产的床上受罪！

她那少妇的安详、柔和、端丽，现在在剧烈的阵痛里变形成不可信的丑恶：你看她那遍体的筋络都在她薄嫩的皮肤底里暴涨着，可怕的青色与紫色，像受惊的水青蛇在田沟里急泅似的，汗珠站在她的前额上像一颗颗的黄豆，她的四肢与身体猛烈的抽搐着，畸屈着，奋挺着，纠旋着，仿佛她垫着的席子是用针尖编成的，仿佛她的帐围是用火焰织成的；

一个安详的、镇定的、端庄的、美丽的少妇，现在在阵痛的残酷里变形成魔鬼似的可怖：她的眼，一时紧紧的阖着，一时巨大的睁着，她那眼，原来像冬夜池潭里反映着的明星，现在吐露着青黄色的凶焰，眼珠像是烧红的炭火，映射出她灵魂最后的奋斗，她的原来朱红色的口唇，现在像是炉底的冷灰，她的口颤着、噘着、扭着，死神的热烈的亲吻不容许她一息的平安，她的发是散披着，横在口边，漫在胸前，像揪乱的麻丝，她的手指间紧抓着几穗拧下来的乱发；

这母亲在她生产的床上受罪！

但她还不曾绝望，她的生命挣扎着血与肉与骨与肢体的纤微，在危崖的边沿上，抵抗着、搏斗着死神的逼迫；

她还不曾放手，因为她知道（她的灵魂知道！）这苦痛不是无因的，因为她知道她的胎宫里孕育着一点比她自己更伟大的生命的种子，包涵着一个比一切更永久的婴儿；

因为她知道这苦痛是婴儿要求出世的征候，是种子在泥土里爆裂成美丽的生命的消息，是她完成她自己生命的使命的时机；

因为她知道这忍耐是有结果的，在她剧痛的昏瞀中她仿佛听着上帝准许人间祈祷的声音，她仿佛听着天使们赞美未来的光明的声音；

因此她忍耐着、抵抗着、奋斗着……她抵拼绷断她统体的纤微，她要赎出在她那胎宫里动荡的生命，在她一个完全、美丽的婴儿出世的盼望中，最锐利、最沉酣的痛感逼成了最锐利最沉酣的快感……

这也许是无聊的希冀，但是谁不愿意活命，就是到了绝望最后的边沿，我们也还要妄想希望的手臂从黑暗里伸出来挽着我们。我们不能不想望这苦痛的现在，只是准备着一个更光荣的将来，我们要盼望一个洁白的肥胖的活泼的婴儿出世！

新近有两件事实，使我得到很深的感触。让我来说给你们听听。

前几时有一天俄国公使馆挂旗，我也去看了。加拉罕站在台上，微微的笑着，他的脸上发出一种严肃的青光，他侧仰着他的头看旗上升时，我觉着了他的人格的尊严，他至少是一个有胆有略的男子，他有为主义牺牲的决心，他的脸上至少没有苟且的痕迹，同时屋顶那根旗杆上，冉冉的升上了一片的红光，背着窈远没有一斑云彩的青天。那面簇新的红旗在风前料峭的袅荡个不定。这异样的彩色与声响引起了我异样的感想。是腼腆，是骄傲，还是鄙夷，如今这红旗初次面对着我们偌大的民族？在场人也有拍掌的，但只是断续的拍掌，这就算是我想我们初次见红旗的敬意；但这又是鄙夷，骄傲，还是惭愧呢？那红色是一个伟大的象征，代表人类史里最伟大的一个时期；不仅标示俄国民族流血的成绩，却也为人类立下了一个勇敢尝试的榜样。在那旗子抖动的声响里我不仅仿佛听出了这近十年来那斯拉夫民族失败与胜利的呼声，我也想象到百数十年前法国革命时的狂热，一七八九年七月四日那天巴黎市民攻破巴士梯亚牢狱时的疯癫。自由，平等，友爱！友爱，平等，自由！你们听呀，在这呼声里人类理想的火焰一直从地面上直冲破天顶，历史上再没有更重要更强烈的转变的时期。卡莱尔（Carlyle）在他的法国革命史里形容这件大事有三句名句，他说，“To describe this scene transcends the talent of mortals. After four hours of worldbedlam it surrenders. The Bastille is down！”他说：“要形容这一景超过了凡人的力量。过了四小时的疯狂他（那大牢）投降了。巴士梯亚是下了！”打破一个政治犯的牢狱不算是了

不得的大事，但这事实里有一个象征。巴士梯亚是代表阻碍自由的势力，巴黎士民的攻击是代表全人类争自由的势力，巴士梯亚的“下”是人类理想胜利的凭证。自由，平等，友爱！友爱，平等，自由！法国人在百几十年前猖狂的叫着。这叫声还在人类的性灵里荡着。我们不好像听见吗？虽则隔着百几十年光阴的旷野。如今凶恶的巴士梯亚又在我们的面前堵着；我们如其再不发疯，他那牢门上的铁钉，一个个都快刺透我们的心胸了！

这是一件事。还有一件是我六月间伴着泰戈尔到日本时的感想。早七年我过太平洋时曾经到东京去玩过几个钟头，我记得到上野公园去，上一座小山去下望东京的市场，只见连绵的高楼大厦，一派富盛繁华的景象。这回我又到上野去了，我又登山去望东京城了，那分别可太大了！房子，不错，原是有的；但从前是几层楼的高房，还有不少有名的建筑，比如帝国剧场、帝国大学等等，这次看见的，说也可怜，只是薄皮松板暂时支着应用的鱼鳞似的屋子，白松松的像一个烂发的花头，再没有从前那样富盛与繁华的气象。十九的城子都是叫那大地震吞了去烧了去的。我们站着的地面平常看是再坚实不过的，但是等到他起兴时小小的翻一个身，或是微微的张一张口，我们脆弱的文明与脆弱的生命就够受。我们在中国的差不多是不能想着世界上，在醒着的不是梦里的世界上，竟可以有那样的大灾难。我们中国人是在灾难里讨生活的，水、旱、刀兵、盗劫，哪一样没有，但是我敢说我们所有的灾难合起来，也抵不上我们邻居一年前遭受的大难。那事情的可怕，我敢说是超过了人类忍受力的止境。我们国内居然有人以日本人这次大灾为可喜的，说他们活该，我真要请协和医院大夫用X光检查一下他们那几位，究竟他们是有没有心肝的。因为在可怕的运命的面前，我们人类的全体只是一群在山里逢着雷霆风雨时的绵羊，哪里还能容什么种族、政治等等的偏见与意气？我来说一点情形给你们听听，因为虽则你们在报上看过极详细的记载，不曾亲自察看过的总不免有多少距离的隔膜。我自己未到日本前与看过日本后，见解就完全的不同。你们试想假定我们今天在这里集会，我讲的，你们听的，假如日本那把戏轮着我们头上来时，要不了的搭的搭的搭的三秒钟我与你们与讲台与屋子就永远诀别了地面，像变戏法似的，影踪都没了。那是事实，横滨有好几所五六层高的大楼，全是在三四秒时间内整个儿与地面拉一个平，全没了。你们知道圣书里面形容天降大难的时候，不要说本来脆弱的人类完全放弃了一切的虚荣，就是最猛鸷的野兽与飞禽也会在刹时间变化了性质，老虎会来小猫似的挨着你躲着，利喙的鹰鹞会得躲入鸡棚里去窝着，比鸡还要驯服。在那样非常的变动时，他们也好似觉悟了这彼此同是生物的亲属关系，在天怒的跟前同是剥夺了抵抗力的小虫子，这里面

就发生了同命运的同情。你们试想就东京一地说,二三百万的人口,几十百年辛勤的成绩,突然的面对着最后审判的实在,就在今天我们回想起当时他们全城子像一个滚沸的油锅时的情景,原来热闹的市场变成了光焰万丈的火盆,在这里面人类最集中的心力与体力的成绩全变了燃料,在这里面艺术、教育、政治、社会人的骨与肉与血都化成了灰烬,还有百十万男女老少的哭嚷声,这哭声本体就可以摇动天地,——我们不要说亲身经历,就是坐在椅子上想象这样不可信的情景时,也不免觉得害怕不是?那可不是顽儿的事情。单只描写那样的大变,恐怕至少就须要荷马或是莎士比亚的天才。你们试想在那时候,假如你们亲身经历时,你的心理该是怎么样?你还恨你的仇人吗?你还不饶恕你的朋友吗?你还沾恋你个人的私利吗?你还有欺哄人的机会吗?你还有什么希望吗?你还不搂住你身旁的生物,管他是你的妻子,你的老子,你的听差,你的妈,你的冤家,你的老妈子,你的猫,你的狗,把你灵魂里还剩下的光明一齐放射出来,和着你同难的同胞在这普遍的黑暗里来一个最后的结合吗?

但运命的手段还不是那样的简单。他要是把你的一切都扫灭了,那倒也是一个痛快的结束;他可不然。他还让你活着,他还有更苛刻的试验给你。大难过了,你还喘着气;你的家,你的财产,都变了你脚下的灰,你的爱亲与妻与儿女的骨肉还有烧不烂的在火堆里燃着,你没有了一切;但是太阳又在你的头上光亮的照着,你还是好好的在平定的地面上站着,你疑心这一定是梦,可又不是梦,因为不久你就发现与你同难的人们,他们也一样的疑心他们身受的是梦。可真不是梦;是真的。你还活着,你还喘着气,你得重新来过,根本的完全的重新来过。除非是你自愿放手,你的灵魂里再没有勇敢的分子。那才是你的真试验的时候。这考卷可不容易交了,要到那时候你才知道你自己究竟有多大能耐,值多少,有多少价值。

我们邻居日本人在灾后的实际就是这样。全完了,要来就得完全来过,尽你自身的力量不够,加上你儿子的,你孙子的,你孙子的儿子的儿子的孙子的努力,也许可以重新撑起这份家私,但在这努力的经程中,谁也保不定天与地不再捣乱;你的几十年只要他的几秒钟。问题所以是你干不干?就只干脆的一句话,你干不干,是或否?同时也许无情的运命,扭着他那丑陋可怕的脸子在你的身旁冷笑,等着你最后的回话。你干不干,他仿佛也涎着他的怪脸问着你!

我们勇敢的邻居们已经交了他们的考卷;他们回答了一个干脆的干字,我们不能不佩服。我们不能不尊敬他们精神的人格。不等那大震灾的火焰缓和下去,我们邻居们第二次的奋斗已经庄严的开始了。不等运命的残酷

的手臂松放，他们已经宣言他们积极的态度对运命宣战。这是精神的胜利，这是伟大，这是证明他们有不可摇的信心，不可动的自信力；证明他们是有道德的与精神的准备的，有最坚强的毅力与忍耐力的，有内心潜在着的精力的，有充分的后备军的，好比说，虽则前敌一起在炮火里毁了，这只是给他们一个出马的机会。他们不但不悲观，不但不消极，不但不绝望，不但不低着嗓子乞怜，不但不倒在地下等救，在他们看来这大灾难，只是一个伟大的激刺，伟大的鼓励，伟大的灵感，一个应有的试验，因此他们新来的态度只是双倍的积极，双倍的勇猛，双倍的兴奋，双倍的有希望；他们仿佛是经过大战的大将，战阵愈急迫愈危险，战鼓愈打得响亮，他的胆量愈大，往前冲的步子愈紧，必胜的决心愈强。这，我说，真是精神的胜利，一种道德的强制力，伟大的，难能的，可尊敬的，可佩服的。泰戈尔说的，国家的灾难，个人的灾难，都是一种试验：除是灾难的结果压倒了你的意志与勇敢，那才是真的灾难，因为你更没有翻身的希望。

这也并不是说他们不感觉灾难的实际的难受，他们也是人，他们虽勇，心究竟不是铁打的。但他们表现他们痛苦的状态是可注意的；他们不来零碎的呼叫，他们采用一种雄伟的庄严的仪式。此次震灾的周年纪念时；他们选定一个时间，举行他们全国的悲哀；在不知是几秒或几分钟的期间内，他们全国的国民一致的静默了，全国民的心灵在那短时间内融和在一阵忏悔的，祈祷的，普遍的肃静里（那是何等的凄伟！）；然后，一个信号打破了全国的静默，那千百万人民又一致的高声悲号，悲悼他们曾经遭受的惨运；在这一声弥漫的哀号里，他们国民，不仅发泄了蓄积着的悲哀，这一声长号，也表明他们一致重新来过的伟大的决心（这又是何等的凄伟！）。

这是教训，我们最切题的教训。我个人从这两件事情——俄国革命与日本地震——感到极深刻的感想；一件是告诉我们什么是有意义有价值的牺牲，那表面紊乱的背后坚定的站着某种主义或是某种理想，激动人类潜伏着一种普遍的想望，为要达到那想望的境界，他们就不顾冒怎样剧烈的险与难，拉倒已成的建设，踏平现有的基础，抛却生活的习惯，尝试最不可测量的路子。这是一种疯癫，但是有目的的疯癫；单独的看，局部的看，我们尽可以下种种非难与责备的批评，但全部的看，历史的看时，那原来纷乱的就有了条理，原来散漫的就成了片段，甚至于在经程中一切反理性的分明残暴的事实都有了他们相当的应有的位置，在这部大悲剧完成时，在这无形的理想“物化”成事实时，在人类历史清理结账时，所得便超过所出，盈余至少是盖得过损失的。我们现在自己的悲惨就在问题不集中，不清楚，不一贯；我们缺少，用一个现成的比喻——那一面半空里升起来的彩色旗（我不是主张红

旗我不过比喻罢了!),使我们有眼睛能看的人都不由的不仰着头望;缺少那青天里的一个霹雳,使我们有耳朵能听的不由的惊心。正因为缺乏这样一个一贯的理想与标准(能够表现我们潜在意识所想望的),我们有的那一部疯癫性——历史上所有的大运动都脱不了疯癫性的成分——就没有机会充分的外现,我们物质生活的累赘与沾恋,便有力量压迫住我们精神性的奋斗;不是我们天生不肯牺牲,也不是天生懦怯,我们在这时期内的确不曾寻着值得或是强迫我们牺牲的那件理想的大事,结果是精力的散漫,志气的怠惰,苟且心理的普遍,悲观主义的盛行,一切道德标准与一切价值的毁灭与埋葬。

人原来是行为的动物,尤其是富有集合行为力的,他有向上的能力,但他也是最容易堕落的,在他眼前没有正当的方向时,比如猛兽监禁在铁笼子里。在他的行为力没有发展的机会时,他就会随地躺了下来,管他是水潭是泥潭,过他不黑不白的猪奴的生活。这是最可惨的现象,最可悲的趋向。如其我们容忍这种状态继续存在时,那时每一对父母每次生下一个洁净的小孩,只是为这卑劣的社会多添一个堕落的分子,那是莫大的亵渎的罪孽;所有的教育与训练也就根本的失去了意义,我们还不如盼望一个大雷霆下来毁尽了这三江或四江流域的人类的痕迹!

再看日本人天灾后的勇猛与毅力,我们就不由的不惭愧我们的穷,我们的乏,我们的寒碜。这精神的穷乏才是真可耻的,不是物质的穷乏。我们所受的苦难都还不是我们应有的试验的本身,那还差得远着哪;但是我们的丑态已经恰好与人家的从容成一个对照。我们的精神生活没有充分的涵养,所以临着稀小的纷扰便没有了主意,像一个耗子似的,他的天才只是害怕,他的伎俩只是小偷;又因为我们的生活没有深刻的精神的要求,所以我们合群生活的大网子就缺少最吃分量最经用的那几条普遍的同情线,再加之原来的经纬已经到了完全破烂的状态,这网子根本就没有了联结,不受外物侵损时已有溃败的可能,哪里还能在时代的急流里,捞起什么有价值的东西?说也奇怪,这几千年历史的传统精神非但不曾供给我们社会一个顽固的基础,我们现在到了再不容隐讳的时候,谁知道发现我们的桩子,只是在黄河里造桥,打在流沙里的!

难怪悲观主义变成了流行的时髦!但我们年青人,我们的身体里还有生命跳动,脉管里多少还有鲜血的年青人,却不应当沾染这最致命的时髦,不应当学那随地躺得下去的猪,不应当学那苟且专家的耗子,现在时候逼迫了,再不容我们刹那的含糊。我们要负我们应负的责任,我们要来补织我们已经破烂的大网子,我们要在我们各个人的生活里抽出人道的同情的纤维

来合成强有力的绳索，我们应当发现那适当的象征，像半空里那面大旗似的，引起普遍的注意；我们要修养我们精神的与道德的人格，预备忍受将来最难堪的试验。简单的一句话，我们应当在今天——过了今天就再没有那一天了——宣传我们对于生活基本的态度。是是还是否；是积极还是消极；是生道还是死道；是向上还是堕落？在我们年青人一个字的答案上就挂着我们全社会的运命的决定。我盼望我至少可以代表大多数青年，在这篇讲演的末尾，高叫一声——用两个有力量的外国字——

"Everlasting yea!"

翡冷翠山居闲话

在这里出门散步去，上山或是下山，在一个晴好的五月的向晚，正像是去赴一个美的宴会，比如去一果子园，那边每株树上都是满挂着诗情最秀逸的果实，假如你单是站着看还不满意时，只要你一伸手就可以采取，可以恣尝鲜味，足够你性灵的迷醉。阳光正好暖和，决不过暖；风息是温驯的，而且往往因为他是从繁花的山林里吹度过来他带来一股幽远的淡香，连着一息滋润的水气，摩挲着你的颜面，轻绕着你的肩腰，就这单纯的呼吸已是无穷的愉快；空气总是明净的，近谷内不生烟，远山上不起霭，那美秀风景的全部正像画片似的展露在你的眼前，供你闲暇的鉴赏。

作客山中的妙处，尤在你永不须踌躇你的服色与体态；你不妨摇曳着一头的蓬草，不妨纵容你满腮的苔藓；你爱穿什么就穿什么；扮一个牧童，扮一个渔翁，装一个农夫，装一个走江湖的桀卜闪，装一个猎户；你再不必提心整理你的领结，你尽可以不用领结，给你的颈根与胸膛一半日的自由，你可以拿一条这边颜色的长巾包在你的头上，学一个太平军的头目，或是拜伦那埃及装的姿态；但最要紧的是穿上你最旧的旧鞋，别管他模样不佳，他们是顶可爱的好友，他们承着你的体重却不叫你记起你还有一双脚在你的底下。

这样的玩顶好是不要约伴，我竟想严格的取缔，只许你独

身；因为有了伴多少总得叫你分心，尤其是年青的女伴，那是最危险最专制不过的旅伴，你应得躲避她像你躲避青草里一条美丽的花蛇！平常我们从自己家里走到朋友的家里，或是我们执事的地方，那无非是在同一个大牢里从一间狱室移到另一间狱室去，拘束永远跟着我们，自由永远寻不到我们；但在这春夏间美秀的山中或乡间你要是有机会独身闲逛时，那才是你福星高照的时候，那才是你实际领受，亲口尝味，自由与自在的时候，那才是你肉体与灵魂行动一致的时候；朋友们，我们多长一岁年纪往往只是加重我们头上的枷加紧我们脚胫上的链，我们见小孩子在草里在沙堆里在浅水里打滚作乐，或是看见小猫追他自己的尾巴，何尝没有羡慕的时候，但我们的枷，我们的链永远是制定我们行动的上司！所以只有你单身奔赴大自然的怀抱时，像一个裸体的小孩扑入他母亲的怀抱时，你才知道灵魂的愉快是怎样的，单是活着的快乐是怎样的，单就呼吸单就走道单就张眼看耸耳听的幸福是怎样的。因此你得严格的为己，极端的自私，只许你，体魄与性灵，与自然同在一个脉搏里跳动，同在一个音波里起伏，同在一个神奇的宇宙里自得。我们浑朴的天真是像含羞草似的娇柔，一经同伴的抵触，他就卷了起来，但在澄静的日光下，和风中，他的姿态是自然的，他的生活是无阻碍的。

你一个人漫游的时候，你就会在青草里坐地仰卧，甚至有时打滚，因为草的和暖的颜色自然的唤起你童稚的活泼；在静僻的道上你就会不自主的狂舞，看着你自己的身影幻出种种诡异的变相，因为道旁树木的阴影在他们纡徐的婆娑里暗示你舞蹈的快乐；你也会得信口的歌唱，偶尔记起断片的音调，与你自己随口的小曲，因为树林中的莺燕告诉你春光是应得赞美的；更不必说你的胸襟自然会跟着漫长的山径开拓，你的心地会看着澄蓝的天空静定，你的思想和着山壑间的水声，山罅里的泉响，有时一澄到底的清澈，有时激起成章的波动，流，流，流入凉爽的橄榄林中，流入妩媚的阿诺河去……

并且你不但不须应伴，每逢这样的游行，你也不必带书。书是理想的伴侣，但你应得带书，是在火车上，在你住处的客室里，不是在你独身漫步的时候。什么伟大的深沉的鼓舞的清明的优美的思想的根源不是可以在风籁中，云彩里，山势与地形的起伏里，花草的颜色与香息里寻得？自然是最伟大的一部书，葛德说，在他每一页的字句里我们读得最深奥的消息。并且这书上的文字是人人懂得的；阿尔帕斯与五老峰，雪西里与普陀山，莱因河与扬子江，梨梦湖与西子湖，建兰与琼花，杭州西溪的芦雪与威尼市夕照的红潮，百灵与夜莺，更不提一般黄的黄麦，一般紫的紫藤，一般青的青草同在大地上生长，同在和风中波动——他们应用的符号是永远一致的，他们的意义是永远明显的，只要你自己心灵上不长疮瘢，眼不盲，耳不塞，这无形迹的最高等教育便永远是你的名分，这不取费的最珍贵的补剂便永远供你的受用；只要你认识了这一部书，你在这世界上寂寞时便不寂寞，穷困时不穷困，苦恼时有安慰，挫折时有鼓励，软弱时有督责，迷失时有南针。

十四年七月

意大利的天时小引

我们常听说意大利的天就比别外的不同:“蓝天的意大利”,“艳阳的意大利”,“光亮的意大利”。我不曾来的时候,我常常想象意大利的天阴霾,晦塞,雾盲,昏沉那类的字在这里当然是不适用不必说,就是下雨也一定像夏天阵雨似的别有风趣,只是在雨前雨后增添天上的妩媚;我想没有云的日子一定多,头顶只见一个碧蓝的圆穹,地下只是艳丽的阳光,大致比我们冬季的北京再加几倍光亮的模样。有云的时候,也一定是最可爱的云彩,鹅毛似的白净,一条条在蓝天里挂着,要不然就是色彩最鲜艳的晚霞,玫瑰、琥珀、玛瑙、珊瑚、翡翠、珍珠什么都有:看着了那样的天(我想),心里有愁的人一定会忘所愁,本来快活的一定加倍的快活……

那是想象中的意大利的天与天时,但想望总不免过分;在这世界上最美满的事情离着理想的境界总还有几步路。意大利的天,虽则比别处的好,终究还不是“洞天”。你们后来的记好了,不要期望过奢;我自己幸亏多住了几天,否则不但不满意,差一些还会十分的失望。

初入境的印象我敢说一定是很强的。我记得那天钻出了阿尔帕斯的山脚,连环的雪峰向后直退。郎巴德的平壤像一条地毯似的直铺到前望的天边;那时头上的天与阳光的确不同,急切说不清怎样的不同,就只天蓝比往常的蓝,白云比寻常的白,阳光比平常的亮,你身边站着的旅伴说“阿,这是意大

利”，你也脱口的回答“阿，这是意大利”，你的心跳就自然的会增快，你的眼力自然的会加强。田里的草，路旁的树，湖里的水都仿佛微笑着轻轻的回应你，阿，这是意大利！

但我初到的两个星期，从米兰到威尼市，经翡冷翠去罗马，意大利的天时，你说怎样，简直是荒谬！威尼市不曾见着它有名夕照的影子，翡冷翠只是不清明，罗马最不顾廉耻，简直连绵的淫雨了四天，四月有正月的冷，什么游兴都给毁了，临了逃向翡冷翠那天我真忍不住咒了。

“迎上前去”

这回我不撒谎，不打隐谜，不唱反调，不来烘托；我要说几句至少我自己信得过的话，我要痛快的招认我自己的虚实，我愿意把我的花押画在这张供状的末尾。

我要求你们大量的容许，准我在我第一天接手《晨报副刊》的时候，介绍我自己，解释我自己，鼓励我自己。

我相信真的理想主义者是受得住眼看他往常保持着的理想煨成灰，碎成断片，烂成泥，在这灰、这断片、这泥的底里，他再来发现他更伟大、更光明的理想。我就是这样的一个。

只有信生病是荣耀的人们才来不知耻的高声嚷痛；这时候他听着有脚步声，他以为有帮助他的人向着他来，谁知是他自己的灵性离了他去！真有志气的病人，在不能自己豁脱苦痛的时候。宁可死休，不来忍受医药与慈善的侮辱。我又是这样的一个。

我们在这生命里到处碰头失望，连续遭逢“幻灭”，头顶只见乌云，地下满是黑影；同时我们的年岁、病痛、工作、习惯，恶狠狠的压上我们的肩背，一天重似一天，在无形中嘲讽的呼喝着，“倒，倒，你这不量力的蠢才！”因此你看这满路的倒尸，有全死的，有半死的，有爬着挣扎的，有默无声息的……嘿！生命这十字架，有几个人扛得起来？

但生命还不是顶重的担负，比生命更重实更压得死人的是思想那十字架。人类心灵的历史里能有几个天成的孟贲乌

育？在思想可怕的战场上我们就只有数得清有限的几具光荣的尸体。

我不敢非分的自夸；我不够狂，不够妄。我认识我自己力量的止境，但我却不能制止我看了这时候国内思想界萎瘪现象的愤懑与羞恶。我要一把抓住这时代的脑袋，问它要一点真思想的精神给我看看——不是借来的税来的冒来的描来的东西，不是纸糊的老虎，摇头的傀儡，蜘蛛网幕面的偶像；我要的是筋骨里迸出来，血液里激出来，性灵里跳出来，生命里震荡出来的真纯的思想。我不来问他要，是我的懦怯；他拿不出来给我看，是他的耻辱。朋友，我要你选定一边，假如你不能站在我的对面，拿出我要的东西来给我看，你就得站在我这一边，帮着我对这时代挑战。

我预料有人笑骂我的大话。是的，大话。我正嫌这年头的话太小了，我们得造一个比小更小的字来形容这年头听着的说话，写下印成的文字；我们得请一个想象力细致如史魏夫脱（Dean Swift）的来描写那些说小话的小口，说尖话的尖嘴。一大群的食蚁兽！他们最大的快乐是忙着他们的尖喙在泥土里垦寻细微的蚂蚁。蚂蚁是吃不完的，同时这可笑的尖嘴却益发不住的向尖的方向进化，小心再隔几代连蚂蚁这食料都显太大了！

我不来谈学问，我不配，我书本的知识是真的十二分的有限。年青的时候我念过几本极普通的中国书，这几年不但没有知新，温故都说不上，我实在是孤陋，但我却抱定孔子的一句话"知之为知之，不知为不知，是知也"，决不来强不知为知；我并不看不起国学与研究国学的学者，我十二分尊敬他们，只是这部分的工作我只能艳羡的看他们去作，我自己恐怕不但今天，竟许这辈子都没希望参加的了。外国书呢？看过的书虽则有几本，但是真说得上"我看过的"能有多少，说多一点，三两篇戏，十来首诗五六篇文章，不过这样罢了。

科学我是不懂的，我不曾受过正式的训练，最简单的物理化学，都说不明白，我要是不预备就去考中学校，十分里有九分是落第，你信不信！天上我只认识几颗大星，地上几棵大树！这也不是先生教我的；从先生那里学来的，十几年学校教育给我的，究竟有些什么，我实在想不起，说不上，我记得的只是几个教授可笑的嘴脸与课堂里强烈的催眠的空气。

我人事的经验与知识也是同样的有限，我不曾作过工；我不曾尝味过生活的艰难，我不曾打过仗，不曾坐过监，不曾进过什么秘密党，不曾杀过人，不曾作过买卖，发过一个大的财。

所以你看，我只是个极平常的人，没有出人头地的学问，更没有非常的经验。但同时我自信我也有我与人不同的地方。我不曾投降这世界。我不受它的拘束。

我是一只没笼头的野马，我从来不曾站定过。我人是在这社会里活着，我却不是这社会里的一个，像是有离魂病似的，我这躯壳的动静是一件事，我那梦魂的去处又是一件事。我是一个傻子，我曾经妄想在这流动的生里发现一些不变的价值，在这打谎的世上寻出一些不磨灭的真，在我这灵魂的冒险是生命核心里的意义；我永远在无形的经验的巉岩上爬着。

冒险——痛苦——失败——失望，是跟着来的，存心冒险的人就得打算他最后的失望；但失望却不是绝望，这分别很大。我是曾经遭受失望的打击，我的头是流着血，但我的脖子还是硬的；我不能让绝望的重量压住我的呼吸，不能让悲观的慢性病侵蚀我的精神，更不能让厌世的恶质染黑我的血液。厌世观与生命是不可并存的；我是一个生命的信徒，起初是的，今天还是的，将来我敢说也是的。我决不容忍性灵的颓唐，那是最不可救药的堕落，同时却继续躯壳的存在；在我，单这开口说话，提笔写字的事实，就表示后背有一个基本的信仰，完全的没破绽的信仰；否则我何必再作什么文章，办什么报刊？

但这并不是说我不感受人生遭遇的痛创；我决不是那童呆性的乐观主义者；我决不来指着黑影说这是阳光，指着云雾说这是青天，指着分明的恶说这是善；我并不否认黑影、云雾与恶，我只是不怀疑阳光与青天与善的实在；暂时的掩蔽与侵蚀，不能使我们绝望，这正应得加倍的激动我们寻求光明的决心。前几天我觉着异常懊丧的时候无意中翻着尼采的一句话，极简单的几个字却涵有无穷的意义与强悍的力量，正如天上星斗的纵横与山川的经纬，在无声中暗示你人生的奥义，祛除你的迷惘，照亮你的思路，他说“受苦的人没有悲观的权利”（The sufferer has no right to pessimism），我那时感受一种异样的惊心，一种异样的澈悟：——

我不辞痛苦，因为我要认识你，上帝；
我甘心，甘心在火焰里存身，
到最后那时辰见我的真，
见我的真，我定了主意，上帝，再不迟疑！

所以我这次从南边回来，决意改变我对人生的态度，我写信给朋友说这来要来认真作一点“人的事业”了。——

我再不想成仙，蓬莱不是我的份；
我只要这地面，情愿安分的作人。

在我这“决心作人，决心作一点认真的事业”，是一个思想的大转变；因为先前我对这人生只是不调和不承认的态度，因此我与这现世界并没有什么相互的关系，我是我，它是它，它不能责备我，我也不来批评它。但这来我决心作人的宣言却就把我放进了一个有关系，负责任的地位，我再不能张着眼睛作梦，从今起得把现实当现实看：我要来察看，我要来检查，我要来清除，我要来颠扑，我要来挑战，我要来破坏。

人生到底是什么？我得先对自己给一个相当的答案。人生究竟是什么？为什么这形形色色的，纷扰不清的现象——宗教、政治、社会、道德、艺术、男女、经济？我来是来了，可还是一肚子的不明白，我得慢慢的看古玩似的，一件件拿在手里看一个清切再来说话，我不敢保证我的话一定在行，我敢担保的只是我自己思想的忠实，我前面说过我的学识是极浅陋的，但我却并不因此自馁，有时学问是一种束缚，知识是一层障碍，我只要能信得过我能看的眼，能感受的心，我就有我的话说；至于我说的话有没有人听，有没有人懂，那是另外一件事我管不着了——“有的人身死了才出世的，”谁知道一个人有没有真的出世那一天？

是的，我从今起要迎上前去！生命第一个消息是活动，第二个消息是搏斗，第三个消息是决定；思想也是的，活动的下文就是搏斗。搏斗就包含一个搏斗的对象，许是人，许是问题，许是现象，许是思想本体。一个武士最大的期望是寻着一个相当的敌手，思想家也是的，他也要一个可以较量他充分的力量的对象，“攻击是我的本性，”一个哲学家说，“要与你的对手相当——这是一个正直的决斗的第一个条件。你心存鄙夷的时候你不能搏斗。你占上风，你认定对手无能的时候你不应当搏斗。我的战略可以约成四个原则：——第一，我专打正占胜利的对象——在必要时我暂缓我的攻击，等他胜利了再开手；第二，我专打没有人打的对象，我这边不会有助手，我单独的站定一边——在这搏斗中我难为的只是我自己；第三，我永远不来对人的攻击——在必要时我只拿一个人格当显微镜用，借它来显出某种普遍的，但却隐遁不易踪迹的恶性；第四，我攻击某事物的动机，不包含私人嫌隙的关系，在我攻击是一个善意的，而且在某种情况下，感恩的凭证。”

这位哲学家的战略，我现在僭引作我自己的战略，我盼望我将来不至于在搏斗的沉酣中忽略了预定的规律，万一疏忽时我恳求你们随时提醒。我现在戴我的手套去！

巴黎的鳞爪

咳,巴黎！到过巴黎的一定不会再希罕天堂;尝过巴黎的,老实说,连地狱都不想去了。整个的巴黎就像是一床野鸭绒的垫褥,衬得你通体舒泰,硬骨头都给熏酥了的——有时许太热一些。那也不碍事,只要你受得住。赞美是多余的,正如赞美天堂是多余的;咒诅也是多余的,正如咒诅地狱是多余的。巴黎,软绵绵的巴黎,只在你临别的时候轻轻的嘱咐一声"别忘了,再来!"其实连这都是多余的。谁不想再去？谁忘得了？

香草在你的脚下,春风在你的脸上,微笑在你的周遭。不拘束你,不责备你,不督饬你,不窘你,不恼你,不揉你。它搂着你,可不缚住你:是一条温存的臂膀,不是根绳子。它不是不让你跑,但它那招逗的指尖却永远在你的记忆里晃着。多轻盈的步履,罗袜的丝光随时可以沾上你记忆的颜色!

但巴黎却不是单调的喜剧。赛因河的柔波里掩映着罗浮宫的倩影,它也收藏着不少失意人最后的呼吸。流着,温驯的水波;流着,缠绵的恩怨。咖啡馆:和着交颈的软语,开怀的笑响,有踞坐在屋隅里蓬头少年计较自毁的哀思。跳舞场:和着翻飞的乐调,迷醇的酒香,有独自支颐的少妇思量着往迹的怆心。浮动在上一层的许是光明,是欢畅,是快乐,是甜蜜,是和谐;但沉淀在底里阳光照不到的才是人事经验的本质:说重一点是悲哀,说轻一点是惆怅:谁不愿意永远在轻快的流波里漾着,可得留神了你,往深处去时的发见!

一天，一个从巴黎来的朋友找我闲谈，谈起了劲，茶也没喝，烟也没吸，一直从黄昏谈到天亮，才各自上床去躺了一歇，我一合眼就回到了巴黎，方才朋友讲的情境惝恍的把我自己也缠了进去；这巴黎的梦真醇人，醇你的心，醇你的意志，醇你的四肢百体，那味儿除是亲尝过的谁能想象！——我醒过来时还是迷糊的忘了我在那儿，刚巧一个小朋友进房来站在我的床前笑吟吟喊我"你作什么梦来了，朋友，为什么两眼潮潮的像哭似的？"我伸手一摸，果然眼里有水，不觉也失笑了——可是朝来的梦，一个诗人说的，同是这悲凉滋味，正不知这泪是为那一个梦流的呢?!

下面写下的不成文章，不是小说，不是写实，也不是写梦，——在我写的人只当是随口曲，南边人说的"出门不认货"，随你们宽容的读者们怎样看罢。

出门人也不能太小心了。走道总得带些探险的意味。生活的趣味大半就在不预期的发见，要是所有的明天全是今天刻板的化身，那我们活什么来了？正如小孩子上山就得采花，到海边就得捡贝壳，书呆子进图书馆想捞新智慧——出门人到了巴黎就想……

你的批评也不能过分严正不是？少年老成——什么话！老成是老年人的特权，也是他们的本分；说来也不是他们甘愿，他们是到了年纪不得不。少年人如何能老成？老成了才是怪哪！

放宽一点说，人生只是个机缘巧合；别瞧日常生活河水似的流得平顺，它那里面多的是潜流，多的是旋涡——轮着的时候谁躲得了给卷了进去？那就是你发愁的时候，是你登仙的时候，是你辨着酸的时候，是你尝着甜的时候。

巴黎也不定比别的地方怎样不同：不同就在那边生活流波里的潜流更猛，旋涡更急，因此你叫给卷进去的机会也就更多。

我赶快得声明我是没有叫巴黎的旋涡给淹了去——虽则也就够险。多半的时候我只是站在赛因河岸边看热闹，下水去的时候也不能说没有，但至多也不过在靠岸清浅处溜着，从没敢往深处跑——这来旋涡的纹螺，势道，力量，可比远在岸上时认清楚多了。

一　九小时的萍水缘

我忘不了她。她是在人生的急流里转着的一张萍叶，我见着了她，掬在手里把玩了一晌，依旧交还给她的命运，任她飘流去——她以前的飘泊我不曾见来，它以后的飘泊，我也见不着，但就这曾经相识匆匆的恩缘——实际上我与她相处不过九小时——已在我的心泥上印下踪迹，我如何能忘，在忆

起时如何能不感须臾的惆怅？

那天我坐在那热闹的饭店里瞥眼看着她，她独坐在灯光最暗漆的屋角里，这屋内哪一个男子不带媚态，哪一个女子的胭脂口上不沾笑容，就只她：穿一身淡素衣裳，戴一顶宽边的黑帽，在鬋密的睫毛上隐隐闪亮着深思的目光——我几乎疑心她是修道院的女僧偶尔到红尘里随喜来了。我不能不接着注意她，她的别样的支颐的倦态，她的曼长的手指，她的落漠的神情，有意无意间的叹息，在在都激发我的好奇——虽则我那时左边已经坐下了一个瘦的，右边来了肥的，四条光滑的手臂不住的在我面前晃着酒杯。但更使我奇异的是她不等跳舞开始就匆匆出去了，好像害怕或是厌恶似的。第一晚这样，第二晚又是这样：独自默默的坐着，到时候又匆匆的离去。到了第三晚她再来的时候我再也忍不住不想法接近她。第一次得着的回音，虽则是"多谢好意，我再不愿交友"的一个拒绝，只是加深了我的同情的好奇。我再不能放过她。巴黎的好处就在处处近人情；爱慕的自由是永远容许的。你见谁爱慕谁想接近谁，决不是犯罪，除非你在经程中泄漏了你的尘气暴气，陋相或是贫相，那不是文明的巴黎人所能容忍的。只要你"识相"，上海人说的，什么可能的机会你都可以利用。对方人理你不理你，当然又是一回事；但只要你的步骤对，文明的巴黎人决不让你难堪。

我不能放过她。第二次我大胆写了个字条付中间人——店主人——交去。我心里直怔怔的怕讨没趣。可是回话来了——她就走了，你跟着去吧。

她果然在饭店门口等着我。

你为什么一定要找我说话，先生，像我这再不愿意有朋友的人？

她张着大眼看我，口唇微微的颤着。

我的冒昧是不望恕的，但是我看了你忧郁的神情我足足难受了三天，也不知怎的我就想接近你，和你谈一次话，如其你许我，那就是我的想望，再没有别的意思。

真的她那眼内绽出了泪来，我话还没说完。

想不到我的心事又叫一个异邦人看透了……她声音都哑了。

我们在路灯的灯光下默默的互注了一晌，并着肩沿马路走去，走不到多远她说不能走，我就问了她的允许雇车坐上，直望波龙尼大林园清凉的暑夜里兜去。

原来如此，难怪你听了跳舞的音乐像是厌恶似的，但既然不愿意何以每晚还去？

那是我的感情作用；我有些舍不得不去，我在巴黎一天，那是我最初遇见——他的地方，但那时候的我……可是你真的同情我的际遇吗，先生？我

快有两个月不开口了，不瞒你说，今晚见了你我再也不能制止，我爽性说给你我的生平的始末吧，只要你不嫌。我们还是回那饭庄去罢。

你不是厌烦跳舞的音乐吗？

她初次笑了，多齐整洁白的牙齿，在道上的幽光里亮着！有了你我的生气就回复了不少，我还怕什么音乐？

我们俩重进饭庄去选一个基角坐下，喝完了两瓶香槟，从十一时舞影最凌乱时谈起，直到早三时客人散尽侍役打扫屋子时才起身走，我在她的可怜身世的演述中遗忘了一切，当前的歌舞再不能分我丝毫的注意。

下面是她的自述。

我是在巴黎生长的。我从小就爱读天方夜谭的故事，以及当代描写东方的文学；啊东方，我的童真的梦魂哪一刻不在它的玫瑰园中留恋？十四岁那年我的姊姊带我上北京去住，她在那边开一个时式的帽铺，有一天我看见一个小身材的中国人来买帽子，我就觉着奇怪，一来他长得异样的清秀，二来他为什么要来买那样时式的女帽；到了下午一个女太太拿了方才买去的帽子来换了，我姊姊就问她那中国人是谁，她说是她的丈夫，说开了头她就讲她当初怎样为爱他触怒了自己的父母，结果断绝了家庭和他结婚。但她一点也不追悔因为她的中国丈夫待她怎样好法，她不信西方人会得像他那样体贴，那样温存。我再也忘不了她说话时满心怡悦的笑容。从此我仰慕东方的私衷又添深了一层颜色。

我再回巴黎的时候已经长成了，我父亲是最宠爱我的，我要什么他就给我什么。我那时就爱跳舞，啊，那些迷醉轻易的时光，巴黎哪一处舞场上不见我的舞影。我的妙龄，我的颜色，我的体态，我的聪慧，尤其是我那媚人的大眼——啊，如今你见的只是悲惨的余生再不留当时的丰韵——制定了我初期的堕落。我说堕落不是？是的，堕落，人生哪处不是堕落，这社会哪里容得一个有姿色的女人保全她的清洁？我正快走入险路的时候，我那慈爱的老父早已看出我的倾向，私下安排了一个机会，叫我与一个有爵位的英国人接近。一个十七岁的女子哪有什么主意，在两个月内我就作了新娘。

说起那四年结婚的生活，我也不应得过分的抱怨，但我们欧洲的势利的社会实在是树心里生了蠹，我怕再没有回复健康的希望。我到伦敦去作贵妇人时我还是个天真的孩子，哪有什么心机，哪懂得虚伪的卑鄙的人间的底里，我又是个外国人，到处遭受嫉忌与批

评。还有我那叫名的丈夫,他娶我究竟有什么动机我始终不明白,许贪我年青贪我貌美带回家去广告他自己的手段,因为真的我不曾感着他一息的真情;新婚不到几时他就对我冷淡了,其实他就没有热过,碰巧我是个傻孩子,一天不听着一半句软语,不受些温柔的怜惜,到晚上我就不自制的悲伤。他有的是钱,有的是趋奉谄媚,成天在外打猎作乐,我愁了不来慰我,我病了不来问我,连着三年抑郁的生涯完全消灭了我原来活泼快乐的天机,到第四年实在耽不住了,我与他吵一场回巴黎再见我父亲的时候,他几乎不认识我了。我自此就永别了我的英国丈夫。因为虽则实际的离婚手续在他方面到前年方始办理,他从我走了后也就不再来顾问我——这算是欧洲人夫妻的情分!

我从伦敦回到巴黎,就比久困的雀儿重复飞回了林中,眼内又有了笑,脸上又添了春色,不但身体好多。就连童年时的种种想望又在我心头活了回来。三四年结婚的经验更叫我厌恶西欧,更叫我神往东方。东方,啊,浪漫的多情的东方!我心里常常的怀念着。有一晚,那一个运定的晚上,我就在这屋子内见着了他,与今晚一样的歌声,一样的舞影,想起还不就是昨天,多飞快的光阴,就可怜我一个单薄的女子,无端叫运神摆布,在情网里颠连,在经验的苦海里沉沦,朋友,我自分是已经埋葬了的活人,你何苦又来逼着我把往事掘起,我的话是简短的,但我身受的苦恼,朋友,你信我,是不可量的;你望我的眼里看,凭着你的同情你可以在刹那间领会我灵魂的真际!

他是菲利滨人,也不知怎的我初次见面就迷了他。他肤色是深黄的,但他的性情是不可信的温柔;他身材是短的,但他的私语有多叫人魂销的魔力?啊,我到如今还不能怨他;我爱他太深,我爱他太真,我如何能一刻忘他.虽则他到后来也是一样的薄情,一样的冷酷。你不倦么,朋友,等我讲给你听?

我自从认识了他我便倾注给他我满怀的柔情,我想他,那负心的他,也够他的享受,那三个月神仙似的生活!我们差不多每晚在此聚会的。秘谈是他与我,欢舞是他与我,人间再有更甜美的经验吗?朋友你知道痴心人赤心爱恋的疯狂吗?因为不仅满足了我私心的想望,我十多年梦魂缭绕的东方理想的实现。有他我什么都有了,此外我更有什么沾恋?因此等到我家里为这事情与我开始交涉的时候,我更不踌躇的与我生身的父母根本决绝。我此时又想起了我垂髫时在北京见着的那个嫁中国人的女子,她与我一样

也为了痴情牺牲一切，我只希冀她这时还能保持着那纯爱的生活，不比我这失运人成天在幻灭的辛辣中回味。

我爱定了他。他是在巴黎求学的，不是贵族，也不是富人，那更使我放心，因为我早年的经验使我迷信真爱情是穷人才能供给的。谁知他骗了我——他家里也是有钱的，那时我在热恋中抛弃了家，牺牲了名誉，跟了这黄脸人离却巴黎，辞别欧洲，经过一个月的海程，我就到了我理想的灿烂的东方。啊，我那时的希望与快乐！但才出了红海，他就上了心事，经我再三的逼，他才告诉他家里的实情，他父亲是菲利滨最有钱的土著，性情是极严厉的，他怕轻易不能收受我进他们的家庭。我真不愿意把此后可怜的身世烦你的听，朋友，但那才是我痴心人的结果，你耐心听着吧！

东方，东方才是我的烦恼！我这回投进了一个更陌生的社会，呼吸更沉闷的空气；他们自己中间也许有他们温软的人情，但轮着我的却一样还只是猜忌与讥刻，更不容情的刺袭我的孤独的性灵。果然他的家庭不容我进门，把我看作一个"巴黎淌来的可疑的妇人"。我为爱他也不知忍受了多少不可忍的侮辱，吞了多少悲泪，但我自慰的是他对我不变的恩情。因为在初到的一时他还是不时来慰我——我独自赁屋住着。但慢慢的也不知是人言浸润还是他原来爱我不深，他竟然表示割绝我的意思。朋友，试想我这孤身女子牺牲了一切为的还不是他的爱，如今连他都离了我，那我更有什么生机？我怎的始终不曾自毁，我至今还不信，因为我那时真的是没路走了。我又没有钱，他狠心丢了我，我如何能再去缠他，这也许是我们白种人的倔强，我不久便揩干了眼泪，出门去自寻活路。我在一个菲美合种人的家里寻得了一个保姆的职务；天幸我生性是耐烦领小孩的——我在伦敦的日子没孩子管，我就养猫弄狗——救活我的是那三五个活灵的孩子，黑头发短手指的乖乖。在那炎热的岛上我是过了两年没颜色的生活，得了一次凶险的热病，从此我面上再不存青年期的光彩。我的心境正稍稍回复平衡的时候两件不幸的事情又临着了我：一件是我那他与另一女子的结婚，这消息使我昏绝了过去，一件是被我弃绝的慈父也不知怎的问得了我的踪迹，来电说他老病快死要我回去。啊，天罚我！等我赶回巴黎的时候正好赶着与老人诀别，忏悔我先前的造孽！

从此我在人间还有什么意趣？我只是个实体的鬼影，活动的尸体；我的心也早就死了，再也不起波澜；在初次失望的时候我想

象中还有个辽远的东方，但如今东方只在我的心上留下一个鲜明的新伤，我更有什么希冀，更有什么心情？但我每晚还是不自主的到这饭店里来小坐，正如死去的鬼魂忘不了他的老家！我这一生的经验本不想再向人前吐露的，谁知又碰着了你，苦苦的追着我，逼我再一度撩拨死尽的火灰，这来你够明白了，为什么我老是这落漠的神情，我猜你也是过路的客人，我深深自幸又接近一次人情的温慰，但我不敢希望什么，我的心是死定了的，时候也不早了，你看方才舞影凌乱的地板上现在只剩一片冷淡的灯光，侍役们已经收拾干净，我们也该走了，再会吧，多情的朋友！

二 “先生，你见过艳丽的肉没有？”

我在巴黎时常去看一个朋友，他是一个画家，住在一条老闻着鱼腥的小街底头一所老屋子的顶上一个A字式的尖阁里，光线暗惨得怕人，白天就靠两块日光胰子大小的玻璃窗给装装幌，反正住的人不嫌就得，他是照例不过正午不起身，不近天亮不上床的一位先生，下午他也不居家，起码总得上灯的时候他才脱下了他的开褂露出两条破烂的臂膀埋身在他那艳丽的垃圾窝里开始他的工作。

艳丽的垃圾窝——它本身就是一幅妙画！我说给你听听。贴墙有精窄的一条上面盖着黑毛毡的算是他的床，在这上面就准你规规矩矩的躺着，不说起坐一定扎脑袋，就连翻身也不免冒犯斜着下来永远不退让的屋顶先生的身份！承着顶尖全屋子顶宽舒的部分放着他的书桌——我捏着一把汗叫它书桌，其实还用提吗，上边什么法宝都有，画册子、稿本、黑炭、颜色盘子、烂袜子、领结、软领子、热水瓶子压瘪了的、烧干了的酒精灯、电筒、各色的药瓶、彩油瓶、脏手绢、断头的笔杆、没有盖的墨水瓶子。一柄手枪，那是瞒不过我花七法郎在密歇耳大街路旁旧货摊上换来的。照相镜子、小手镜、断齿的梳子、蜜膏、晚上喝不完的咖啡杯、详梦的小书，还有——还有可疑的小纸盒儿，凡士林一类的油膏，……一只破木板箱一头漆着名字上面蒙着一块灰色布的是他的梳妆台兼书架，一个洋磁面盆半盆的胰子水似乎都叫一部旧版的卢骚集子给饕了去，一顶便帽套在洋瓷长提壶的耳柄上，从袋底里倒出来的小铜钱错落的散着像是土耳其人的符咒，几只稀小的烂苹果围着一条破香蕉像是一群大学教授们围着一个教育次长索薪……

壁上看得更斑斓了：这是我顶得意的一张庞那的底稿当废纸买来的，这是我临蒙内的裸体，不十分行，我来撩起灯罩你可以看清楚一点，草色太浓

了，那膝部画坏了，这一小幅更名贵，你认是谁，罗丹的！那是我前年最大的运气，也算是借来的，老巴黎就是这点子便宜，挨了半年八个月的饿不要紧，只要有机会捞着真东西，这还不值得！那边一张挤在两幅油画缝里的，你见了没有，也是有来历的，那是我前年趁马克倒霉路过佛兰克福德时夹手抢来的，是真的孟察尔都难说，就差糊了一点，现在你给三千法郎我都不卖，加倍再加倍都值，你信不信？再看那一长条……在他那手指东点西的卖弄他的家珍的时候，你竟会忘了你站着的地方是不够六尺阔的一间阁楼，倒像跨在你头顶那两爿斜着下来的屋顶也顺着他那艺术谈法术似的隐了去，露出一个爽恺的高天，壁上的疙瘩，壁蟢窠，霉块，钉疤，全化成了哥罗画帧中“飘飖欲化烟”的最美丽林树与轻快的流涧；桌上的破领带及手绢烂香蕉臭袜子等等也全变形成戴大阔边稻草帽的牧童们，偎着树打盹的，牵着牛在涧里喝水的，手反衬着脑袋放平在青草地上瞪眼看天的，斜眼溜着那边走进来的娘们手按着音腔吹横笛的——可不是那边来了一群娘们，全是年岁轻轻的，露着胸膛，散着头发，还有光着白腿的在青草地上跳着来了？……嗯！小心扎脑袋，这屋子真别扭，你出什么神来了？想着你的 Bel Ami 对不对？你到巴黎快半个月，该早有落儿了，这年头收成真容易——呒，太容易了！谁说巴黎不是理想的地狱？你吸烟斗吗？这儿有自来火。对不起，屋子里除了床，就是那张弹簧早经追悼过了的沙发，你坐坐吧，给你一个垫子，这是全屋子顶温柔的一样东西。

不错，那沙发，这阁楼上要没有那张沙发，主人的风格就落了一个极重要的原素。说它肚子里的弹簧完全没了劲，在主人说是太谦，在我说是简直污蔑了它。因为分明有一部分内簧是不曾死透的，那在正中间，看来倒像是一座分水岭，左右都是往下倾的，我初坐下时不提防它还有弹力，倒叫我骇了一下；靠手的套布可真是全霉了，露着黑黑黄黄不知是什么货色，活像主人衬衫的袖子。我正落了座，他咬了咬嘴唇翻一翻眼珠微微的笑了。笑什么了你？我笑——你坐上沙发那样儿叫我想起爱菱。爱菱是谁？她呀——她是我第一个模特儿。模特儿？你的？你的破房子还有模特儿，你这穷鬼花得起……别急，究竟是中国初来的，听了模特儿就这样的起劲，看你那脖子都上了红印了！本来不算事，当然，可是我说像你这样的破鸡棚……破鸡棚便怎么样，耶稣生在马号里的，安琪儿们都在马矢里跪着礼拜哪！别忙，好朋友，我讲你听。如其巴黎人有一个好处，他就是不势利！中国人顶糟了，这一点；穷人有穷人的势利，阔人有阔人的势利，半不阑珊的有半不阑珊的势利——那才是半开化，才是野蛮！你看像我这样子，头发像刺猬，八九天不刮的破胡子，半年不收拾的脏衣服，鞋带扣不上的皮鞋——要在中国，

谁不叫我外国叫化子,哪配进北京饭店一类的势利场;可是在巴黎,我就这样儿随便问那一个衣服顶漂亮脖子搽得顶香的娘们跳舞,十回就有九回成,你信不信?至于模特儿,那更不成话,哪有在巴黎学美术的,不论多穷,一年里不换十来个眼珠亮亮的来坐样儿?屋子破更算什么?波希民的生活就是这样,按你说模特儿就不该坐坏沙发,你得准备杏黄贡缎绣丹风朝阳作垫的太师椅请她坐你才安心对不对?再说……

别再说了!算我少见世面,算我是乡下老戆,得了;可是说起模特儿,我倒有点好奇,你何妨讲些经验给我长长见识?有真好的没有?我们在美术院里见著的什么维纳丝得米罗,维纳丝梅第妻,还有铁青的,鲁班师的,鲍第千里的,丁稻来笃的,箕奥其安内的裸体实在是太美,太理想,太不可能,太不可思议?反面说,新派的比如雪尼约克的,玛提斯的,塞尚的,高耿的,绅朗刺马克的,又是太丑,太损,太不像人,一样的太不可能,太不可思议。人体美,究竟怎么一回事?我们不幸生长在中国女人衣服一直穿到下巴底下腰身与后部看不出多大分别的世界里,实在是太蒙昧无知,太不开眼。可是再说呢,东方人也许根本就不该叫人开眼的,你看过约翰巴里士那本《沙扬娜拉》没有,他那一段形容一个日本裸体舞女——就是一张脸子粉搽得像棺材里爬起来的颜色,此外耳朵以后下巴以下就比如一节蒸不透的珍珠米!——看了真叫人恶心。你们学美术的才有第一手的经验,我倒是……

你倒是真有点羡慕,对不对?不怪你,人总是人。不瞒你说,我学画画原来的动机也就是这点子对人体秘密的好奇。你说我穷相,不错,我真是穷,饭都吃不出,衣都穿不全,可是模特儿——我怎么也省不了。这对人体美的欣赏在我已经成了一种生理的要求,必要的奢侈,不可摆脱的嗜好;我宁可少吃俭穿,省下几个法郎来多雇几个模特儿。你简直可以说我是着了迷,成了病,发了疯,爱说什么就什么,我都承认——我就不能一天没有一个精光的女人耽在我的面前供养,安慰,喂饱我的“眼淫”。当初罗丹我猜也一定与我一样的狼狈,据说他那房子里老是有剥光了的女人,也不为坐样儿,单看她们日常生活“实际的”多变化的姿态——他是一个牧羊人,成天看着一群剥了毛皮的驯羊!鲁班师那位穷凶极恶的大手笔,说是常难为他太太作模特儿,结果因为他成天不断的画他太太竟许连穿裤子的空儿都难得有!但如果这话是真的鲁班师还是太傻,难怪他那画里的女人都是这剥白猪似的单调,少变化;美的分配在人体上是极神秘的一个现象,我不信有理想的全材,不论男女我想几乎是不可能的;上帝拿着一把颜色望地面上撒,玫瑰、罗兰、石榴、玉簪、剪秋罗,各样都沾到了一种或几种的彩泽,但决没有一种花包涵所有可能的色调的,那如其有,按理论讲,岂不是又得回复了没颜色

的本相？人体美也是这样的，有的美在胸部，有的腰部，有的下部，有的头发，有的手，有的脚踝，那不可理解的骨胳，筋肉，肌理的会合，形成各各不同的线条，色调的变化，皮面的涨度，毛管的分配，天然的姿态，不可制止的表情——也得你不怕麻烦细心体会发见去，上帝没有这样便宜你的事情，他决不给你一个具体的绝对美，如果有我们所有艺术的努力就没了意义；巧妙就在你明知这山里有金子，可是在哪一点你得自己下功夫去找。啊！说起这艺术家找美的本能，我真要闭着眼感谢上帝——要不是它，岂不是所有人体的美，说窄一点，都变了古长安道上历代帝王的墓窟，全叫一层或几层薄薄的衣服给埋没了！回头我给你看我那张破床底下有一本宝贝，我这十年血汗辛苦的成绩——千把张的人体临摹，而且十分之九是在这间破鸡棚里勾下的，别看低我这张弹簧早经追悼了的沙发，这上面落坐过至少一二百个当得起美字的女人！别提专门作模特儿的，巴黎哪一个不知道俺家黄脸什么，那不算希奇，我自负的是我独到的发见：一半因为看多了缘故，女人肉的引诱在我差不多完全消灭在美的欣赏里面，结果在我这双“淫眼”看来，一丝不挂的女人就同紫霞宫里翻出来的尸首穿得重重密密的摇不动我的性欲，反面说当真穿着得极整齐的女人，不论她在人堆里站着，在路上走着，只要我的眼到，她的衣服的障碍就无形的消灭，正如老练的矿师一瞥就认出矿苗，我这美术本能也是一瞥就认出“美苗”，一百次里错不了一次；每回发见了可能的时候，我就非想法找到她剥光了她叫我看个满意不成，上帝保佑这文明的巴黎，我失望的时候真难得有！我记得有一次在戏院子看着了一个贵妇人，实在没法想(我当然试来)我那难受就不用提了，比发疟疾还难受——她那特长分明是在小腹与……

够了够了！我倒叫你说得心痒痒的。人体美！这门学问，这门福气，我们不幸生长在东方谁有机会研究享受过来？可是我既然到了巴黎，不幸气碰着你，我倒真想叨你的光开开我的眼，你得替我想法，要找在你这宏富的经验中比较最贴近理想的一个看看……

你又错了！什么，你意思花就许巴黎的花香，人体就许巴黎的美吗？太灭自己的威风了！别信那巴理士什么《沙扬娜拉》的胡说；听我说，正如东方的玫瑰不比西方的玫瑰差什么香味，东方的人体在得到相当的栽培以后，也同样不能比西方的人体差什么美——除了天然的限度，比如骨胳的大小，皮肤的色彩。同时顶要紧的当然要你自己性灵里有审美的活动，你得有眼睛，要不然这宇宙不论它本身多美多神奇在你还是白来的。我在巴黎苦过这十年，就为前途有一个宏愿：我要张大了我这经过训练的“淫眼”到东方去发见人体美——谁说我没有大文章作出来？至于你要借我的光开开眼，那是最

容易不过的事情，可是我想想——可惜了！有个马达姆朗洒，原先在巴黎大学当物理讲师的，你看了准忘不了，现在可不在了，到伦敦去了；还有一个马达姆薛托漾，她是远在南边乡下开面包铺子的，她就够打倒你所有的丁稻来笃，所有的铁青，所有的箕奥其安内——尤其是给你这未入流看，长得太美了，她通体就看不出一根骨头的影子，全叫匀匀的肉给隐住的，圆的，润的，有一致节奏的，那妙是一百个哥蒂蔼也形容不全的，尤其是她那腰以下的结构，真是奇迹！你从意大利来该见过西龙尼维纳丝的残像，就那也只能仿佛，你不知道那活的气息的神奇，什么大艺术天才都没法移植到画布上或是石塑上去的（因此我常常自己心里辩论究竟是艺术高出自然还是自然高出艺术，我怕上帝僭先的机会毕竟比凡人多些）；不提别的单就她站在那里你看，从小腹接柽上股那两条交荟的弧线起直往下贯到脚着地处止，那肉的浪纹就比是——实在是无可比——你梦里听着的音乐：不可信的轻柔，不可信的匀净，不可信的韵味——说粗一点，那两股相并处的一条线直贯到底，不漏一屑的破绽，你想通过一根发丝或是吹度一丝风息都是绝对不可能的——但同时又决不是肥肉的粘着，那就呆了。真是梦！唉，就可惜多美一个天才偏叫一个身高六尺三寸长红胡子的面包师给糟蹋了；真的这世上的因缘说来真怪，我很少看见美妇人不嫁给猴子类牛类水马类的丑男人！但这是支话。眼前我招得到的，够资格的也就不少——有了，方才你坐上这沙发的时候叫我想起了爱菱，也许你与她有缘分，我就为你招她去吧，我想应该可以容易招到的。可是上哪儿呢？这屋子终究不是欣赏美妇人的理想背景，第一不够开展，第二光线不够——至少为外行人像你一类着想……我有了一个顶好的主意，你远来客我也该独出心裁招待你一次，好在爱菱与我特别的熟，我要她怎么她就怎么；暂且约定后天吧，你上午十二点到我这里来，我们一同到芳丹薄罗的大森林里去，那是我常游的地方，尤其是阿房奇石相近一带，那边有的是天然的地毯，这一时是自然最妖艳的日子，草青得滴得出翠来，树绿得涨得出油来，松鼠满地满树都是，也不很怕人，顶好玩的，我们决计到那一带去秘密野餐吧——至于“开眼”的话，我包你一个百二十分的满足，将来一定是你从欧洲带回家最不易磨灭的一个印象！一切有我布置去，你要是愿意贡献的话，也不用别的，就要你多买大杨梅，再带一瓶橘子酒，一瓶绿酒，我们享半天闲福去。现在我讲得也累了，我得躺一会儿，我拿我床底下那本秘本给你先揣摹揣摹……

隔一天我们从芳丹薄罗林子里回巴黎的时候，我仿佛刚作了一个最荒唐，最艳丽，最秘密的梦。

十四年十二月二十一日

我所知道的康桥

一

我这一生的周折，大都寻得出感情的线索。不论别的，单说求学。我到英国是为要从卢梭。卢梭来中国时，我已经在美国。他那不确的死耗传到的时候，我真的出眼泪不够，还作悼诗来了。他没有死，我自然高兴。我摆脱了哥伦比亚大博士衔的引诱，买船漂过大西洋，想跟这位二十世纪的福禄泰尔认真念一点书去。谁知一到英国才知道事情变样了：一为他在战时主张和平，二为他离婚，卢梭叫康桥给除名了，他原来是 Trinity College 的 fellow，这一来他的 fellowship 也给取消了。他回英国后就在伦敦住下，夫妻两人卖文章过日子。因此我也不曾遂我从学的始愿。我在伦敦政治经济学院里混了半年，正感着闷想换路走的时候，我认识了狄更生先生。狄更生——Goldsworthy Lowes Dickinson——是一个有名的作者，他的《一个中国人通信》(Letters from John chinaman)与《一个现代聚餐谈话》(A Modern Symposium)两本小册子早得了我的景仰。我第一次会着他是在伦敦国际联盟协会席上，那一天林宗孟先生演说，他作主席；第二次是宗孟寓里吃茶，有他。以后我常到他家里去。他看出我的烦闷，劝我到康桥去，他自己是王家学院(King's College)的 fellow。我就写信去问两个学

院，回信都说学额早满了，随后还是狄更生先生替我去在他的学院里说好了，给我一个特别生的资格，随意选科听讲。从此黑方巾、黑披袍的风光也被我占着了。初起我在离康桥六英里的乡下叫沙士顿地方租了几间小屋住下，同居的有我从前的夫人张幼仪女士与郭虞裳君。每天一早我坐街车（有时自行车）上学，到晚回家。这样的生活过了一个春，但我在康桥还只是个陌生人谁都不认识，康桥的生活，可以说完全不曾尝着，我知道的只是一个图书馆，几个课室，和三两个吃便宜饭的茶食铺子。狄更生常在伦敦或是大陆上，所以也不常见他。那年的秋季我一个人回到康桥，整整有一学年，那时我才有机会接近真正的康桥生活，同时我也慢慢的“发见”了康桥。我不曾知道过更大的愉快。

二

“单独”是一个耐寻味的现象。我有时想它是任何发见的第一个条件。你要发见你的朋友的“真”，你得有与他单独的机会。你要发见你自己的真，你得给你自己一个单独的机会。你要发见一个地方（地方一样有灵性），你也得有单独玩的机会。我们这一辈子，认真说，能认识几个人？能认识几个地方？我们都是太匆忙，太没有单独的机会。说实话，我连我的本乡都没有什么了解。康桥我要算是有相当交情的，再次许只有新认识的翡冷翠了。啊，那些清晨，那些黄昏，我一个人发疑似的在康桥！绝对的单独。

但一个人要写他最心爱的对象，不论是人是地，是多么使他为难的一个工作？你怕，你怕描坏了它，你怕说过分了恼了它，你怕说太谨慎了辜负了它。我现在想写康桥，也正是这样的心理，我不曾写，我就知道这回是写不好的——况且又是临时逼出来的事情。但我却不能不写，上期预告已经出去了。我想勉强分两节写：一是我所知道的康桥的天然景色；一是我所知道的康桥的学生生活。我今晚只能极简的写些，等以后有兴会时再补。

三

康桥的灵性全在一条河上；康河，我敢说是全世界最秀丽的一条水。河的名字是葛兰大（Granta），也有叫康河（Kiver Cam）的，许有上下流的区别，我不甚清楚。河身多的是曲折，上游是有名的拜伦潭——“Byron’s Pool”——当年拜伦常在那里玩的；有一个老村子叫格兰骞斯德，有一个果子园，你可以躺在累累的桃李树荫下吃茶，花果会掉入你的茶杯，小雀子会到

你桌上来啄食,那真是别有一番天地。这是上游;下游是从骞斯德顿下去,河面展开,那是春夏间竞舟的场所。上下河分界处有一个坝筑,水流急得很,在星光下听水声,听近村晚钟声,听河畔倦牛刍草声,是我康桥经验中最神秘的一种:大自然的优美、宁静,调谐在这星光与波光的默契中不期然的淹入了你的性灵。

但康河的精华是在它的中权,著名的"Backs"这两岸是几个最蜚声的学院的建筑。从上面下来是 Pembroke, St. Katharine's, King's, Clare, Trinity, St. John's. 最令人留连的一节是克莱亚与王家学院的毗连处,克莱亚的秀丽紧邻着王家教堂(King's Chapel)的宏伟。别的地方尽有更美更庄严的建筑,例如巴黎赛因河的罗浮宫一带,威尼斯的利阿尔多大桥的两岸,翡冷翠维基乌大桥的周遭;但康桥的"Backs"自有它的特长,这不容易用一二个状词来概括,它那脱尽尘埃气的一种清澈秀逸的意境可说是超出了画图而化生了音乐的神味。再没有比这一群建筑更调谐更匀称的了!论画,可比的许只有柯罗(Corot)的田野;论音乐,可比的许只有肖班(Chopin)的夜曲。就这,也不能给你依稀的印象,它给你的美感简直是神灵性的一种。

假如你站在王家学院桥边的那棵大椈树荫下眺望,右侧面,隔着一大方浅草坪,是我们的校友居(fellows building),那年代并不早,但它的妩媚也是不可掩的,它那苍白的石壁上春夏间满缀着艳色的蔷薇在和风中摇头,更移左是那教堂,森林似的尖阁不可浼的永远直指着天空;更左是克莱亚,啊!那不可信的玲珑的方庭,谁说这不是圣克莱亚(St. Clare)的化身,哪一块石上不闪耀着她当年圣洁的精神?在克莱亚后背隐约可辨的是康桥最潢贵最骄纵的三一学院(Trinity),它那临河的图书楼上坐镇着拜伦神采惊人的雕像。

但这时你的注意早已叫克莱亚的三环洞桥魔术似的摄住。你见过西湖白堤上的西泠断桥不是?(可怜它们早已叫代表近代丑恶精神的汽车公司给铲平了,现在它们跟着苍凉的雷峰永远辞别了人间。)你忘不了那桥上斑驳的苍苔,木栅的古色,与那桥拱下泄露的湖光与山色不是?克莱亚并没有那样体面的衬托,它也不比庐山栖贤寺旁的观音桥,上瞰五老的奇峰,下临深潭与飞瀑;它只是怯伶伶的一座三环洞的小桥,它那桥洞间也只掩映着细纹的波粼与婆娑的树影,它那桥上栉比的小穿兰与兰节顶上双双的白石球,也只是村姑子头上不夸张的香草与野花一类的装饰;但你凝神的看着,更凝神的看着,你再反省你的心境,看还有一丝屑的俗念沾滞不?只要你审美的本能不曾汩灭时,这是你的机会实现纯粹美感的神奇!

但你还得选你赏鉴的时辰。英国的天时与气候是走极端的。冬天是荒

谬的坏，逢着连绵的雾盲天你一定不迟疑的甘愿进地狱本身去试试；春天（英国是几乎没有夏天的）是更荒谬的可爱，尤其是它那四五月间最渐缓最艳丽的黄昏，那才真是寸寸黄金。在康河边上过一个黄昏是一服灵魂的补剂。啊！我那时蜜甜的单独，那时蜜甜的闲暇。一晚又一晚的，只见我出神似的倚在桥阑上向西天凝望：——

看一回凝静的桥影，
数一数螺钿的波纹：
我倚暖了石阑的青苔，
青苔凉透了我的心坎；
……

还有几句更笨重的怎能仿佛那游丝似轻妙的情景：

难忘七月的黄昏，远树凝寂，
像墨泼的山形，衬出轻柔暝色，
密稠稠，七分鹅黄，三分桔绿，
那妙意只可去秋梦边缘捕捉；
……

四

这河身的两岸都是四季常青最葱翠的草坪。从校友居的楼上望去，对岸草场上，不论早晚，永远有十数匹黄牛与白马，胫蹄没在恣蔓的草丛中，从容的在咬嚼，星星的黄花在风中动荡，应和着它们尾鬃的扫拂。桥的两端有斜倚的垂柳与在椈荫护住。水是澈底的清澄，深不足四尺，匀匀的长着长条的水草。这岸边的草坪又是我的爱宠，在清朝，在傍晚，我常去这天然的织锦上坐地，有时读书，有时看水；有时仰卧着看天空的行云，有时反扑着搂抱大地的温软。

但河上的风流还不止两岸的秀丽。你得买船去玩。船不止一种：有普通的双桨划船，有轻快的薄皮舟（canoe），有最别致的长形撑篙船（punt）。最末的一种是别处不常有的：约莫有二丈长．三尺宽，你站直在船梢上用长竿撑着走的。这撑是一种技术。我手脚太蠢，始终不曾学会。你初起手尝试

时,容易把船身横住在河中,东颠西撞的狼狈。英国人是不轻易开口笑人的,但是小心他们不出声的皱眉!也不知有多少次河中本来优闲的秩序叫我这莽撞的外行给捣乱了。我真的始终不曾学会;每回我不服输跑去租船再试的时候,有一个白胡子的船家往往带讥讽的对我说:“先生,这撑船费劲,天热累人,还是拿个薄皮舟溜溜吧!”我哪里肯听话,长篙子一点就把船撑了开去,结果还是把河身一段段的腰斩了去。

你站在桥上去看人家撑,那多不费劲,多美!尤其在礼拜天有几个专家的女郎,穿一身缟素衣服,裙裾在风前悠悠的飘着,戴一顶宽边的薄纱帽,帽影在水草间颤动,你看她们出桥洞时的姿态,捻起一根竟像没有分量的长竿,只轻轻的,不经心的往波心里一点,身子微微的一蹲,这船身便波的转出了桥影,翠条鱼似的向前滑了去。她们那敏捷,那闲暇,那轻盈,真是值得歌咏的。

在初夏阳光渐暖时你去买一支小船,划去桥边荫下躺着念你的书或是作你的梦,槐花香在水面上飘浮,鱼群的唼喋声在你的耳边挑逗。或是在初秋的黄昏,近着新月的寒光,望上流僻静处远去。爱热闹的少年们携着他们的女友,在船沿上支着双双的东洋彩纸灯,带着话匣子,船心里用软垫铺着,也开向无人迹处去享他们的野福——谁不爱听那水底翻的音乐在静定的河上描写梦意与春光!

住惯城市的人不易知道季候的变迁。看见叶子掉知道是秋,看见叶子绿知道是春;天冷了装炉子,天热了拆炉子;脱下棉袍,换上夹袍,脱下夹袍,穿上单袍,不过如此罢了。天上星斗的消息,地下泥土里的消息,空中风吹的消息,都不关我们的事。忙着哪,这样那样事情多着,谁耐烦管星星的移转,花草的消长,风云的变幻?同时我们抱怨我们的生活、苦痛、烦闷、拘束、枯燥,谁肯承认作人是快乐?谁不多少间咒诅人生?

但不满意的生活大都是由于自取的。我是一个生命的信仰者,我信生活决不是我们大多数人仅仅从自身经验推得的那样暗惨。我们的病根是在“忘本”。人是自然的产儿,就比枝头的花与鸟是自然的产儿;但我们不幸是文明人,入世深似一天,离自然远似一天。离开了泥土的花草,离开了水的鱼,能快活吗?能生存吗?从大自然,我们取得我们的生命;从大自然,我们应分取得我们继续的资养。哪一株婆娑的大木没有盘错的根柢深入在无尽藏的地里?我们是永远不能独立的。有幸福是永远不离母亲抚育的孩子,有健康是永远接近自然的人们。不必一定与鹿豕游,不必一定回“洞府”去;为医治我们当前生活的枯窘,只要“不完全遗忘自然”一张轻淡的药方我们的病象就有缓和的希望。在青草里打几个滚,到海水里洗几次浴,到高处去

看几次朝霞与晚照——你肩背上的负担就会轻松了去的。

这是极肤浅的道理，当然。但我要没有过过康桥的日子，我就不会有这样的自信。我这一辈子就只那一春，说也可怜，算是不曾虚度。就只那一春，我的生活是自然的，是真愉快的！（虽则碰巧那也是我最感受人生痛苦的时期。）我那时有的是闲暇，有的是自由，有的是绝对单独的机会。说也奇怪，竟像是第一次，我辨认了星月的光明，草的青，花的香，流水的殷勤。我能忘记那初春的睥睨吗？曾经有多少个清晨我独自冒着冷去薄霜铺地的林子里闲步——为听鸟语，为盼朝阳，为寻泥土里渐次苏醒的花草，为体会最微细最神妙的春信。啊，那是新来的画眉在那边凋不尽的青枝上试它的新声！啊，这是第一朵小雪球花挣出了半冻的地面！啊，这不是新来的潮润沾上了寂寞的柳条？

静极了，这朝来水溶溶的大道，只远处牛奶车的铃声，点缀这周遭的沉默。顺着这大道走去，走到尽头，再转入林子里的小径，往烟雾浓密处走去，头顶是交枝的榆荫，透露着漠楞楞的曙色；再往前走去，走尽这林子，当前是平坦的原野，望见了村舍，初青的麦田，更远三两个馒形的小山掩住了一条通道。天边是雾茫茫的，尖尖的黑影是近村的教寺。听，那晓钟和缓的清音。这一带是此邦中部的平原，地形像是海里的轻波，默沉沉的起伏；山岭是望不见的，有的是常青的草原与沃腴的田壤。登那土阜上望去，康桥只是一带茂林，拥戴着几处娉婷的尖阁。妩媚的康河也望不见踪迹，你只能循着那锦带似的林木想象那一流清浅。村舍与树林是这地盘上的棋子，有村舍处有佳荫，有佳荫处有村舍。这早起是看炊烟的时辰：朝雾渐渐的升起，揭开了这灰苍苍的天幕（最好是微霰后的光景），远近的炊烟，成丝的、成缕的、成卷的、轻快的、迟重的、浓灰的、淡青的、惨白的，在静定的朝气里渐渐的上腾，渐渐的不见，仿佛是朝来人们的祈祷，参差的翳入了天听。朝阳是难得见的，这初春的天气。但它来时是起早人莫大的愉快。顷刻间这田野添深了颜色，一层轻纱似的金粉糁上了这草，这树，这通道，这庄舍。顷刻间这周遭弥漫了清晨富丽的温柔。顷刻间你的心怀也分润了白天诞生的光荣。"春"！这胜利的晴空仿佛在你的耳边私语。"春！"你那快活的灵魂也仿佛在那里回响。

伺候着河上的风光，这春来一天有一天的消息。关心石上的苔痕，关心败草里的花鲜，关心这水流的缓急，关心水草的滋长，关心天上的云霞，关心新来的鸟语。怯伶伶的小雪球是探春信的小使。铃兰与香草是欢喜的初声。窈窕的莲馨，玲珑的石水仙，爱热闹的克罗克斯，耐辛苦的蒲公英与雏

菊——这时候春光已是烂缦在人间,更不须殷勤问讯。

瑰丽的春放。这是你野游的时期。可爱的路政,这里不比中国,哪一处不是坦荡荡的大道?徒步是一个愉快,但骑自转车是一个更大的愉快,在康桥骑车是普遍的技术;妇人、稚子、老翁,一致享受这双轮舞的快乐。(在康桥听说自转车是不怕人偷的,就为人人都自己有车,没人要偷。)任你选一个方向,任你上一条通道,顺着这带草味的和风,放轮远去,保管你这半天的逍遥是你性灵的补剂。这道上有的是清荫与美草,随地都可以供你休憩。你如爱花,这里多的是锦绣似的草原。你如爱鸟,这里多的是巧啭的鸣禽。你如爱儿童,这乡间到处是可亲的稚子。你如爱人情,这里多的是不嫌远客的乡人,你到处可以"挂单"借宿,有酪浆与嫩薯供你饱餐,有夺目的果鲜恣你尝新。你如爱酒,这乡间每"望"都为你储有上好的新酿,黑啤如太浓,苹果酒、姜酒都是供你解渴润肺的。……带一卷书,走十里路,选一块清静地,看天,听鸟,读书,倦了时,和身在草绵绵处寻梦去——你能想象更适情更适性的消遣吗?

陆放翁有一联诗句:"传呼快马迎新月,却上轻舆趁晚凉。"这是作地方官的风流。我在康桥时虽没马骑,没轿子坐,却也有我的风流:我常常在夕阳西晒时骑了车迎着天边扁大的日头直追。日头是追不到的,我没有夸父的荒诞,但晚景的温存却被我这样偷尝了不少。有三两幅画图似的经验至今还是栩栩的留着。只说看夕阳,我们平常只知道登山或是临海,但实际只须辽阔的天际,平地上的晚霞有时也是一样的神奇。有一次我赶到一个地方,手把着一家村庄的篱笆,隔着一大田的麦浪,看西天的变幻。有一次是正冲着一条宽广的大道,过来一大群羊,放草归来的,偌大的太阳在它们后背放射着万缕的金辉,天上却是乌青青的,只剩这不可逼视的威光中的一条大路,一群生物,我心头顿时感着神异性的压迫,我真的跪下了,对着这冉冉渐翳的金光。再有一次是更不可忘的奇景,那是临着一大片望不到头的草原,满开着艳红的罂粟,在青草里亭亭像是万盏的金灯,阳光从褐色云斜着过来,幻成一种异样紫色,透明似的不可逼视,刹那间在我迷眩了的视觉中,这草田变成了……不说也罢,说来你们也是不信的!

一别二年多了,康桥,谁知我这思乡的隐忧?也不想别的,我只要那晚钟撼动的黄昏,没遮拦的田野,独自斜倚在软草里,看第一个大星在天边出现!

十五年一月十五日

伤双栝老人

看来你的死是无可致疑的了，宗孟先生，虽则你的家人们到今天还没法寻回你的残骸。最初消息来时，我只是不信，那其实是太兀突，太荒唐，太不近情。我曾经几回梦见你生还，叙述你历险的始末，多活现的梦境！但如今在括树凋尽了青枝的庭院，再不闻“老人”的謦欬；真的没了，四壁的白联仿佛在微风中叹息。这三四十天来，哭你有你的内眷，姊妹，亲戚，悼你的私交；借你有你的政友与国内无数爱君才调的士夫。志摩是你的一个忘年的小友。我不来敷陈你的事功，不来历叙你的言行；我也不来再加一份涕泪吊你最后的惨变。魂兮归来！此时在一个风满天的深夜握笔，就只两件事闪闪的在我心头：一是你的谐趣天成的风怀，一是髫年失怙的诸弟妹，他们，你在时，哪一息不是你的关切，便如今，料想你彷徨的阴魂也常在他们的身畔飘逗。平时相见，我倾倒你的语妙，往往含笑静听，不叫我的笨涩羼杂你的莹澈，但此后，可恨这生死间无情的阻隔，我再没有那样的清福了！只当你是在我跟前，只当是消磨长夜的闲谈，我此时对你说些琐碎，想来你不至厌烦吧。

先说说你的弟妹。你知道我与小孩子们说得来，每回我到你家去，他们一群四五个，连着眼珠最黑的小五，浪一般的拥上我的身来，牵着我的手，攀住我的头，问这样，问那样；我要走时他们就着了忙，抢帽子的，锁门的，嗄着声音苦求

的——你也曾见过我的狼狈。自从你的噩耗到后,可怜的孩子们,从不满四岁到十一岁,哪懂得生死的意义,但看了大人们严肃的神情,他们也都发了呆,一个个木鸡似的在人前愣着。有一天听说他们私下在商量,想组织一队童子军,冲出山海关去替爸爸报仇!

"栝安"那虚报到的一个早上,我正在你家。忽然间一阵天翻似的闹声从外院陡起,一群孩子拥着一位手拿电纸的大声的欢呼着,冲锋似的陷进了上房。果然是大胜利,该得庆祝的:"爹爹没有事!""爹爹好好的!"徽那里平安电马上发了去,省她急。福州电也发了去,省他们跋涉。但这欢喜的风景运定活不到三天,又叫接着来的消息给完全煞尽!

当初送你同去的诸君回来,证实了你的死信。那晚,你的骨肉一个个走进你的卧房,各自默恻恻的坐下,啊,那一阵子最难堪的噤寂,千万种痛心的思潮在各个人的心头,在这沉默的暗惨中,激荡、汹涌起伏。可怜的孩子们也都泪滢滢的攒聚在一处,相互的偎着,半懂得情景的严重。霎时间,冲破这沉默,发动了决声的长嗥,骨肉间至性的悲哀——你听着吗,宗孟先生,那晚有半轮黄月斜觑着北海白塔的凄凉?

我知道你不能忘情这一群童稚的弟妹。前晚我去你家时见小四小五在灵帏前翻着筋斗,正如你在时他们常在你的跟前献技。"你爹呢?"我拉住他们问。"爹死了。"他们嘻嘻的回答,小五搂住了小四,一和身又滚作一堆!他们将来的养育是你身后唯一的问题——说到这里,我不由的想起了你离京前最后几回的谈话。政治生活,你说你不但尝够而且厌烦了。这五十年算是一个结束,明年起你准备谢绝俗缘,亲自教课膝前的子女;这一清心你就可以用功你的书法,你自觉你腕下的精力,老来只是健进,你打算再花二十年工夫,打磨你艺术的天才;文章你本来不弱,但你想望的却不是什么等身的著述,你只求沥一生的心得,淘成三两篇不易衰朽的纯晶。这在你是一种觉悟;早年在国外初识面时,你每每自负你政治的异禀,即在年前避居津地时你还以为前途不少有为的希望,直至最近政治诡变,你才内省厌倦,认真想回复你书生逸士的生涯。我从最初惊讶你清奇的相貌,惊讶你更清奇的谈吐,我便不阿附你从政的热心,曾经有多少次我讽劝你趁早回航,领导这新时期的精神,共同发现文艺的新士。即如前半年泰戈尔来时,你那兴会正不让我们年青人;你这半百翁登台演戏,不辞劳倦的精神正不知给了我们多少的鼓舞!

不,你不是"老人";你至少是我们后生中间的一个。在你的精神里,我们看不见苍苍的鬓发,看不见五十年光阴的痕迹;你的依旧是二三十年前"春痕"故事里的"逸"的风情——"万种风情无地着",是你最得意的名句,

谁料这下文竟命定是“辽原白雪葬华颠”！

谁说你不是君房的后身？可惜当时不曾记下你摇曳多姿的吐属，蓓蕾似的满缀着警句与谐趣，在此时回忆，只如天海远处的点点航影，再也认不分明。你常常自称厌世人。果然，这世界，这人情，哪禁得起你锐利的理智的解剖与抉剔？你的锋芒，有人说，是你一生最吃亏的所在。但你厌恶的是虚伪，是矫情，是顽老，是乡愿的面目，那还不是该的？谁有你的豪爽，谁有你的倜傥，谁有你的幽默？你的锋芒，即使露，也决不是完全在他人身上应用，你何尝放过你自己来？对己一如对人，你丝毫不姑息，不存隐讳。这就够难能，在这无往不是矫揉的日子。再没有第二人，除了你，能给我这样脆爽的清谈的愉快。再没有第二人在我的前辈中，除了你，能使我感受这样的无“执”无“我”精神。

最可怜是远在海外的徽徽，她，你曾经对我说，是你唯一的知己；你，她也曾对我说，是她唯一的知己。你们这父女不是寻常的父女。“作一个有天才的女儿的父亲”，你曾说，“不是容易享的福，你得放低你天伦的辈分先求作到友谊的了解。”徽，不用说，一生崇拜的就只你，她一生理想的计划中，哪件事离得了聪明不让她自己的老父？但如今，说也可怜，一切都成了梦幻，隔着这万里途程，她那弱小的心灵如何载得起这奇重的哀惨！这终天的缺陷，叫她问谁补去？佑着她吧，你不昧的阴灵，宗孟先生，给她健康，给她幸福，尤其给她艺术的灵术——同时提携她的弟妹，共同增荣雪池双栝的清名！

十五年二月二日新月社

自剖

我是个好动的人;每回我身体行动的时候,我的思想也仿佛就跟着跳荡。我作的诗,不论它们是怎样的"无聊",有不少是在行旅期中想起的。我爱动,爱看动的事物,爱活泼的人,爱水,爱空中的飞鸟,爱车窗外掣过的田野山水。星光的闪动,草叶上露珠的颤动,花须在微风中的摇动,雷雨时云空的变动,大海中波涛的汹涌,都是在触动我感兴的情景。是动,不论是什么性质,就是我的兴趣,我的灵感。是动就会催快我的呼吸,加添我的生命。

近来却大大的变样了。第一我自身的肢体,已不如原先灵活;我的心也同样的感受了不知是年岁还是什么的拘絷。动的现象再不能给我欢喜,给我启示。先前我看着在阳光中闪烁的金波,就仿佛看见了神仙宫阙——什么荒诞美丽的幻觉,不在我的脑中一闪闪的掠过;现在不同了,阳光只是阳光,流波只是流波,任凭景色怎样的灿烂,再也照不化我的呆木的心灵。我的思想,如其偶尔有,也只似岩石上的藤萝,贴着枯干的粗糙的石面,极困难的蜒着;颜色是苍黑的,姿态是倔强的。

我自己也不懂得何以这变迁来得这样的兀突,这样的深彻。原先我在人前自觉竟是一注的流泉,在在有飞沫,在在有闪光;现在这泉眼,如其还在,仿佛是叫一块石板不留余隙的给镇住了。我再没有先前那样蓬勃的情趣,每回我想说话的

时候，就觉着那石块的重压，怎么也掀不动，怎么也推不开，结果只能自安沉默！“你再不用想什么了，你再没有什么可想的了”；“你再不用开口了，你再没有什么话可说的了。”我常觉得我沉闷的心府里有这样半嘲讽半吊唁的谆嘱。

说来我思想上或经验上也并不曾经受什么过分剧烈的戟刺。我处境是向来顺的，现在如其有不同，只是更顺了的。那么为什么这变迁？远的不说，就比如我年前到欧洲去时的心境：啊！我那时还不是一只初长毛角的野鹿？什么颜色不激动我的视觉，什么香味不奋兴我的嗅觉？我记得我在意大利写游记的时候，情绪是何等的活泼，兴趣何等的醇厚，一路来眼见耳听心感的种种，哪一样不活栩栩的业集在我的笔端，争求充分的表现！如今呢？我这次到南方去，来回也有一个多月的光景，这期内眼见耳听心感的事物也该有不少。我未动身前，又何尝不自喜此去又可以有机会饱餐西湖的风色，邓尉的梅香——单提一两件最合我脾胃的事。有好多朋友也曾期望我在这闲暇的假期中采集一点江南风趣，归来时，至少也该带回一两篇爽口的诗文，给在北京泥土的空气中活命的朋友们一些清醒的消遣。但在事实上不但在南中时我白瞪着大眼，看天亮换天昏，又闭上了眼，拚天昏换天亮，一支秃笔跟着我涉海去，又跟着我涉海回来，正如岩洞里的一根石笋，压根儿就没一点摇动的消息，就在我回京后这十来天，任凭朋友们怎样的催促，自己良心怎样的责备，我的笔尖上还是滴不出一点墨沈来。我也曾勉强想想，勉强想写，但到底还是白费！可怕是这心灵骤然的呆顿。完全死了不成？我自己在疑惑。

说来是时局也许有关系。我到京几天就逢着空前的血案。五卅事件发生时我正在意大利山中，采茉莉花编花篮儿玩，翡冷翠山中只见明星与流萤的交唤，花香与山色的温存，俗氛是吹不到的。直到七月间到了伦敦，我才理会国内风光的惨淡，等得我赶回来时，设想中的激昂，又早变成了明日黄花，看得见的痕迹只有满城黄墙上墨彩斑斓的“泣告”。

这回却不同。屠杀的事实不仅是在我住的城子里发见，我有时竟觉得是我自己的灵府里的一个惨象。杀死的不仅是青年们的生命，我自己的思想也仿佛遭着了致命的打击，比是国务院前的断脰残肢，再也不能回复生动与连贯。但这深刻的难受在我是无名的，是不能完全解释的。这回事变的奇惨性引起愤慨与悲切是一件事，但同时我们也知道在这根本起变态作用的社会里，什么怪诞的情形都是可能的。屠杀无辜，还不是年来最平常的现象。自从内战纠结以来，在受战祸的区域内，哪一处村落不曾分到过遭奸污的女性，屠残的骨肉，供牺牲的生命财产？这无非是给冤氛团结的地面上多

添一团更集中更鲜艳的怨毒。再说哪一个民族的解放史能不浓浓的染着Martyrs的腔血？俄国革命的开幕就是二十年前冬宫的血景。只要我们有识力认定，有胆量实行，我们理想中的革命，这回羔羊的血就不会是白涂的。所以我个人的沉闷决不完全是这回惨案引起的感情作用。

爱和平是我的生性。在怨毒、猜忌、残杀的空气中，我的神经每每感受一种不可名状的压迫。记得前年奉直战争时我过的那日子简直是一团黑漆，每晚更深时，独自抱着脑壳伏在书桌上受罪，仿佛整个时代的沉闷盖在我的头顶——直到写下了“毒药”那几首不成形的咒诅诗以后，我心头的紧张才渐渐的缓和下去。这回又有同样的情形；只觉着烦，只觉着闷，感想来时只是破碎，笔头只是笨滞。结果身体也不舒畅，像是蜡油涂抹住了全身毛窍似的难过，一天过去了又是一天，我这里又在重演更深独坐箍紧脑壳的姿势，窗外皎洁的月光，分明是在嘲讽我内心的枯窘！

不，我还得往更深处挖。我不能叫这时局来替我思想骤然的呆顿负责，我得往我自己生活的底里找去。

平常有几种原因可以影响我们的心灵活动。实际生活的牵掣可以劫去我们心灵所需要的闲暇，积成一种压迫。在某种热烈的想望不曾得满足时，我们感觉精神上的烦闷与焦躁，失望更是颠覆内心平衡的一个大原因；较剧烈的种类可以麻痹我们的灵智，湮没我们的理性。但这些都合不上我的病源；因为我在实际生活里已经得到十分的幸运，我的潜在意识里，我敢说不该有什么压着的欲望在作怪。

但是在实际上反过来看另有一种情形可以阻塞或是减少你心灵的活动。我们知道舒服、健康、幸福，是人生的目标，我们因此推想我们痛苦的起点是在望见那些目标而得不到的时候。我们常听人说“假如我像某人那样生活无忧我一定可以好好的作事，不比现在整天的精神全花在琐碎的烦恼上。”我们又听说“我不能作事就为身体太坏，若是精神来得，那就……”我们又常常设想幸福的境界，我们想“只要有一个意中人在跟前那我一定奋发，什么事作不到？”但是不，在事实上，舒服、健康、幸福，不但不一定是帮助或奖励心灵生活的条件，它们有时正得相反的效果。我们看不起有钱人，在社会上得意人，肌肉过分发展的运动家，也正在此；至于年少人幻想中的美满幸福，我敢说等得当真有了红袖添香，你的书也就读不出所以然来，且不说什么在学问上或艺术上更认真的工作。

那末生活的满足是我的病源吗？

“在先前的日子”，一个真知我的朋友，就说：“正为是你生活不得平衡，正为你有欲望不得满足，你的压在内里的Libido就形成一种升华的现象，结果你就借文学来发泄你生理上的郁结，(你不常说你从事文学是一件不预期的事吗?)这情形又容易在你的意识里形成一种虚幻的希望，因为你的写作得到一部分赞许，你就自以为确有相当创作的天赋以及独立思想的能力。但你只是自冤自，实在你并没有什么超人一等的天赋，你的设想多半是虚荣，你的以前的成绩只是升华的结果。所以现在等得你生活换了样，感情上有了安顿，你就发见你向来写作的来源顿呈萎缩甚至枯竭的现象；而你又不愿意承认这情形的实在，妄想到你身子以外去找你思想枯窘的原因，所以你就不由的感到深刻的烦闷。你只是对你自己生气，不甘心承认你自己的本相。不，你原来并没有三头六臂的!

“你对文艺并没有真兴趣，对学问并没有真热心。你本来没有什么更高的志愿，除了相当合理的生活，你只配安分作一个平常人，享你命里铸定的‘幸福’；在事业界，在文艺创作界，在学问界内，全没有你的位置，你真的没有那能耐。不信你只要自问在你心里的心里有没有那无形的‘推力’，整天整夜的恼着你，逼着你，督着你，放开实际生活的全部，单望着不可捉摸的创作境界里去冒险?是的，顶明显的关键就是那无形的推力或是冲动(The Impulse)，没有它人类就没有科学，没有文学，没有艺术，没有一切超越功利实用性质的创作。你知道在国外(国内当然也有，许没那样多)有多少人被这无形的推力驱使着。在实际生活上变成一种离魂病性质的变态动物，不但人间所有的虚荣永远沾不上他们的思想，就连维持生命的睡眠饮食，在他们都失了重要，他们全部的心力只是在他们那无形的推力所指示的特殊方向上集中应用。怪不得有人说天才是疯癫；我们在巴黎、伦敦不就到处碰得着这类怪人?如其他是一个美术家，恼着他的就只怎样可以完全表现他那理想中的形体；一个线条的准确，某种色彩的调谐，在他会得比他生身父母的生死与国家的存亡更重要，更迫切，更要求注意。我们知道专门学者有终身掘坟墓的，研究蚊虫生理的，观察亿万万里外一个星的动定的。并且他们决不问社会对于他们的劳力有否任何的认识，那就是虚荣的进路；他们是被一点无形的推力的魔鬼蛊定了的。

“这是关于文艺创作的话。你自问有没有这种情形。你也许经验过什么‘灵感’，那也许有，但你却不要把刹那误认作永久的，虚幻认作真实。至于说思想与真实学问的话，那也得背后有一种推力，方向许不同，性质还是不变。作学问你得有原动的好奇心，得有天然热情的态度去作求知识的工夫。真思想家的准备，除了特强的理智，还得有一种原动的信仰；信仰或寻求信仰，是一切思想的出发点：极端的怀疑派思想也只是期望重新位置信仰的一种努力。从古来没有一个思想家不是宗教性的。在他们，各按各的倾向，一切人生的和理智的问题是实在有的；神的有无，善与恶，本体问题，认识问题，意志自由问题，在他们看来都是含逼迫性的现象，要求合理的解答——比山岭的崇高，水的流动，爱的甜蜜更真，更实在，更耸动。他们的一点心灵，就永远在他们设想的一种或多种问题的周围飞舞、旋绕，正如灯蛾之于火焰：牺牲自身来贯彻火焰中心的秘密，是他们共有的决心。

“这种惨烈的情形，你怕也没有吧？我不说你的心幕上就没有思想的影子；但它们怕只是虚影，像水面上的云影，云过影子就跟着消散，不是石上的溜痕越日久越深刻。

“这样说下来，你倒可以安心了！因为个人最大的悲剧是设想一个虚无的境界来谎骗你自己；骗不到底的时候你就得忍受‘幻灭’的莫大的苦痛。与其那样，还不如及早认清自己的深浅，不要把不必要的负担，放上支撑不住的肩背，压坏你自己，还难免旁人的笑话！朋友，不要迷了，定下心来享你现成的福分吧；思想不是你的分，文艺创作不是你的分，独立的事业更不是你的分！天生抗了重担来的那也没法想，（哪一个天才不是活受罪！）你是原来轻松的，这是多可羡慕，多可贺喜的一个发见！算了吧，朋友！”

三月二十五至四月一日

再剖

你们知道喝醉了想吐吐不出或是吐不爽快的难受不是？这就是我现在的苦恼；肠胃里一阵阵的作恶，腥腻从食道里往上泛，但这喉关偏跟你别扭，它掐住你，逼住你，逗着你——不，它且不给你痛快哪！前天那篇“自剖”，就比是哇出来的几口苦水，过后只是更难受，更觉着往上冒。我告你我想要怎么样。我要孤寂：要一个静极了的地方——森林的中心，山洞里，牢狱的暗室里——再没有外界的影响来逼迫或引诱你的分心，再不须计较旁人的意见，喝采或是嘲笑；当前唯一的对象是你自己：你的思想，你的感情，你的本性。那时它们再不会躲避，不曾隐遁，不曾装作；赤裸裸的听凭你察看、检验审问。你可以放胆解去你最后的一缕遮盖，袒露你最自怜的创伤，最掩讳的私亵。那才是你痛快一吐的机会。

但我现在的生活情形不容我有那样一个时机。白天太忙（在人前一个人的灵性永远是蜷缩在壳内的蜗牛），到夜间，比如此刻，静是静了，人可又倦了，惦着明天的事情又不得不早些休息。啊，我真羡慕我台上放着那块唐砖上的佛像，他在他的莲台上瞑目坐着，什么都摇不动他那入定的圆澄。我们只是在烦恼网里过日子的众生，怎敢企望那光明无碍的境界！有鞭子下来，我们躲；见好吃的，我们唾涎；听声响，我们着忙；逢着痛痒，我们着恼。我们是鼠、是狗、是刺猬、是天上星星与地上泥土间爬着的虫。哪里有工夫，即使你有心想亲近你自

己？哪里有机会,即使你想痛快的一吐？

前几天也不知无形中经过几度挣扎,才呕出那几口苦水,这在我虽则难受还是照旧,但多少总算是发泄。事后我私下觉着愧悔,因为我不该拿我一己苦闷的骨鲠,强读者们陪着我吞咽。是苦水就不免熏蒸的恶味。我承认这完全是我自私的行为,不敢望恕的。我唯一的解嘲是这几口苦水的确是从我自己的肠胃里呕出——不是去脏水桶里舀来的。我不曾期望同情,我只要朋友们认识我的深浅——(我的浅?)我最怕朋友们的容宠容易形成一种虚拟的期望;我这操刀自剖的一个目的,就在及早解卸我本不该扛上的担负。

是的,我还得往底里挖,往更深处剖。

最初我来编辑副刊,我有一个愿心。我想把我自己整个儿交给能容纳我的读者们,我心目中的读者们,说实话,就只这时代的青年。我觉着只有青年们的心窝里有容我的空隙,我要偎着他们的热血,听他们的脉搏。我要在我自己的情感里发见他们的情感,在我自己的思想里反映他们的思想。假如编辑的意义只是选稿、配版、付印、拉稿,那还不如去作银行的伙计——有出息得多。我接受编辑晨副的机会,就为这不单是机械性的一种任务。(感谢晨报主人的信任与容忍),晨报变了我的喇叭,从这管口里我有自由吹弄我古怪的不调谐的音调,它是我的镜子,在这平面上描画出我古怪的不调谐的形状。我也决不掩讳我的原形:我就是我。记得我第一次与读者们相见,就是一篇供状。我的经过,我的深浅,我的偏见,我的希望,我都曾经再三的声明,怕是你们早听厌了。但初起我有一种期望是真的——期望我自己。也不知那时间为什么原因我竟有那活棱棱的一副勇气。我宣言我自己跳进了这现实的世界,存心想来对准人生的面目认他一个仔细。我信我自己的热心(不是知识)多少可以给我一些对敌力量的。我想拼这一天,把我的血肉与灵魂,放进这现实世界的磨盘里去捱,锯齿下去拉,——我就要尝那味儿！只有这样,我想才可以期望我主办的刊物多少是一个有生命气息的东西;才可以期望在作者与读者间发生一种活的关系;才可以期望读者们觉着这一长条报纸与黑的字印的背后,的确至少有一个活着的人与一个动着的心,他的把握是在你的腕上,他的呼吸吹在你的脸上,他的欢喜,他的惆怅,他的迷惑,他的伤悲,就比是你自己的,的确是从一个可认识的主体上发出来的变化——是站在台上人的姿态,——不是投射在白幕上的虚影。

并且我当初也并不是没有我的信念与理想。有我崇拜的德性,有我信仰的原则。有我爱护的事物,也有我痛疾的事物。往理性的方向走,往爱心与同情的方向走,往光明的方向走,往真的方向走,往健康快乐的方向走,往生命,更多更大更高的生命方向走——这是我那时的一点"赤子之心"。我

恨的是这时代的病象，什么都是病象：猜忌、诡诈、小巧、倾轧、挑拨、残杀、互杀、自杀、忧愁、作伪、肮脏。我不是医生，不会治病；我就有一双手，趁它们活灵的时候，我想，或许可以替这时代打开几扇窗，多少让空气流通些，浊的毒性的出去，清醒的洁净的进来。

但紧接着我的狂妄的招摇，我最敬畏的一个前辈（看了我的吊刘叔和文）就给我当头一棒：

> ……既立意来办报而且郑重宣言“决意改变我对人的态度”，那么自己的思想就得先磨冶一番，不能单凭主觉，随便说了就算完事。迎上前去，不要又退了回来！一时的兴奋，是无用的，说话越觉得响亮起劲，跳踯有力，其实即是内心的虚弱，何况说出衰颓懊丧的语气，教一般青年看了，更给他们以可怕的影响，似乎不是志摩这番挺身出马的本意！……

迎上前去，不要又退了回来！这一喝这几个月来就没有一天不在我“虚弱的内心”里回响。实际上自从我喊出“迎上前去”以后，即使不曾撑开了往后退，至少我自己觉不得我的脚步曾经向前挪动。今天我再不能容我自己这梦梦的下去。算清亏欠，在还算得清的时候，总比窝着混着强。我不能不自剖。冒着“说出衰颓懊丧的语气”的危险，我不能不利用这反省的锋刃，劈去纠着我心身的累赘、淤积，或许这来倒有自我真得解放的希望？

想来这作人真是奥妙。我信我们的生活至少是复性的。看得见，觉得着的生活是我们的显明的生活，但同时另有一种生活，跟着知识的开豁逐渐胚胎、成形、活动，最后支配前一种的生活比是我们投在地上的身影，跟着光亮的增加渐渐由模糊化成清晰，形体是不可捉的，但它自有它的奥妙的存在，你动它跟着动，你不动它跟着不动。在实际生活的匆遽中，我们不易辨认另一种无形的生活的并存，正如我们在阴地里不见我们的影子；但到了某时候某境地忽的发见了它，不容否认的踵接着你的脚跟，比如你晚间步月时发见你自己的身影。它是你的性灵的或精神的生活。你觉到你有超实际生活的性灵生活的俄顷，是你一生的一个大关键！你许到极迟才觉悟（有人一辈子不得机会），但你实际生活中的经历、动作、思想，没有一丝一屑不同时在你那跟着长成的性灵生活中留着“对号的存根”，正如你的影子不放过你的一举一动，虽则你不注意到或看不见。

我这时候就比是一个人初次发见他有影子的情形。惊骇、讶异、迷惑、耸悚、猜疑、恍惚同时并起，在这辨认你自身另有一个存在的时候。我这辈

子只是在生活的道上盲目的前冲，一时踹入一个泥潭，一时踏折一枝草花，只是这无目的的奔驰；从哪里来，向哪里去，现在在那里，该怎么走，这些根本的问题却从不曾到我的心上。但这时候突然的，恍然的我惊觉了。仿佛是一向跟着我形体奔波的影子忽然阻住了我的前路，责问我这匆匆的究竟是为什么！

一称新意识的诞生。这来我再不能盲冲，我至少得认明来踪与去迹，该怎样走法如其有目的地，该怎样准备如其前程还在遥远？

啊，我何尝愿意吞这果子，早知有这多的麻烦！现在我第一要考查明白的是这“我”究竟是怎么一回事；然后再决定掉落在这生活道上的“我”的赶路方法。以前种种动作是没有这新意识作主宰的；此后，什么都得由它。

四月五日

"话"

绝对的值得一听的话，是从不曾经人口说过的；比较的值得一听的话，都在偶然的低声细语中；相对的不值得一听的话，是有规律有组织的文字结构；绝对不值得一听的话，是用不经修炼，又粗又蠢的嗓音所发表的语言。比如：正式集会的演说，不论是运动、女子参政或是宣传色彩鲜明的主义；学校里讲台上的演讲，不论是山西乡村里训阎阉圣人用民主主义的冬烘先生的法宝，或是穿了前红后白道袍方巾的博士衣的瞎扯；或是充满了烟士披里纯开口天父闭口阿门的讲道——都是属于我所说最后的一类：都是无条件的根本的绝对的不值得一听的话。历代传下来的经典，大部分的文学书，小部分的哲学书，都是末了第二类——相对的不值得一听的话。至于相对的可听的话，我说大概都在偶然的低声细语中：例如真诗人梦境最深——诗人们除了作梦再没有正当的职业——神魂远在祥云缥缈之间那时候随意吐露出来的零句断片，英国大诗人宛茨渥士所谓茶壶煮沸时嗤嗤的微音；最可以象征入神的诗境——例如李太白的，"我醉欲眠卿且去，明朝有意抱琴来"，或是开茨的。"There I shut her wild, wild eyes with kisses four"，你们知道宛茨渥士和雪莱他们不朽的诗歌，大都有在田野间，海滩边，树林里，独自徘徊着像离魂病似的自言自语的成绩；法国的波特莱亚，凡尔仑他们精美无比的妙句，很多是受了烈性的麻醉剂——大麻或鸦片——影响的结果。这

种话比较的很值得一听。还有青年男女初次受了顽皮的小爱神箭伤以后，心跳肉颤面红耳赤的在花荫间在课室内，或在月凉如洗的墓园里，含着一包眼泪吞吐出来的——不问怎样的不成片段，怎样的违反方法——往往都是一颗颗希有的珍珠，真情真理的凝晶。但诸君要听明白了，我说值得一听的话大都是在偶然的低声和语中，不是说凡是低声和语都是值得一听的，要不然外交厅屏风后的交头接耳，家里太太月底月初枕头边的小噜苏，都有了诗的价值了！

绝对的值得一听的话，是从不曾经人口道过的。整个的宇宙，只是不断的创造；所有的生命，只是个性的表现。真消息，真意义，内蕴在万物的本质里，好像一条大河，网络似的支流，随地形的结构，四方错综着，由大而小，由小而微，由微而隐，由有形至无形，由可数至无限，但这看来极复杂的组织所表明的只是一个单纯的意义，所表现的只是一体活泼的精神；这精神是完全的，整个的，实在的；唯其因为是完全整个实在而我们人的心力智力所能运用的语言文字，只是不完全非整个的，模拟的，象征的工具，所以人类几千年来文化的成绩，也只是想猜透这大迷谜似是而非的各种的尝试。人是好奇的动物；我们的心智，便是好奇心活动的表现。这心智的好奇性便是知识的起源。一部知识史，只是历尽了九九八十一大难却始终没有望见极乐世界求到大藏真经的一部西游记。说是快乐吧，明明是劫难相承的苦恼，说是苦恼，苦恼中又分明有无限的安慰。我们各个人的一生便是人类全史的缩小，虽则不敢说我们都是寻求真理的合格者，但至少我们的胸中，在现在生命的出发时期，总应该培养一点寻求真理的诚心，点起一盏寻求真理的明灯，不至于在生命的道上只是暗中摸索，不至于盲目的走到了生命的尽头，什么发见都没有。

但虽则真消息与真意义是不可以人类智力所能运用的工具——就是语言文字——来完全表现，同时我们又感觉内心寻真求知的冲动，想侦探出这伟大的秘密，想把宇宙与人生的究竟，当作一朵盛开的大红玫瑰，一把抓在手掌中心，狠劲的紧挤，把花的色、香、灵肉，和我们自己爱美、爱色、爱香的热情，绞和在一起，实现一个彻底的痛快；我们初上生命和知识舞台的人，谁没有，也许多少深浅不同，浮士德的大野心，他想“discover the force that binds the world and guides its course”[①]谁不想在知识界里，作一个笼卷一切的拿破仑？这种想为王为霸的雄心，都是生命原力内动的征象，也是所有的大诗人、大艺术家最后成功的预兆；我们的问题就在怎样能替这一腔还在潜伏状

① 发现统一世界并指引其发展的力量。

态中的活泼的蓬勃的心力心能，开辟一条或几条可以尽情发展的方向，使这一盏心灵的神灯，一度点着以后，不但继续的有燃料的供给，而且能在狂风暴雨的境地里，益发的光焰神明；使这初出山的流泉，渐渐的汇成活泼的小涧，沿路再并合了四方来会的支流，虽则初起经过崎岖的山路，不免辛苦，但一到了平原，便可以放怀的奔流，成河成江，自有无限的前途了。

真伟大的消息都蕴伏在万事万物的本体里，要听真值得一听的话，只有请教两位最伟大的先生。

现放在我们面前的两位大教授，不是别的，就是生活本体与大自然。生命的现象，就是一个伟大不过的神秘：墙角的草兰，岩石上的苔藓，北冰洋冰天雪地里的极熊水獭，城河边咶咶叫夜的水蛙，赤道上火焰似沙漠里的爬虫，乃至于弥漫在大气中的霉菌，大海底最微妙的生物；总之太阳热照到或能透到的地域，就有生命现象。我们若然再看深一层，不必有菩萨的慧眼，也不必有神秘诗人的直觉，但凭科学的常识，便可以知道这整个的宇宙，只是一团活泼的呼吸，一体普遍的生命，一个奥妙灵动的整体。一块极粗极丑的石子，看来像是全无意义毫无生命，但在显微镜底下看时，你就在这又粗又丑的石块里，发现一个神奇的宇宙，因为你那里所见的，只是千变万化颜色花样各各不同的种种结晶体，组成艺术家所不能想象的一种排列；若然再进一层研究，这无量数的凝晶各个的本体，又是无量数更神奇不可思议的电子所组成：这里面又是一个 Cosmos，仿佛灿烂的星空，无量数的星球同时在放光辉在自由的呼吸着。

但我们决不可以为单凭科学的进步就能看破宇宙结构的秘密。这是不可能的。我们打开了一处知识的门，无非又发现更多还是关得紧紧的，猜中了一个小迷谜，无非从这猜中里又引起一个更大更能猜的迷谜，爬上了一个山峰，无非又发现前面还有更高更远的山峰。

这无穷尽性便是生命与宇宙的通性。知识的寻求固然不能到底，生命的感觉也有同样无限的境界。我们在地面上作人这场把戏里，虽则是霎那间的幻象，却是有的是好玩，只怕我们的精力不够，不曾学得怎样玩法，不怕没有相当的趣味与报酬。

所以重要的在于养成与保持一个活泼无碍的心灵境地，利用天赋的身与心的能力，自觉的尽量发展生活的可能性。活泼无碍的心灵境界：比如一张绷紧的弦琴，挂在松林的中间，感受大气小大快慢的动荡，发出高低缓急同情的音调。我们不是最爱自由最恶奴从吗？但我们向生命的前途看时，恐怕不易使我们乐观，除了我们一点无形无踪的心灵以外，种种的势力只是强迫我们作奴作隶的努力：种种对人的心与责任，社会的习惯，机械的教育，

沾染的偏见，都像沙漠的狂风一样，卷起满天的砂土，不时可以把我们可怜的旅行人整个儿给埋了！

这就是宗教家出世主义的大原因，但出世者所能实现的至多无非是消极的自由，我们所要的却不止此。我们明知向前是奋斗，但我们却不肯作逃兵，我们情愿交所有的精液，一齐发泄成奋斗的汗，与奋斗的血，只要能得最后的胜利，那时尽量的痛苦便是尽量的快乐。我们果然能从生命的现象与事实里，体验到生命的实在与意义；能从自然界的现象与事实里，领会到造化的实在与意义，那时随我们付多大的价钱，也是值得的了。

要使生命成为自觉的生活，不是机械的生存，是我们的理想。要从我们的日常经验里，得到培保心灵扩大人格的资养，是我们的理想。要使我们的心灵，不但消极的不受外物的拘束与压迫，并且永远在继续的自动，趋向创造，活泼无碍的境界，是我们的理想。使我们的精神生活，取得不可否认的实在，使我们生命的自觉心，像大雪天滚雪球一般的愈滚愈大，不但在生活里能同化极伟大极深沉与极隐奥的情感，并且能领悟到大自然一草一木的精神，是我们的理想。使天赋我们灵肉两部的势力，尽性的发展，趋向最后的平衡与和谐，是我们的理想。

理想就是我们的信仰，努力的标准，果然我们能运用想象力为我们自己悬拟一个理想的人格，同时运用理智的机能，认定了目标努力去实现那理想，那时我们在奋斗的经程中，一定可以得到加倍的勇气，遇见了困难，也不至于失望，因为明知是题中应有的文章，我们的立身行事，也不必迁就社会已成的习惯与法律的范围，而自能折中于超出寻常所谓善恶的一种更高的道德标准；我们那时便可以借用李太白当时躲在山里自得其乐时答复俗客的妙句："落花流水杳然去，别有天地非人间！"

我们也明知这不是可以偶然作到的境界；但问题是在我们能否见到这境界，大多数人只是不黑不白的生，不黑不白的死，耗费了不少的食料与饮料，耗费了不少的时间与空间，结果连自己的臭皮囊都收拾不了，还要连累旁人；能见到的人已经不少，见到而能尽力作去的人当然更少，但这极少数人却是文化的创造者，便能在梁任公先生说的那把宜兴茶壶里留下一些不磨的痕迹。

我个人也许见言太偏僻了，但我实在不敢信人为的教育，他动的训练，能有多大的价值：我最初最后的一句话，只是"自身体验去"，真学问、真知识决不是在教室中书本里所能求得的。

大自然才是一大本绝对的奇书，每张上都写有无穷无尽的意义，我们只要学会了研究这一大本书的方法，多少能够了解他内容的奥义，我们的精神

生活就不怕没有资养,我们理想的人格就不怕没有基础。但这本无字的天书,决不是没有相当的准备就能一目了然的:我们初识字的时候,打开书本子来,只见白纸上画的许多黑影,哪里懂得什么意义。我们现有的道德教育里哪一条训条,我们不能在自然界感到更深切的意味,更亲切的解释?每天太阳从东方的地平上升,渐渐的放光,渐渐的放彩,渐渐的驱散了黑夜,扫荡了满天沉闷的云雾,霎刻间临照四方,光满大地;这是何等的景象?夏夜的星空,张着无量数光芒闪烁的神眼,衬出浩渺无极的穹苍,这是何等的伟大景象?大海的涛声不住的在呼啸起落,这是何等伟大奥妙的景象?高山顶上一体的纯白,不见一些杂色,只有天气飞舞着,云彩变幻着,这又是何等高尚纯粹的景象?小而言之,就是地上一棵极贱的草花,他在春风与艳阳中摇曳着,自有一种庄严愉快的神情,无怪诗人见了,甚至内感"非涕泪所能宣泄的情绪"。宛茨渥士说的自然"大力回容,有镇驯矫饬之功",这是我们的真教育。但自然最大的教训,尤在"凡物各尽其性"的现象。玫瑰是玫瑰,海棠是海棠,鱼是鱼,鸟是鸟,野草是野草,流水是流水;各有各的特性,各有各的效用,各有各的意义。仔细的观察与悉心体会的结果,不由你不感觉万物造作之神奇,不由你不相信万物的底里是有一致的精神流贯其间,宇宙是合理的组织,人生也无非这大系统的一个关节。因此我们也感想到人类也许是最无出息的一类。一茎草有他的妩媚,一块石子也有他的特点,独有人反只是庸生庸死,大多数非但终身不能发挥他们可能的个性,而且遗下或是丑陋或是罪恶一类不洁净的踪迹,这难道也是造物主的本意吗?

我面前说过所有的生命只是个性的表现。只要在有生的期间内,将天赋可能的个性尽量的实现,就是造化旨意的完成。我这几天在留心我们馆里的月季花,看他们结苞,看他们开放,看他们逐渐的盛开,看他们逐渐的憔悴,逐渐的零落。我初动的感情觉得是可悲,何以美的幻象这样的易灭,但转念却觉得不但不必为花悲,而且感悟了自然生生不已的妙意。花的责任,就在集中他春来所吸受阳光雨露的精神,开成色香两绝的好花,精力完了便自落地成泥,圆满功德,明年再来过。只有不自然的被摧残了,不能实现他自傲色香的一两天,那才是可伤的耗费。

不自然的杀灭了发长的机会,才是可惜,才是违反天意。我们青年人应该时时刻刻把这个原则放在心里。不能在我生命里实现人之所以为人,我对不起自己。在为人的生活里不能实现我之所以为我,我对不起生命;这个原则我们也应该时时放在心里。

我们人类最大的幸福与权力,就是在生活里有相当的自由活动,我们可以自觉的调剂,整理,修饰,训练我们生活的态度,我们既然了解了生活只是

个性的表现，只是一种艺术，就应得利用这一点特权将生活看作艺术品，谨慎小心的作去。运命论我们是不相信的，但就是相面算命先生也还承认心有改相致命的力量。环境论的一部分我们不得不承认，但是心灵支配环境的可能，至少也与环境支配生活的可能相等，除非我们自愿让物质的势力整个儿扑灭了心灵的发展，那才是生活里最大的悲惨。

我们的一生不成材不碍事：材是有用的意思；不成器也不碍事，器也是有用的意思。生活却不可不成品，不成格，品格就是个性的外现，是对于生命本体，不是对于其余的标准，例如社会家庭——直接担负的责任；橡树不是榆树，翠鸟不是鸽子，各有各的特异的品格。在造化的观点看来，橡树不是为柜子衣架而生，鸽子也不是为我们爱吃五香鸽子而存，这是他们偶然的用或被利用，物之所以为物的本义是在实现他天赋的品性，实现内部精力所要求的特异的格调。我们生命里所包涵的活力，也不问你在世上作将，作相，作资本家，作劳动者，作国会议员，作大学教授，而只要求一种特异品格的表现，独一的，自成一体的，不可以第二类相比称的，犹之一树上没有两张绝对相同的叶子，我们四万万人里也没有两个相同的鼻子。

而要实现我们真纯的个性，决不是仅仅在外表的行为上务为新奇务为怪僻——这是变性不是个性——真纯的个性是心灵的权力能够统制与调和身体，理智、情感、精神，种种造成人格的机能以后自然流露的状态，在内不受外物的障碍，像分光镜似的灵敏，不论是地下的泥砂，不论是远在万万里外的星辰，只要光路一对准，就能分出他光浪的特性；一次经验便是一次发明，因为是新的结合，新的变化。有了这样的内心生活，发之于外，当然能超于人为的条例而能与更深奥却更实在的自然规律相呼应，当然能实现一种特异的品与格，当然能在这大自然的系统里尽他特异的贡献，证明他自身的价值。懂得了物各尽其性的意义再来观察宇宙的事物，实在没有一件东西不是美的，一叶一花是美的不必说，就是毒性的虫，比如蝎子，比如蚂蚁，都是美的。只有人，造化期望最深的人，却是最辜负的，最使人失望的，因为一般的人，都是自暴自弃，非但不能尽性，而且到底总是糟蹋了原来可以为美可以为善的本质。

惭愧呀，人！好好一个可以作好文章的题目，却被你写作一篇一窍不通的滥调；好好一个画题，好好二张帆布，好好的颜色，都被你涂成奇丑不堪的滥画；好好的雕刀与花岗石，却被你斫成荒谬恶劣的怪像！好好的富有灵性可以超脱物质与普遍的精神共化永生的生命，却被你糟蹋亵渎成了一种丑陋庸俗卑鄙龌龊的废物！

生活是艺术。我们的问题就在怎样的运用我们现成的材料，实现我们

理想的作品；怎样的可以像密佗郎其罗一样，取到了一大块矿山里初开出来的白石，一眼望过去，就看出他想象中的造像，已经整个的嵌稳着，以后只要下打开石子把他不受损伤的取了出来的功夫就是。所以我们再也不要抱怨环境不好不适宜，阻碍我们自由的发展，或是教育不好不适宜，不能奖励我们自由的发展。发展或是压灭，自由或是奴从，真生命或是苟活，成品或是无格——一切都在我们自己，全看我们在青年时期有否生命的觉悟，能否培养与保持心灵的自由，能否自觉的努力，能否把生活当作艺术，一笔不苟的作去。我所以回返重复的说明真消息、真意义、真教育决非人口或书本子可以宣传的，只有集中了我们的灵感性直接的一面向生命本体，一面向大自然耐心去研究，体验，审察，省悟，方才可以多少了解生活的趣味与价值与他的神圣。

因为思想与意念，都起于心灵与外象的接触；创造是活动与变化的结果。真纯的思想是一种想象的实在，有他自身的品格与美，是心灵境界的彩虹，是活着的胎儿。但我们同时有智力的活动，感动于内的往往有表现于外的倾向——大画家米莱氏说深刻的印象往往自求外现，而且自然的会寻出最强有力的方法来表现——结果无形的意念便化成有形可见的文字或是有声可闻的语言，但文字语言最高的功用就在能象征我们原来的意念，他的价值也止于凭借符号的外形，暗示他们所代表的当时的意念。而意念自身又无非是我们心灵的照海灯偶然照到实在的海里的一波一浪或一岛一屿。文字语言本身又是不完善的工具，再加之我们运用驾驭力的薄弱，所以文字的表现很难得是勉强可以满足的。我们随便翻开哪一本书，随便听人讲话，就可以发现各式各样的文字障，与语言习惯障，所以既然我们自己用语言文字来表现内心的现象已经至多不过勉强的适用，我们如何可以期望满心只是文字障与语言习惯障的他人，能从呆板的符号里领悟到我们一时神感的意念。佛教所以有禅宗一派，以不言传道，是很可寻味的——达摩面壁十年，就在解脱文字障直接明心见道的功夫。现在的所谓教育尤其是离本更远，即使教育的材料最初是有多少活的成分，但经了几度的转换，无意识的传授，只能变成死的训条——穆勒约翰说的“Dead dogma”不是“Living idea”。我个人所以根本不信任人为的教育能有多大的价值，对于人生少有影响不用说，就是认为灌输知识的方法，照现有的教育看来，也免不了硬而且蠢的机械性。

但反过来说，既然人生只是表现，而语言文字又是人类进化到现在比较的最适用的工具，我们明知语言文字如同政府与结婚一样是一件不可免的没奈何事，或如尼采说的是“人心的牢狱”，我们还是免不了他。我们只能想

法使他增加适用性，不能抛弃了不管。我们只能作两部分的功夫：一方面消极的防止文字障语言习惯障的影响；一方面积极的体验心灵的活动，极谨慎的极严格的在我们能运用的字类里选出比较的最确切最明了最无疑义的代表。

这就是我们应该应用“自觉的努力”的一个方向。你们知道法国有个大文学家弗洛贝尔，他有一个信仰，以为一个特异的意念只有一个特异的字或字句可以表现，所以他一辈子艰苦卓绝的从事文学的日子，只是在寻求唯一适当的字句来代表唯一相当的意念。他往往不吃饭不睡，呆呆的独自坐着，绞着脑筋的想，想寻出他称心惬意的表现，有时他烦恼极了，甚至想自杀，往往想出了神，几天写不成一句句子。试想像他那样伟大的天才，那样丰富的学识，尚且要下这样的苦工，方才制成不朽的文学，我们看了他的榜样不应该感动吗？

不要说下笔写，就是平常说话，我们也应有相当的用心——一句话可以泄露你心灵的浅薄，一句话可以证明你自觉的努力，一句话可以表示你思想的糊涂，一句话可以留下永久的印象。这不是说说话要漂亮，要流利，要有修词的功夫，那都是不重要的：最重要的是对内心意念的忠实；与适当的表现。固然有了清明的思想，方能有清明的语言，但表现的忠实，与不苟且运用文字的决心，也就有纠正松懈的思想与惊醒心灵的功效。

我们知道说话是表现个性极重要的方法，生活既然是一个整体的艺术，说话当然是这艺术里的重要部分。极高的功夫往往可以从极小的起点作去，我们实现生命的理想，也未始不可从注意说话作起。

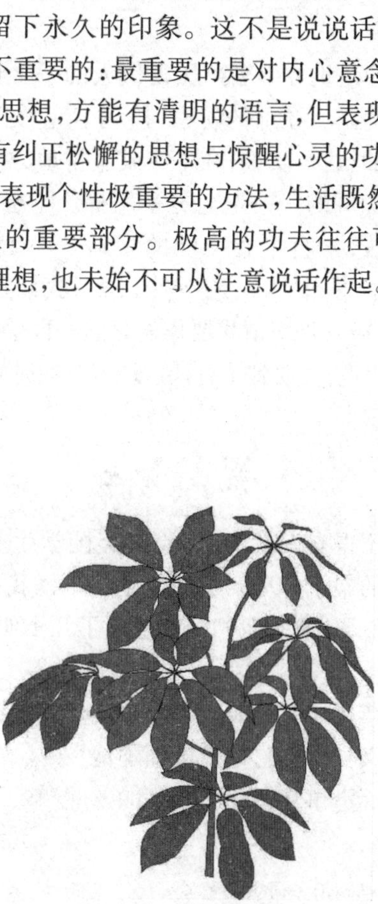

吸烟与文化(牛津)

一

牛津是世界上名声压得倒人的一个学府。牛津的秘密是它的导师制。导师的秘密,按利卡克教授说,是“对准了他的徒弟们抽烟”。真的,在牛津或康桥地方要找一个不吸烟的学生是很费事的——先生更不用提。学会抽烟,学会沙发上古怪的坐法,学会半吞半吐的谈话——大学教育就够格儿了。“牛津人”“康桥人”:还不彀中吗?我如其有钱办学堂的话,利卡克说,第一件事情我要作的是造一间吸烟室,其次造宿舍,再次造图书室;真要到了有钱没地方花的时候再来造课堂。

二

怪不得有人就会说,原来英国学生就会吃烟,就会懒惰。臭绅士的架子!臭架子的绅士!难怪我们这年头背心上刺刺的老不舒服,原来我们中间也来了几个叫土巴菰[①]烟臭熏出来的破绅士!

这年头说话得谨慎些。提起英国就犯嫌疑。贵族主义!帝国主义!走狗!挖个坑埋了他!

实际上事情可不这么简单。侵略、压迫,该咒是一件事,

① 土巴菰,英文烟草(tobacco)一词的音译。

别的事情可不跟着走。至少我们得承认英国,就它本身说,是一个站得住的国家,英国人是有出息的民族。它的是有组织的生活,它的是有活气的文化。我们也得承认牛津或是康桥至少是一个十分可羡慕的学府,它们是英国文化生活的娘胎。多少伟大的政治家、学者、诗人、艺术家、科学家,是这两个学府的产儿——烟味儿给熏出来的。

三

利卡克的话不完全是俏皮话。"抽烟主义"是值得研究的。但吸烟室究竟是怎么一回事?烟斗里如何抽得出文化真髓来?对准了学生抽烟怎样是英国教育的秘密?利卡克先生没有描写牛津、康桥生活的真相;他只这么说,他不曾说出一个所以然来。许有人愿意听听的,我想。我也叫名在英国念过两年书,大部分的时间在康桥。但严格的说,我还是不够资格的。我当初并不是像我的朋友温源宁[①]先生似的出了大金镑正式去请教熏烟的:我只是个,比方说,烤小半熟的白薯,离着焦味儿透香还正远哪。但我在康桥的日子可真是享福,深怕这辈子再也得不到那样蜜甜的机会了。我不敢说康桥给了我多少学问或是教会了我什么。我不敢说受了康桥的洗礼,一个人就会变气息,脱凡胎。我敢说的只是——就我个人说,我的眼是康桥教我睁的,我的求知欲是康桥给我拨动的,我的自我的意识是康桥给我胚胎的。我在美国有整两年,在英国也算是整两年。在美国我忙的是上课,听讲,写考卷,龈橡皮糖,看电影,赌咒,在康桥我忙的是散步,划船,骑自转车,抽烟,闲谈,吃五点钟茶,牛油烤饼,看闲书。如其我到美国的时候是一个不含糊的草包,我离开自由神的时候也还是那原封没有动;但如其我在美国时候不曾通窍,我在康桥的日子至少自己明白了原先只是一肚子颟顸。这分别不能算小。

我早想谈谈康桥,对它我有的是无限的柔情。但我又怕亵渎了它似的始终不曾出口。这年头!只要"贵族教育"一个无意识的口号就可以把牛顿、达尔文、米尔顿、拜伦、华茨华斯、阿诺尔德,纽门、罗刹蒂、格兰士顿等等所从来的母校一下抹煞。再说年来交通便利了,各式各种日新月异的教育原理教育新制翩翩的从各方向的外洋飞到中华,哪还容得厨房老过四百年墙壁上爬满骚胡髭一类藤萝的老书院一起来上讲坛?

① 温源宁,当时任北京大学英文系主任。后于30年代初到上海主编英文刊物《天下》。

四

但另换一个方向看去，我们也见到少数有见地的人再也看不过国内高等教育的混沌现象，想跳开了蹂烂的道儿，回头另寻新路走去。向外望去，现成有牛津、康桥青藤缭绕的学院招着你微笑；回头望去，五老峰下飞泉声中白鹿洞一类的书院瞅着你惆怅。这浪漫的思乡病跟着现代教育丑化的程度在少数人的心中一天深似一天。这机械性、买卖性的教育够腻烦了，我们说。我们也要几间满沿着爬山虎的高雪克屋子来安息我们的灵性，我们说。我们也要一个绝对闲暇的环境好容我们的心智自由的发展去，我们说。

林玉堂先生在《现代评论》登过一篇文章谈他的教育的理想。新近任叔永先生与他的夫人陈衡哲女士也发表了他们的教育的理想。林先生的意思约莫记得是想仿效牛津一类学府；陈、任两位是要恢复书院制的精神。这两篇文章我认为是很重要的，尤其是陈、任两位的具体提议，但因为开倒车走回头路分明是不合时宜，他们几位的意思并不曾得到期望的回响。想来现在的学者们大忙了，寻饭吃的，作官的，当革命领袖的，谁都不得闲，谁都不愿闲，结果当然没有人来关心什么纯粹教育（不含任何动机的学问）或是人格教育。这是个可憾的现象。

我自己也是深感这浪漫的思乡病的一个；我只要

草青人远，
一流冷涧……

但我们这想望的境界有容我们达到的一天吗？

十五年一月十四日

悼沈叔薇

〔沈叔薇是我的一个表兄，从小同学，高小中学（杭州一中）都是同班毕业的，他是今年九月死的。〕

叔薇，你竟然死了，我常常的想着你，你是我一生最密切的一个人，你的死是我的一个不可补偿的损失。我每次想到生与死的究竟时，我不定觉得生是可欲，死是可悲，我自己的经验与默察只使我相信生的底质是苦不是乐，是悲哀不是幸福，是泪不是笑，是拘束不是自由：因此从生入死，在我有时看来，只是解化了实体的存在，脱离了现象的世界，你原来能辨别苦乐，忍受磨折的性灵，在这最后的呼吸离窍的俄顷，又投入了一种异样的冒险。我们不能轻易的断定那一边没有阳光与人情的温慰，亦不能设想苦痛的灭绝。但生死间终究有一个不可掩讳的分别，不论你怎样的看法。出世是一件大事，死亡亦是一件大事。一个婴儿出母胎时他便与这生的世界开始了关系，这关系却不能随着他去后的躯壳埋掩，这一生与一死，不论相间的距离怎样的短，不论他生时的世界怎样的仄——这一生死便是一个不可销毁的事实：比如海水每多一次潮涨海滩便多受一次泛滥，我们全体的生命的沙滩里，我想，也存记着最微小的波动与影响……

而况我们人又是有感情的动物。在你活着的时候，我可以携着你的手，谈我们的谈，笑我们的笑，一同在野外仰望天上的繁星，或是共感秋风与落叶的悲凉……叔薇，你这几年虽

则与我不易相见,虽则彼此处世的态度更不如童年时的一致,但我知道,我相信在你的心里还留着一部分给我的情愿,因为你也在我的胸中永占着相当的关切。我忘不了你,你也忘不了我。每次我回家乡时,我往往在不曾解卸行装前已经亟亟的寻求,欣欣的重温你的伴侣。但如今在你我间的距离,不再是可以度量的里程,却是一切距离中最辽远的一种距离——生与死的距离。我下次重归乡土,再没有机会与你携手谈笑,再不能与你相与恣纵早年的狂态,我再到你们家去,至多只能抚摩你的寂寞的灵帏,仰望你的惨淡的遗容,或是手拿一把鲜花到你的坟前凭吊!

叔薇,我今晚在北京的寓里,在一个冷静的秋夜,倾听着风催落叶的秋声,咀嚼着为你兴起的哀思,这几行文字,虽则是随意写下,不成章节,但在这舒写自来情感的俄顷,我仿佛又一度接近了你生前温驯的,谐趣的人格,仿佛又见着了你瘦脸上的枯涩的微笑——比在生前更谐和的更密切的接近。

我没有多少的话对你说,叔薇,你得宽恕我;当你在世时我们亦很少相互罄吐的机会。你去世的那一天我来看你,那时你的头上,你的眉目间,已经刻画着死的晦色,我叫了你一声叔薇,你也从枕上侧面来回叫我一声志摩,那便是我们在永别前最后的缘分!我永远忘不了那时病榻前的情景!

我前面说生命不定是可喜,死亦不定可畏,叔薇,你的一生尤其不曾尝味过生命里可能的乐趣,虽则你是天生的达观,从不曾慕羡虚荣的人间;你如其继续的活着,支撑着你的多病的筋骨,委蛇你无多沾恋的家庭,我敢说这样的生转不如撒手去了的干净!况且你生前至爱的骨肉,亦久已不在人间,你的生身的爹娘,你的过继的爹娘(你的姑母),你的姊姊——可怜娟姊,我始终不曾一度凭吊——还有你的爱妻,他们都在坟墓的那一边满开着他们天伦的怀抱,守候着他们最爱的“老五”,共享永久的安闲……

十一月一日早三时你的表弟志摩

我的彼得

新近有一天晚上,我在一个地方听音乐,一个不相识的小孩,约莫八九岁光景,过来坐在我的身边,他说的话我不懂,我也不易使他懂我的话,那可并不妨事,因为在几分钟内我们已经是很好的朋友,他拉着我的手,我拉着他的手,一同听台上的音乐。他年纪虽则小,他音乐的兴趣已经很深:他比着手势告我他也有一张提琴,他会拉,并且说哪几个是他已经学会的调子。他那资质的敏慧,性情的柔和,体态的秀美,不能使人不爱;而况我本来是喜欢小孩们的。

但那晚虽则结识了一个可爱的小友,我心里却并不快爽;因为不仅见着他使我想起你,我的小彼得,并且在他活泼的神情里我想见了你,彼得,假如你长大的话,与他同年龄的影子。你在时,与他一样,也是爱音乐的;虽则你回去的时候刚满三岁,你爱好音乐的故事,从你襁褓时起,我屡次听你妈与你的"大大"讲,不但是十分的有趣可爱,竟可说是你有天赋的凭证,在你最初开口学话的日子,你妈已经写信给我,说你听着了音乐便异常的快活,说你在坐车里常常伸出你的小手在车栏上跟着音乐按拍;你稍大些会得淘气的时候,你妈说,只要把话匣开上,你便在旁边乖乖的坐着静听,再也不出声不闹:——并且你有的是可惊的口味,是贝德花芬是槐格纳你就爱,要是中国的戏片,你便盖没了你的小耳决意不让无意味的锣鼓,打搅你的清听!你的大大(她多疼你!)讲给我听你得小提琴的故事：怎样那晚上买琴来的时候，你已经在你的小床上睡好，怎样她们为怕你起来闹赶快灭了灯亮把琴放在你的床边，怎样你这小机灵早已看见，却偏不作声，等你妈与大大都上了床，你才偷偷的爬起来，摸着了你的宝贝，再也忍不住的你技痒，站在漆黑的床边，就开始你"截桑柴"的本领，后来怎样她们干涉了你，你便乖乖的把琴抱进你的床去，一起安眠。她们又讲你怎样欢喜拿着一根短棍站在桌上摹仿音乐会的导师，你那认真的神情常常叫在座人大笑。此外还有不少趣话，大大记得最清楚，她都讲给我听过；但这几件故事已够见证你小小的灵性里早长着音乐的慧根。实际我与你妈早经同意想叫你长大时留在德国学习音乐；——谁知道在你的早殇里我们不失去了一个可能的毛赞德(Mozart)：在中国音乐最饥荒的日子，难得见这一点希冀的青芽，又教命运无情的脚跟踏倒，想起怎能不可伤？

彼得，可爱的小彼得，我"算是"你的父亲，但想起我作父亲的往迹，我心头便涌起了不少的感想；我的话你是永远听不着了，但我想借这悼念你的机会，稍稍疏泄我的积愫，在这不自然的世界上，与我境遇相似或更不如的当不在少数，因此我想说的话或许还有人听，竟许有人同情。就是你妈，彼得，她也何尝有一天接近过快乐与幸福，但她在她同样不幸的境遇中证明她的智断，她的忍耐，尤其是她的勇敢与胆量；所以至少她，我敢相信，可以懂得我话里意味的深浅，也只有她，我敢说，最有资格指证或相诠释——在她有机会时——我的情感的真际。

但我的情愫！是怨，是恨，是忏悔，是怅惘？对着这不完全，不如意的人生，谁没有怨，谁没有恨，谁没有怅惘？除了天生颟顸的，谁不曾在他生命的经途中——葛德说的——和着悲哀吞他的饭，谁不曾拥着半夜的孤衾饮泣？我们应得感谢上苍的是他不可度量的心裁，不但在生物的境界中他创造了不可计数的种类，就这悲哀的人生也是因人差异，各各不同，——同是一个碎心，却没有同样的碎痕，同是一滴眼泪，却难寻同样的泪晶。

彼得我爱，我说过我是你的父亲。但我最后见你的时候你才不满四月，这次我再来欧洲你已经早一个星期回去，我见着的只你的遗像，那太可爱，与你一撮的遗灰，那太可惨。你生前日常把弄的玩具——小车、小马、小鹅、小琴、小书——，你妈曾经件件的指给我看，你在时穿着的衣、褂、鞋、帽，你妈与你大大也曾含着眼泪从箱里理出来给我抚摩，同时她们讲你生前的故事，直到你的影像活现在我的眼前，你的脚踪仿佛在楼板上踹响。你是不认识你父亲的，彼得，虽则我听说他的名字常在你的口边，他的肖像也常受你小口的亲吻，多谢你妈与你大大的慈爱与真挚，她们不仅永远把你放在她们心坎的底里，她们也使我——没福见着你的父亲，知道你，认识你，爱你，也

把你的影像、活泼、美慧、可爱,永远镂上了我的心版。那天在柏林的会馆里,我手捧着那收存你遗灰的锡瓶,你妈与你七舅站在旁边止不住滴泪,你的大大哽咽着,把一个小花圈挂上你的门前——那时间我,你的父亲,觉着心里有一个尖锐的刺痛,这才初次明白曾经有一点血肉从我自己的生命里分出,这才觉着父性的爱像泉眼似的在性灵里汩汩的流出;只可惜是迟了,这慈爱的甘液不能救活已经萎折了的鲜花,只能在他纪念日的周遭永远无声的流转。

彼得,我说我要借这机会稍稍爬梳我年来的郁积;但那也不见得容易;要说的话仿佛就在口边,但你要它们的时候,它们又不在口边:像是长在大块岩石底下的嫩草,你得有力量翻起那岩石才能把它不伤损的连根起出——谁知道那根长的多深!是恨,是怨,是忏悔,是怅惘?许是恨,许是怨,许是忏悔,许是怅惘。荆棘刺入了行路人的胫踝,他才知道这路的难走;但为什么有荆棘?是它们自己长着,还是有人存心种着的?也许是你自己种下的?至少你不能完全抱怨荆棘:一则因为这道是你自愿才来走的;再则因为那刺伤是你自己的脚踏上了荆棘的结果,不是荆棘自动来刺你。——但又谁知道?因此我有时想,彼得像你倒真是聪明:你来时是一团活泼、光亮的天真,你去时也还是一个光亮,活泼的灵魂;你来人间真像是短期的作客,你知道的是慈母的爱,阳光的和暖与花草的美丽,你离开了妈的怀抱,你回到了天父的怀抱,我想他听你欣欣的回报这番作客——只尝甜浆,不吞苦水——的经验,他上年纪的脸上一定满布着笑容——你的小脚踝上不曾碰着过无情的荆棘,你穿来的白衣不曾沾着一斑的泥污。

但我们,比你住久的,彼得,却不是来作客;我们是遭放逐,无形的解差永远在后背催逼着我们赶道:为什么受罪,前途是哪里,我们始终不曾明白,我们明白的只是底下流血的胫踝,只是这无恩的长路,这时候想回头已经太迟,想中止也不可能,我们真的羡慕,彼得,像你那谪期的简净。

在这道上遭受的,彼得,还不止是难,不止是苦,最难堪的是逐步相追的嘲讽,身影似的不可解脱。我既是你的父亲,彼得,比方说,为什么我不能在你的生前,日子虽短,给你应得的慈爱,为什么要到这时候,你已经去了不再回来,我才觉着骨肉的关连?并且假如我这番不到欧洲,假如我在万里外接到你的死耗,我怕我只能看作水面上的云影,来时自来,去时自去:正如你生前我不知欣喜,你在时我不知爱惜,你去时也不能过分动我的情感。我自分不是无情,不是寡恩,为什么我对自身的血肉,反是这般不近情的冷漠?彼得,我问为什么,这问的后身便是无限的隐痛;我不能怨,我不能恨,更无从悔,我只是怅惘,我只能问!明知是自苦的揶揄,但我只能忍受。而况揶揄还不止此，我自身的父母，何尝不赤心的爱我；但他们的爱却正是造成我痛苦的原因：我自己也何尝不笃爱我的亲亲，但我不仅不能尽我的责任，不仅不曾给他们想望的快乐，我，他们的独子，也不免加添他们的烦愁，造作他们的痛苦，这又是为什么？在这里，我也是一般的不能恨，不能怨，更无从悔，我只是怅惘——我只能问。昨天我是个孩子，今天已是壮年：昨天腮边还带着圆润的笑涡，今天头上已见星星的白发；光阴带走的往迹，再也不容追赎，留下在我们心头的只是些揶揄的鬼影；我们在这道上偶尔停步回想的时候，只能投一个虚圈的“假使当初”，解嘲已往的一切。但已往的教训，即使有，也不能给我们利益，因为前途还是不减启程时的渺茫，我们还是不能选择自由的途径——到那天我们无形的解差喝住的时候，我们唯一的权利，我猜想，也只是再丢一个虚圈更大的“假使”，圆满这全程的寂寞，那就是止境了。

我的祖母之死

一

一个单纯的孩子，
过他快活的时光，
兴匆匆的，活泼泼的，
何尝识别生存与死亡？

这四行诗是英国诗人华茨华斯（William Wordsworth）一首有名的小诗叫作“我们是七人”（We are Seven）的开端，也就是他的全诗的主意。这位爱自然、爱儿童的诗人，有一次碰着一个八岁的小女孩，发鬈蓬松的可爱，他问她兄弟姊妹共有几人，她说我们是七个，两个在城里，两个在外国，还有一个姊妹一个哥哥，在她家里附近教堂的墓园里埋着。但她小孩的心里，却不分清生与死的界限，她每晚携着她的干点心与小盘皿，到那墓园的草地里，独自的吃，独自的唱，唱给她的在土堆里眠着的兄姊听，虽则他们静悄悄的莫有回响，她烂漫的童心却不曾感到生死间有不可思议的阻隔；所以任凭华翁多方的譬解，她只是睁着一双灵动的小眼，回答说：

“可是，先生，我们还是七人。”

二

其实华翁自己的童真，也不让那小女孩的完全。他曾经说："在孩童时期，我不能相信我自己有一天也会得悄悄的躺在坟里，我的骸骨会得变成尘土。"又一次他对人说："我作孩子时最想不通的，是死的这回事将来也会得轮到我自己身上。"

孩子们天生是好奇的，他们要知道猫儿为什么要吃耗子，小弟弟从哪里变出来的，或是究竟先有鸡还是先有鸡蛋；但人生最重大的变端——死的现象与实在，他们也只能含糊的看过，我们不能期望一个个小孩子们都是搔头穷思的丹麦王子。他们临到丧故，往往跟着大人啼哭；但他只要眼泪一干，就会到院子里踢毽子、赶蝴蝶，就使在屋子里长眠不醒了的是他们的亲爹或亲娘，大哥或小妹，我们也不能盼望悼死的悲哀可以完全翳蚀了他们稚羊小狗似的欢欣。你如其对孩子说，你妈死了，你知道不知道——他十次里有九次只是对着你发呆；但他等到要妈叫妈，妈偏不应的时候，他的嫩颊上就会有热泪流下。但小孩天然的一种表情，往往可以给人们最深的感动。我生平最忘不了的一次电影，就是描写一个小孩爱恋已死母亲的种种天真的情景。她在园里看种花，园丁告诉她这花在泥里，浇下水去，就会长大起来。那天晚上天下大雨，她睡在床上，被雨声惊醒了，忽然想起园丁的话，她的小脑筋里就发生了绝妙的主意。她偷偷的爬出了床，走下楼梯，到书房里去拿下桌上供着的她死母的照片，一把揣在怀里，也不顾倾倒着的大雨，一直走到园里，在地上用园丁的小锄掘松了泥土，把她怀里的亲妈，谨慎的取了出来，栽在泥里，把松泥掩护着；她作完了工就蹲在那里守候——一个三四岁的女孩，穿着白色的睡衣，在深夜的暴雨里，蹲在露天的地上，专心笃意的盼望已经死去的亲娘，像花草一般，从泥土里发长出来！

三

我初次遭逢亲属的大故，是二十年前我祖父的死，那时我还不满六岁。那是我生平第一次可怕的经验，但我追想当时的心理，我对于死的见解也不见得比华翁的那位小姑娘高明。我记得那天夜里，家里人吩咐祖父病重，他们今夜不睡了，但叫我和我的姊妹先上楼睡去，回头要我们时他们会来叫的。我们就上楼去睡了，底下就是祖父的卧房，我那时也不十分明白，只知道今夜一定有很怕的事，有火烧、强盗抢、作怕梦，一样的可怕。我也不十分

睡着,只听得楼下的急步声、碗碟声、唤婢仆声、隐隐的哭泣声,不息的响音。过了半夜,他们上来把我从睡梦里抱了下去,我醒过来只听得一片的哭声,他们已经把长条香点起来,一屋子的烟,一屋子的人,围拢在床前,哭的哭,喊的喊,我也捱了过去,在人丛里偷看大床里的好祖父。忽然听说醒了醒了,哭喊声也歇了,我看见父亲趴在床里,把病父抱持在怀里,祖父倚在他的身上,双眼紧闭着,口里衔着一块黑色的药物他说话了,很轻的声音,虽则我不曾听明他说的什么话,后来知道他经过了一阵昏晕,他又醒了过来对家人说:“你们吃吓了,这算是小死。”他接着又说了好几句话,随讲音随低,呼气随微,去了,再不醒了,但我却不曾亲见最后的弥留,也许是我记不起,总之我那时早已跪在地板上,手里擎着香,跟着大众高声的哭喊了。

四

此后我在亲戚家收殓虽则看得不少,但死的实在的状况却不曾见过。我们念书人的幻想力是比较的丰富,但往往因为有了幻想力,就不管生命现象的实在,结果是书呆子,陆放翁说的“百无一用是书生”。人生的范围是无穷的:我们少年时精力充足什么都不怕尝试,只愁没有出奇的事情作,往往抱怨这宇宙太窄,青天太低,大鹏似的翅膀飞不痛快,但是……但是平心的说,且不论奇的、怪的、特别的、离奇的,我们姑且试问人生里最基本的事实,最单纯的、最普遍的、最平庸的、最近人情的经验,我们究竟能有多少的把握,我们能有多少深彻的了解,我们是否都亲身经历过?譬如说:生产、恋爱、痛苦、悲、死、妒、恨、快乐、真疲倦、真饥饿、渴、毒焰似的渴、真的幸福、真的刑罚、忏悔,种种的情热。我可以说,我们平常人生观、人类、人道、人情、真理、哲理、本能等等名词不离口吻的念书人们,什么文学家,什么哲学家——关于真正人生基本的事实的实在,知道的——恐怕是极微至鲜,即使不等于圆圈。我有一个朋友,他和他夫人的感情极厚,一次他夫人临到难产,因为在外国,所以进医院什么都得他自己照料,最后医生宣言只有用手术一法,但性命不能担保,他没有法子,只好和他半死的夫人诀别(解剖时亲属不准在旁的)。满心毒魔似的难受,他出了医院,走在道上,走上桥去,像得了离魂病似的,心脉舂臼似的跳着,最后他听着了教堂和缓的钟声,他就不自主的跟着钟声,进了教堂,跟着在作礼拜的跪着、祷告、忏悔、祈求、唱诗、流泪(他并不是信教的人),他这样的捱过时刻,后来回转医院时,一步步都是惨酷的磨难,比上行刑场的犯人,加倍的难受,他怕见医生与看护妇,仿佛他的命运是在他们的手掌里握着。事后他对人说:“我这才知道了人生一点子的意味!”

五

所以不曾经历过精神或心灵的大变的人们,只是在生命的户外徘徊,也许偶尔猜想到几分墙内的动静,但总是浮的浅的,不切实的,甚至完全是隔膜的。人生也许是个空虚的幻梦,但在这幻象中,生与死,恋爱与痛苦,毕竟是陡起的奇峰,应得激动我们彷徨者的注意,在此中也许有可以感悟到一些幻里的真,虚中的实,这浮动的水泡不曾破裂以前,也应得饱吸自由的日光,反射几丝颜色!

我是一只不羁的野驹,我往往纵容想象的猖狂,诡辩人生的现实;比如凭借凹折的玻璃,觉察当前景色。但时而复再,我也能从烦嚣的杂响中听出清新的乐调,在眩耀的杂彩里,看出有条理的意匠。这次祖母的大故,老家庭的生活,给我不少静定的时刻,不少深刻的反省。我不敢说我因此感悟了部分的真理,或是取得了若干的智慧;我只能说我因此与实际生活更深了一层的接触,益发激动我对于人生种种好奇的探讨,益发使我惊讶这迷谜的玄妙,不但死是神奇的现象,不但生命与呼吸是神奇的现象,就连日常的生活与习惯与迷信,也好像放射着异样的光闪,不容我们擅用一两个形容词来概状,更不容我们昌言什么主义来抹煞——一个革新者的热心,碰着了实在的寒冰!

六

我在我的日记里翻出一封不曾写完不曾付寄的信,是我祖母死后第二天的早上写的。我当时在极强烈的极鲜明的时刻内,很想把那几日经过感想与疑问,痛快的写给一个同情的好友,使他在数千里外也能分尝我强烈的鲜明的感情。那位同情的好友我选中了通伯。但那封信却只起了一个呆重的头,一为丧中忙,二为我那时眼热不耐用心,始终不曾写就,一直捱到现在再想补写,恐怕强烈已经变弱,鲜明已经透暗,逃亡的囚逋,不易追获的了。我现在把那封残信录在这里,再来追摹当时的情景。

通伯:

我的祖母死了!从昨夜十时半起,直到现在,满屋子只是号啕呼抢的悲音,与和尚、道士、女僧的礼忏鼓磬声。二十年前祖父丧时的情景,如今又在眼前了。忘不了的情景!你愿否听我讲些?

我一路回家，怕的是也许已经见不到老人，但老人却在生死的交关仿佛存心的弥留着，等待她最钟爱的孙儿——即不能与他开言诀别，也使他尚能把握她依然温暖的手掌，抚摩她依然跳动着的胸怀，凝视她依然能自开自阖虽则不再能表情的眼睛。她的病是脑充血的一种，中医称为“卒中”（最难救的中风）。她十日前在暗房里蹶仆倒地，从此不再开口出言，登仙似的结束了她八十四岁的长寿，六十年良妻与贤母的辛勤，她现在已经永远的脱辞了烦恼的人间，还归她清净自在的来处。我们承受她一生的厚爱与荫泽的儿孙，此时亲见，将来追念，她最后的神化，不能自禁中怀的摧痛，热泪暴雨似的盆涌，然痛心中却亦隐有无穷的赞美，热泪中依稀想见她功成德备的微笑，无形中似有不朽的灵光，永远的临照她绵衍的后裔……

七

旧历的乞巧那一天，我们一大群快活的游踪，驴子灰的黄的白的，轿子四个脚夫抬的，正在山海关外纡回的、曲折的绕登角山的栖贤寺，面对着残圮的长城，巨虫似的爬山越岭，隐入烟霭的迷茫。那晚回北戴河海滨住处，已经半夜，我们还打算天亮四点钟上莲峰山去看日出，我已经快上床，忽然想起了，出去问有信没有，听差递给我一封电报，家里来的四等电报。我就知道不妙，果然是“祖母病危速回”！我当晚就收拾行装，赶早上六时车到天津，晚上才上津浦快车。正嫌路远车慢，半路又为水发冲坏了轨道过不去，一停就停了十二点钟有余，在车里多过了一夜，直到第三天的中午方才过江上沪宁车。这趟车如其准点到上海，刚好可以接上沪杭的夜车，谁知道又误了点，误了不多不少的一分钟，一面我们的车进站，他们的车头呜的一声叫，别断别断的去了！我若然是空身子，还可以冒险跳车，偏偏我的一双手又被行李雇定了，所以只得定着眼睛送它走。

所以直到八月二十二日的中午我方才到家。我给通伯的信说“怕是已经见不着老人”，在路上那几天真是难受，缩不短的距离没有法子，但是那急人的水发，急人的火车，几面凑拢来，叫我整整的迟一昼夜到家！试想病危了的八十四岁的老人，这二十四点钟不是容易过的，说不定她刚巧在这个期间内有什么动静，那才叫人抱憾哩！但是结果还算没有多大的差池——她老人家还在生死的交关等着！

八

奶奶——奶奶——奶奶！奶——奶！你的孙儿回来了，奶奶！没有回音。老太太阖着眼，仰面躺在床里，右手拿着一把半旧的雕翎扇很自在的扇动着。老太太原来就怕热，每年暑天总是扇子不离手的，那几天又是特别的热。这还不是好好的老太太，呼吸顶匀净的，定是睡着了，谁说危险！奶奶，奶奶！她把扇子放下了，伸手去摸着头顶上挂着的冰袋，一把抓得紧紧的，呼了一口长气，像是暑天赶道儿的喝了一碗凉汤似的，这不是她明明的有感觉不是？我把她的手拿在我的手里，她似乎感觉我手心的热，可是她也让我握着，她开眼了！右眼张得比左眼开些，瞳子却是发呆，我拿手指在她的眼前一挑，她也没有瞬，那准是她瞧不见了——奶奶，奶奶，——她也真没有听见，难道她真是病了，真是危险，这样爱我疼我宠我的好祖母，难道真会得……我心里一阵的难受，鼻子里一阵的酸，滚热的眼泪就迸了出来。这时候床前已经挤满了人，我的这位，我是那位，我一眼看过去，只见一片惨白忧愁的面色，一双双装满了泪珠的眼眶。我的妈更看的憔悴。她们已经伺候了六天六夜，妈对我讲祖母这回不幸的情形，怎样的她夜饭前还在大厅上吩咐事情，怎样的饭后进房去自己擦脸，不知怎样的闪了下去，外面人听着响声才进去，已经是不能开口了，怎样的请医生，一直到现在还没有转机……

一个人到了天伦骨肉的中间，整套的思想情绪，就变换了式样与颜色。你的不自然的口音与语法没有用了；你的耀眼的袍服可以不必穿了；你的洁白的天使的翅膀，预备飞翔出人间到天堂的，不便在你的慈母跟前自由的开豁；你的理想的楼台亭阁，也不轻易的放进这二百年的老屋；你的佩剑、要寨、以及种种的防御，在争竞的外界即使是必要的，到此只是可笑的累赘。在这里，不比在其余的地方，他们所要求于你的，只是随熟的声音与笑貌，只是好的，纯粹的本性，只是一个没有斑点子的赤裸裸的好心。在这些纯爱的骨肉的经纬中心，不由得你不从你的天性里抽出最柔糯亦最有力的几缕丝线来加密或是缝补这幅天伦的结构。

所以我那时坐在祖母的床边，念着两朵热泪，听母亲叙述她的病况，我脑中发生了异常的感想，我像是至少逃回了二十年的光阴，正如我膝前子侄辈一般的高矮，回复了一片淳朴的童真，早上走来祖母的床前，揭开帐子叫一声软和的奶奶，她也回叫了我一声，伸手到里床去摸给我一个蜜枣或是三片状元糕，我又叫了一声奶奶，出去玩了，那是如何可爱的辰光，如何可爱的天真，但如今没有了，再也不回来了。现在床里躺着的，还不是我的亲爱的

祖母,十个月前我伴着到普陀登山拜佛清健的祖母,但现在何以不再答应我的呼唤,何以不再能表情,不再能说话,她的灵性哪里去了,她的灵性哪里去了?

九

一天,一天,又是一天——在垂危的病榻前过的时刻,不比平常飞驶无碍的光阴,时钟上同样的一声的嗒,直接的打在你的焦急的心里,给你一种模糊的隐痛——祖母还是照样的眠着,右手的脉自从起病以来已是极微仅有的,但不能动弹的却反是有脉的左侧,右手还是不时在挥扇,但她的呼吸还是一例的平匀,面容虽不免瘦削,光泽依然不减,并没有显著的衰象,所以我们在旁边看她的,差不多每分钟都盼望她从长期的睡眠中醒来,打一个呵欠,就开眼见人,开口说话——果然她醒了过来,我们也不会觉得离奇,像是原来应当似的。但这究竟是我们亲人绝望中的盼望,实际上所有的医生,中医、西医、针医,都已一致的回绝,说这是"不治之症"。中医说这脉象是凭证,西医说脑壳里血管破裂,虽则植物性机能——呼吸、消化——不曾停止,但言语中枢已经断绝——此外更专门更玄学更科学的理论我也记不得了。所以暂时不变的原因,就在老太太本来的体元太好了,拳术家说的"一时不能散工",并不是病有转机的兆头。

我们自己人也何尝不明白这是个绝症;但我们却总不忍自认是绝望:这"不忍"便是人情。我有时在病榻前,在凄悒的静默中,发生了重大的疑问。科学家说人的意识与灵感,只是神经系最高的作用,这复杂、微妙的机械,只要部分有了损伤或是停顿,全体的动作便发生相当的影响;如其最重要的部分受了扰乱,他不是变成反常的疯癫,便是完全的失去意识。照这一说,体即是用,离了体即没有用;灵魂是宗教家的大谎,人的身体一死什么都完了。这是最干脆不过的说法,我们活着时有这样有那样已经健够麻烦,尽够受,谁还有兴致,谁还愿意到坟墓的那一边再去发生关系,地狱也许是黑暗的,天堂是光明的,但光明与黑暗的区别无非是人类专擅的假定,我们只要摆脱这皮囊,还归我清静,我就不愿意头戴一个黄色的空圈子,合着手掌跪在云端里受罪!

再回到事实上来,我的祖母——一位神智最清明的老太太——究竟在哪里?我既然不能断定因为神经部分的震裂她的灵感性便永远的消灭,但同时她又分明的失却了表情的能力,我只能设想她人格的自觉性,也许比平时消淡了不少,却依旧是在着,像在梦魇里将醒未醒时似的,明知她的儿女孙曾不住的叫唤她醒来,明知她即使要永别也总还有多少的嘱咐,但是可怜

她的眼球再不能反映外界的印象,她的声带与口舌再不能表达她内心的情意,隔着这脆弱的肉体的关系,她的性灵再不能与他最亲的骨肉自由的交通——也许她也在整天整夜的伴着我们焦急,伴着我们伤心,伴着我们出泪,这才是可怜,这才真叫人悲感哩!

十

到了八月二十七那天,离她起病的第十一天,医生吩咐脉象大大的变了,叫我们当心,这十一天内每天她只咽入很困难的几滴稀薄的米汤,现在她的面上的光泽也不如早几天了,她的目眶更陷落了,她的口部的筋肉也更宽弛了,她右手的动作也减少了,即使拿起了扇子也不再能很自然的扇动了——她的大限的确已经到了。但是到晚饭后,反是没有什么显象。同时一家人着了忙,准备寿衣的、准备冥银的、准备香灯等等的。我从里走出外,又从外走进里,只见匆忙的脚步与严肃的面容。这时病人的大动脉已经微细的不可辨,虽则呼吸还不至怎样的急促。这时一门的骨肉已经齐集在病房里,等候那不可避免的时刻。到了十时光景,我和我的父亲正坐在房的那一头一张床上,忽然听得一个哭叫的声音说——"大家快来看呀,老太太的眼睛张大了!"这尖锐的喊声,仿佛是一大桶的凉水浇在我的身上,我所有的毛管一齐竖了起来,我们踉跄的奔到了床前,挤进了人丛。果然,老太太的眼睛张大了,张得很大了!这是我一生从不曾见过,也是我一辈子忘不了的眼见的神奇,(恕罪我的描写!)不但是两眼,面容也是绝对的神变了(transfigured),她原来皱缩的面上,发出一种鲜润的彩泽,仿佛半淤的血脉,又一度充满了生命的精液,她的口,她的两颊,也都回复了异样的丰润;同时她的呼吸渐渐的上升,急进的短促,现在已经几乎脱离了气管,只在鼻孔里脆响的呼出了。但是最神奇不过的是一双眼睛!她的瞳孔早已失去了收敛性,呆顿的放大了。但是最后那几秒钟!不但眼眶是充分张开了,不但黑白分明,瞳孔锐利的紧敛了,并且放射着一种不可形容、不可信的辉光,我只能称他为"生命最集中的灵光"!这时候床前只是一片的哭声,子媳唤着娘,孙子唤着祖母,婢仆争喊着老太太,几个稚龄的曾孙,也跟着狂叫太太……但老太太最后的开眼,仿佛是与她亲爱的骨肉,作无言的诀别,我们都在号泣的送终,她也安慰了,她放心的去了。在几秒时内,死的黑影已经移上了老人的面部,遏灭了生命的异彩,她最后的呼气,正似水泡破裂,电光杳灭,菩提的一响,生命呼出了窍,什么都止息了。

十一

我满心充塞了死象的神奇，同时又须顾管我有病的母亲，她那时出性的号啕，在地板上滚着，我自己反而哭不出来，我自己也觉得奇怪，眼看着一家长幼的涕泪滂沱，耳听着狂沸似的呼抢号叫，我不但不发生同情的反应，却反而达到了一个超感情的、静定的、幽妙的意境，我想象的看见祖母脱离了躯壳与人间，穿着雪白的长袍，冉冉的上升天去，我只想默默的跪在尘埃，赞美她一生的功德，赞美她一生的圆寂。这是我的设想！我们内地人却没有这样纯粹的宗教思想；他们的假定是不论死的是高年厚德的老人或是无知无愆的幼孩，或是罪大恶极的凶人，临到弥留的时刻总是一例的有无常鬼、摸壁鬼、牛头马面、赤发獠牙的阴差等等到门，拿着镣链枷锁，来捉拿阴魂到案。所以烧纸帛是平他们的暴戾，最后的呼抢是没奈何的诀别。这也许是大部分临死时实在的情景，但我们却不能概定所有的灵魂都不免遭受这样的凌辱。譬如我们的祖老太太的死，我只能想象她是登天，只能想象她慈祥的神化——像那样鼎沸的号啕，固然是至性不能自禁，但我总以为不如匐伏隐泣或默祷，较为近情，较为合理。

理智发达了，感情便失了自然的浓挚；厌世主义的看来，眼泪与笑声一样是空虚的、无意义的。但厌世主义姑且不论，我却不相信理智的发达，会得妨碍天然的情感；如其教育真有效力，我以为效力就在剥削了不合理性的“感情作用”，但决不会有损真纯的感情；他眼泪也许比一般人流得少些，但他等到流泪的时候，他的泪才是应流的泪。我也是智识愈开流泪愈少的一个人，但这一次却也真的哭了好几次。一次是伴我的姑母哭的，她为产后不曾复元，所以祖母的病一直瞒着她，一直到了祖母故后的早上方才通知她。她扶病来了，她还不曾下轿，我已经听出她在啜泣，我一时感觉一阵的悲伤，等到她出轿放声时，我也在房中欷歔不住。又一次是伴祖母当年的赠嫁婢哭的。她比祖母小十一岁，今年七十三岁，亦已是个白发的婆子，她也来哭他的“小姐”，她是见着我祖母的花烛的唯一个人，她的一哭我也哭了。

再有是伴我的父亲哭的。我总是觉得一个身体伟大的人，他动情感的时候，动人的力量也比平常人伟大些。我见了我父亲哭泣，我就忍不住要伴着淌泪。但是感动我最强烈的几次，是他一人倒在床里，反复的啜泣着，叫着妈，像一个小孩似的，我就感到最热烈的伤感，在他伟大的心胸里浪涛似的起伏，我就感到母子的感情的确是一切感情的起源与总结，等到一失慈爱的荫庇，仿佛一生的事业顿时莫有了根柢，所有的快乐都不能填平这唯一的

缺陷；所以他这一哭，我也真哭了。

但是我的祖母果真是死了吗？她的躯体是的。但她是不死的。诗人勃兰恩德（Bryant）说：

> So live, that when thy summons comes to join the innumerable caravan which moves to that mysterious realm where each one takes his chamber in the silent halls of death, then go not, like the quarry slave at night scourged to his dungeon, but sustained and soothed.
>
> By an unfaltering truth, approach thy grave like one that wraps the drapery of his couch, about him, and lies down to pleasant dreams. ①

如果我们的生前是尽责任的，是无愧的，我们就会安坦的走近我们的坟墓，我们的灵魂里不会有惭愧或悔恨的啮痕。人生自生至死，如勃兰恩德的比喻，真是大队的旅客在不尽的沙漠中进行，只要良心有个安顿，到夜里你卧倒在帐幕里也就不怕噩梦来缠绕。

我的祖母，在那旧式的环境里，到我们家来五十九年，真像是作了长期的苦工，她何尝有一日的安闲，不必说子女的嫁娶，就是一家的柴米油盐，扫地抹桌，哪一件事不在八十岁老人早晚的心上！我的伯父快近六十岁了，但他的起居饮食；还差不多完全是祖母经管的，初出世的曾孙如其有些身热咳嗽，老太太晚上就睡不安稳；她爱我宠我的深情，更不是文字所能描写；她那深厚的慈荫，真是无所不包，无所不蔽。但她的身心即使劳碌了一生，她的报酬却在灵魂无上的平安；她的安慰就在她的儿女孙曾，只要我们能够步她的前例，各尽天定的责任，她在冥冥中也就永远的微笑了。

十一月二十四日

① 生命，一旦得到最后的召唤，要自己去加入那个漫长的行列，走向神秘的王国，并在那寂清的阴间找到自己的归属，那么，他也只能像采矿的奴隶夜间被关进土牢一样，默默地接受这一切而别无选择。

一个不容置疑的真理是：一个人走向坟墓正如他掩上自己的床帏，进入香甜的梦乡。

新月的态度

And God Said, Let there be light: and there was light[1].

——The Genesis

If winter comes, can spring be far behind?[2]

——Shelley

我们这月刊题名《新月》,不是因为曾经有过什么新月社,那早已散消;也不是因为有新月书店,那是单独一种营业,它和本刊的关系只是担任印刷与发行。《新月》月刊是独立的。

我们舍不得"新月"这名字,因为它虽则不是一个怎样强有力的象征,但它那纤弱的一弯分明暗示着、怀抱着未来的圆满。

我们这几个朋友,没有什么组织除了这月刊本身,没有什么结合除了在文艺和学术上的努力,没有什么一致,除了几个共同的理想。

凭这点集合的力量,我们希望为这时代的思想增加一些体魄,为这时代的生命添厚一些光辉。

但不幸我们正逢着一个荒歉的年头,收成的希望是枉然的。这又是个混乱的年头,一切价值的标准,是颠倒了的。

① 语出《旧约·创世纪》,意为:"上帝说,让有光,于是就有了光。"

② 雪莱诗句:如果冬天来了,春天还会远吗?

要寻出荒歉的原因并且给它一个适当的补救，要收拾一个曾经大恐慌蹂躏过的市场，再进一步要扫除一切恶魔的势力，为要重见天日的清明，要浚治活力的来源，为要解放不可制止的创造的活动——这项巨大的事业当然不是少数人，尤其不是我们这少数人所敢妄想完全担当的。

但我们自分还是有我们可作的一部分的事。连着别的事情我们想贡献一个谦卑的态度。这态度，就正面说，有它特别侧重的地方，就反面说，也有它郑重矜持的地方。

先说我们这态度所不容的。我们不妨把思想（广义的，现代刊物的内容的一个简称）比作一个市场，我们来看看现代我们这市场上看得见的是些什么？如同在别的市场上，这思想的市场上也是摆满了摊子，开满了店铺，挂满了招牌，扯满了旗号，贴满了广告，这一眼看去辨认得清的至少有十来种行业，各有各的引诱，我们把它们列举起来看看——

一、感伤派

二、颓废派

三、唯美派

四、功利派

五、训世派

六、攻击派

七、偏激派

八、纤巧派

九、淫秽派

十、热狂派

十一、稗贩派

十二、标语派

十三、主义派

商业上有自由，不错。思想上言论上更应得有充分的自由，不错。但得在相当的条件下。最主要的两个条件是（一）不妨害健康的原则；（二）不折辱尊严的原则。买卖毒药，买卖身体，是应得受干涉的，因为这类的买卖直接违反健康与尊严两个原则。同时这些非法的或不正当的营业还是一样在现代的大都会里公然的进行——鸦片、毒药、淫业，哪一宗不是利市三倍的好买卖？但我们却不能因它们的存在就说它们不是不正当而默许它们存在的特权。在这类的买卖上我们不能应用商业自由的原则。我们正应得觉到切肤的羞恶，眼见这些危害性的下流的买卖公然在我们所存在的社会里占有它们现有的地位。

同时在思想的市场上我们也看到种种非常的行业,例如上面列举的许多门类。我不说这些全是些“不正当”的行业,但我们不能不说这里面有很多是与我们所标举的两大原则——健康与尊严——不相容的。我们敢说这现象是新来的,因为连着别的东西思想自由观念本身就是新来的。这是个反动的现象,因此,我们敢说,或是暂时的。先前我们在思想上是绝对没有自由,结果是奴性的沉默;现在,我们在总想上是有了绝对的自由,结果是无政府的凌乱。思想的花式加多本来不是件坏事,在一个活力磅礴的文化社会里往往看得到,偎傍着刚直的本干,普盖的青荫,不少盘错的旁枝,以及恣蔓的藤萝。那本不关事,但现代的可忧正是为了一个颠倒的情形,盘错的,恣蔓的,尽有,这里那里都是的,却不见了那刚直的与普盖的。这就比是一个商业社会上不见了正宗的企业,却只有种种不正当的营业盘踞着整个的市场,那不成了笑话?

即如我们上面随笔写下的所谓现代思想或言论市场的十多种行业,除了“攻击”,“纤巧”,“淫秽”诸宗是人类不怎样上流的根性得到了自由(放纵)当然的发展,此外多少是由外国转运来的投机事业。我们不说这时代就没有认真作买卖的人,我们指摘的是这些买卖本身的可疑。碍着一个迷误的自由的观念,顾着一个容忍的美名,我们往往忘却思想是一个园地,它的美观是靠着我们随时的种植与铲除,又是一股水流,它的无限的效用有时可以转变成不可收拾的奇灾。

我们不敢附和唯美与颓废,因为我们不甘愿牺牲人生的阔大。为要雕镂一只金镶玉嵌的酒杯。美我们是尊重而且爱好的,但与其咀嚼罪恶的美艳不如省念德性的永恒,与其到海陀罗凹腔里去收集珊瑚色的妙乐还不如置身在扰攘的人间倾听人道那幽静的悲凉的清商。

我们不敢赞许伤感与热狂,因为我们相信感情不经理性的清滤是一注恶浊的乱泉,它那无方向的激射至少是一种精力的耗废。我们未尝不知道放火是一桩新鲜的玩艺,但我们却不忍为一时的快意造成不可救济的惨象。“狂风暴雨”有时是要来的,是狂风暴雨是不可终朝的。我们愿意在更平静的时刻中提防天时的诡变,不愿意借口风雨的猖狂放弃清风白日的希冀。我们当然不反对解放情感,但在这头骏悍的野马的身背上我们不能不谨慎的安上理性的鞍索。

我们不崇拜任何的偏激,因为我们相信社会的纪纲是靠着积极的情感来维系的,在一个常态社会的天平上,情爱的分量一定超过仇恨的分量,互助的精神一定超过互害与互杀的动机。我们不愿意套上着色眼镜来武断宇宙的光景。我们希望看一个真,看一个正。

我们不能归附功利,因为我们不信任价格可以混淆价值,物质可以替代精神,在这一切商业化恶浊化的急坂上我们要留住我们倾颠的脚步。我们不能依傍训世,因为我们不信现成的道德观念可以用作评价的准则,我们不能听任思想的矫健僵化成冬烘的臃肿。标准,纪律,规范,不能没有,但每一时代都得独立去发见它的需要,维护它的健康与尊严,思想的懒惰是一切准则颠覆的主要的根由。

末了还有标语与主义。这是一条天上安琪儿们怕践足的蹊径。可怜这些时间与空间,哪一间不叫标语与主义的芒刺给扎一个鲜艳!我们的眼是迷眩了的,我们的耳是震聋了的,我们的头脑是闹翻了的,辨认已是难事,评判更是不易。我们不否认这些殷勤的叫卖与斑斓的招帖中尽有耐人寻味的去处,尽有诱惑的迷宫。因此我们更不能不审慎,我们更不能不磨砺我们的理智,那剖解一切纠纷的锋刃,澄清我们的感觉,那辨别真伪和虚实的本能,放胆到这嘈杂的市场上去作一番审查和整理的工作。我们当然不敢预约我们的成绩,同时我们不踌躇预告我们的愿望。

这混杂的现象是不能容许它继续存在的,如其我们文化的前途还留有一线的希望。这现象是不能继续存在的,如其我们这民族的活力还不会消竭到完全无望的地步。因为我们认定了这时代是变态,是病态,不是常态。是病就有治。绝望不是治法。我们不能绝望。我们在绝望的边缘搜求着希望的根芽。

严重是这时代的变态。除了盘错的、恣蔓的寄生,那是遍地都看得见,几乎这思想的田园内更不见生命的消息。梦人们妄想着花草的鲜明与林木的葱茏。

但他们有什么根据除了缥缈的记忆与想象?但记忆与想象!这就是一个灿烂的将来的根芽!悲惨是那个民族,它回头望不见一个庄严的已往。那个民族不是我们。该得灭亡是那个民族,它的眼前没有一个异象的展开。那个民族也不应得是我们。

我们对我们光明的过去负有创造一个伟大的将来的使命;对光明的未来又负有结束这黑暗的现在的责任。我们第一要提醒这个使命与责任。我们前面说起过人生的尊严与健康。在我们不曾发见更简赅的信仰的象征,我们要充分的发挥这一双伟大的原则——尊严与健康。尊严,它的声音可以唤回在歧路上彷徨的人生。健康,它的力量可以消灭一切侵蚀思想与生活的病菌。

我们要把人生看作一个整的。支离的,偏激的看法,不论怎样的巧妙,怎样的生动,不是我们的看法。我们要走大路。我们要走正路。我们要从

根本上作功夫。我们只求平庸，不出奇。

我们相信一部纯正的思想是人生改造的第一个需要。纯正的思想是活泼的新鲜的血球，它的力量可以抵抗，可以克胜，可以消灭一切致病的霉菌。纯正的思想，是我们自身活力得到解放以后自然的产物，不是租借来的零星的工具，也不是稗贩来的琐碎的技术。我们先求解放我们的活力。

我们说解放因为我们不怀疑活力的来源。淤塞是有的，但还不是枯竭。这些浮荇，这些绿腻，这些潦泥，这些腐生的蝇蚋——可怜的清泉，它即使有奔放的雄心，也不易透出这些寄生的重围。但它是在着，没有死。你只须拨开一些污潦就可以发见它还是在那里汩汩的溢出，在可爱的泉眼里，一颗颗珍珠似的急溜着。这正是我们工作的机会。爬梳这壅塞，粪除这秽浊，浚理这淤积，消灭这腐化；开深这潴水的池潭，解放这江湖的来源。信心，忍耐。谁说这"一举手一投足"的勤劳不是一件伟大事业的开端，谁说这涓涓的细流不是一个壮丽的大河流域的先声？

要从恶浊的底里解放圣洁的泉源，要从时代的破烂里规复人生的尊严——这是我们的志愿。成见不是我们的，我们先不问风是在哪一个方向吹。功利也不是我们的，我们不计较稻穗的饱满是在哪一天。无常是造物的喜怒，茫昧是生物的前途，临到"闭幕"的那俄顷，更不分凡夫与英雄，痴愚与圣贤，谁都得撒手，谁都得走；但在那最后的黑暗还不曾覆盖一切以前，我们还不一样的得认真来扮演我们的名分？生命从它的核心里供给我们信仰，供给我们忍耐与勇敢。为此我们方能在黑暗中不害怕，在失败中不颓丧，在痛苦中不绝望。生命是一切理想的根源，它那无限而有规律的创造性给我们在心灵的活动上一个强大的灵感。它不仅暗示我们，逼迫我们，永远往创造的生命的方向走，它并且启示给我们的想象，物体的死只是生的一个节目，不是结束，它的威吓只是一个谎骗，我们最高的努力的目标是与生命本体同绵延的，是超越死线的，是与天外的群星相感召的。为此，虽则生命的势力有时不免比较的消歇，到了相当的时候，人们不能不醒起。我们不能不醒起，不能不奋争，尤其在人生的尊严与健康横受凌辱与侵袭的时日！来吧，那天边白隐隐的一线，还不是这时代的"创造的理想主义"的高潮的前驱！来吧，我们想象中曙光似的闪动，还不是生命的又一个阳光充满的清朝的预告？

白郎宁夫人的情诗

一

“伟大的灵魂们是永远孤单的。”不是他们甘愿孤单，他们是不能不孤单。他们的要求与需要不是寻常人的要求与需要；他们评价的标准也不是寻常的标准。他们到人间来一样的要爱、要安慰，要认识、要了解。但不幸他们的组织有时是太复杂太深奥太曲折了，这浅薄的人生不能担保他们的满足。只有生物性生活的人们，比方说，只要有饭吃，有衣穿，有相当的异性配对，他们就可以平安的过去，再不来抱怨什么，惆怅什么。一个诗人，一个艺术家，却往往不能这样容易对付。天才是不容易伺候的。在别的事情方面还可以迁就，配偶这件事最是问题。想象你作一个大诗人或大画家的太太，（或是丈夫，在男女享受平等权利的时候！）你作到一个贤字，他不定见你情，你作到一个良字，他不定说你对，他们不定要生活上的满足，那他们有时尽可随便，他们却想象一种超生活的满足，因为他们的生活不是生根在这现象的世界上。你忙着替他补袜子，端整点心，他说你这是白忙，他破的不是袜子，他饿的不是肚子！这样的男人（或是女人）真是够别扭的，叫你摸不着他（或她）的脾胃。他快活的时候简直是发疯，也许当着人前就搂住了你亲吻，也不知是为些什么。他发愁的时候一只脸

绷得老长,成天可以不开口,整晚可以不睡,像是跟谁不共天日的过不去,也不知是又为些什么。一百个女人里有九十九喜欢她们的丈夫是明白晓畅一流,说什么是什么,顾室家,体惜太太,到晚上睡着了就开着嘴甜甜的打呼。谁受得了一个诗人,他——

> ……Wants to know
> What one has felt from earliest days,
> Why one thought not in other ways,
> And one's loves of long ago①

因此家室这件事在有天才的人们十九是没有幸福的。"我不能想象一个有太太的思想家",尼采说。怎怪得很多的大艺术家,比如达文誉与密仡郎其罗,终身不曾想到过成家?他们是为艺术活着的;再没有余力来敷衍一个家。就是在成家的中间,在全部思想文艺史上,你举得出几个人在结婚这件事上说得到圆满的。拜伦的离婚,他一生颠沛的张本,就为得他那太太只顾得替他补袜子端整点心。歌德一生只是浮沉在无定的恋爱的浪花间,但他的结婚是没有多大光彩的。卢骚先生捡到了一个客寓里扫地的下女就算完事一宗。哈哀内的玛蒂尔代又是一个不认字的姑娘,虽则她的颜色足够我们诗人的倾倒。史文庞孤独了一生,济慈为了一个娶不着的女人呕血。喀莱尔蒙着了一个又俊又慧的洁痕韦尔许,但他的怪僻只酿成了一个历史上有名不快活的家庭。这一路的人真难得知道幸福的。

二

本来恋爱是一件事,夫妻又是一件事。拿破仑说结婚是恋爱的埋葬。这话的意思是说这两件事儿是不相容的。这不是说夫妻间就没有爱。世上尽有十分相爱的夫妻。但"浪漫的爱",它那热度不是不寻常温度表所能测量的,却是提另一回事。比如罗米欧与朱丽叶那故事。它那动人,它那美,它那力量,就在一个惨死。死是有恩惠的,它成全了真有情人热情的永恒,朱丽叶要是作了罗米欧太太,过天发了福,走道都显累赘,再带着一大群的儿女,那还有什么意味?剧烈的东西是不能久长的,这是物理。由恋爱而结

① 意谓……想知道:一个人对创造之初的感觉,一个人为什么不用另外的方式思考,以及他很久以前的爱。

婚的人当然多的是，但谁能维持那初恋时一股子又泼辣又猖獗像是狂风像是暴雨的热情？结婚是成家。家本身就包涵有长久，即使不是永久的意义。有家就免不了家务，家累，尤其免不了小安琪儿们的降生。所以全看你怎样看法。如其现代多的是新发明的种种人生观，恋爱观的种类也不得单简。最发挥狭义的恋爱观的要算是哥谛霭的马斑小姐，她只准她的情人一整宵透明的浓艳的快乐，算是彼此尽情的还愿，不到天晓她就偷偷的告别，一辈子再不许他会面，她的唯一的理由就是要保全那“浪漫的热恋”的晶莹的印象。一在下拖就毁！但是话说回来，这类的见解，虽则美，当然是窄，有时竟有害，为人类繁衍的大目标计，是不应得听凭蔓延的。爱是不能没有的，但不能太热了。情感不能不受理性的相当节制与调剂。浪漫的爱虽则是纯粹的吕律格，但结婚的爱也不一定是宽弛的散文。靠着在月光中泛滥的白石栏杆，散披着一头金黄的发丝，在夜莺的歌声中呼吸情致的缠绵，固然是好玩，但带上老棉帽披着睡衣看尊夫人忙着招呼小儿女的鞋袜同时得照料你的早餐的冷热，也未始没有一种可寻味的幽默。露水甜，雨水也不定是酸。

假如更进一步说，一对夫妻的结合不但是渊源于纯粹的相爱，不是肤浅的颠倒，而是意识的心性的相知，而且能使这部纯粹的感情建筑成一个永久的共同生活的基础，在一个结婚的事实里阐发了不止一宗美的与高尚的德性，那一对夫妻怕还不是人类社会一个永久的榜样与灵感？

三

但不幸这类完全的夫妻在人类社会上实在是难得，虽则恋爱与结婚同是普遍而且普通的一同事。好夫妻，贤孟梁，才子佳人，福寿双全子孙满堂的老伉俪，当然是有，多的是，但要一对完全创造性的配偶，在人类进化史上划高一道水平线，同时给厌世主义者一个积极的答复，哪里有？男子间常有伟大的友谊，例如歌德与席勒的，他们那彼此相互的启发与共同擎举的事业是一个永远不可磨灭的灵感。夫妻呢？

在女子在教育上不曾得到完全的解放，在社会不得到与男子平等的地位，我们不能得到一个正确的夫妇的观念。在一个时候女性是战利品。在又一个时候女性是玩物。在一个时候女性是装饰，是奢侈品。在又一个时候女性是家奴。在所有的时候女性是“母畜”，它的唯一的使命与用处是为人类传种。因此人类的历史是男性的光荣，它的机会是男性的专利。直到最近的百年前，跟着一般思想的解放，女性身上的压迫方始有松放的希冀，又跟着女权的运动，婚姻的观念方始得到了根本的修正，原先的谬误渐次在

事实的显著中消失。

这是一件大事，因为女性的解放不仅给我们文化努力一宗新添的力量，它是我们理想中合理生活的实现的一个必要条件。夫妻是两个个性自由的化合；这是最密切的伙伴，最富创造性的一宗冒险。

四

诗人白郎宁与衣里查白裴雷德的结合是人类一个永久的纪念。如其他们结婚以前的经过是一叶薰香的恋迹；他们结婚以后的生活一样是值得我们的赞美。如其他们彼此感情的交流是不涉丝毫强勉，他们各自的忍耐与节制同样是一宗理性的胜利。如其这婚姻使他们二人完全实现这地面上可能的幸福，他们同时为蹒跚的人类立下了一个健全的榜样。他们使我们艳羡，也使我们崇仰，他们的不是那猥琐的局促的一流。如其白郎宁在这段情史中所表见的品格是男性的高尚与华贵，白夫人的是女性的坚贞与优美与灵感。他们完全实现了配偶的理想，他们是一对理想的夫妻。

白郎宁是一个比较晚成的诗人，在他同时期的谭宜孙诗名炫耀全国的时候认识他的天才只有少数的几个人，例如穆勒约翰与诗人画家罗刹蒂，他在大英博物院中亲手抄缮白郎宁的第一首长诗。但他的诗，虽则不曾入时，已经有幸运得着了衣里查白裴雷德在深闺中的认识与同情。同时白郎宁也看到了裴雷德的诗，发见她引用他自己的诗句，这给了他莫大的愉快。这是第一步。经由一个父执的介绍，裴雷德是他的表妹，白郎宁开始与她未来的夫人通信。裴雷德早年是极活泼的一个女孩，但不幸为骑马闪损了脊骨，终年困守在她楼上的静室里，在一只沙发上过生活，沙士比亚与古希腊的诗人是她唯一的慰藉。她有一个严厉的经商的父亲，但她的姊妹是与她同情并且随后给她帮助的。她有一个忠心的女仆叫威尔逊，一只更忠心的狗叫佛露喜。她比白郎宁大至六岁，与他开始通信的那年已是三十九岁。

你们见过她的画像的不能忘记她那凝注的悲怆的一双眼，与那蓬松的厚重的两鬓垂髫。她的本来是无欢的生活。一个废人，一个病人，空怀着一腔火热的情感与希有的天才，她的日子是在生死的边界上黯然的消散着。在这些黯惨的中间造化又给她一下无情的打击，她的一个爱弟，无端作了水鬼，这残酷的意外几乎把她震成一种失心的狂痫，正如近时曼殊斐儿也有同样的悲伤。她是一个可怜人，哀愁与绝望是人生给她的礼物。

但这哀愁与绝望是运定不久长的。当代她最崇拜的一个诗人开始对她谦卑的表示敬意，她不能不为他的至诚所感动。在病榻上每日展读矫健敦笃的来书,从病榻上每日邮送郑重绰约的去缄。彼此贡献早晚的灵感,彼此许诺忠实的批评。由文学到人生,由兴会到性情,彼此发见彼此开始在是一致的同心。在不曾会面以先,他俩已经听熟了彼此的声音——不可错误的性灵的声音。

这初期五个月密接的通信,在她感到一种新来的光明驱散了她生活上的暗塞,在他却是更深一层的认识。这还不是她理想中的伴侣?没有她人生是一个伟大的虚无,有了她人生是一个实现的奇迹,他再不能怀疑,这是造化恩赐给他的唯一的机缘。她准许他去见她,在她的病房中,他见着了她,可怜的瘦小的病模样,蜷伏在她的沙发上,贵客来都不能欠身让坐!他知道这是不治的病,但他只感到无限的悲怜。他爱她,他不能不爱她。在第一次会见以后,伟大的白郎宁再不能克制他的爱情。他要她。他的尽情倾吐的一封信给了温坡尔街五十号的病人一次不预期的心震,一宵不眠的踌躇。到早上她写回信,警告他再要如此她就不再见他。伟大的白郎宁这次当真红了脸,顾不得说谎,立即写信谢罪,解释前信只是感激话说过了分,请求退还原函(他生平就这一次不说真话)。信果然退了回来,他又带着脸红立即给毁了去(他们的通信单缺了这一封,这使白夫人事后颇感到懊怅的)。这风险过去,他们重复回到原先平稳的文字的因缘。裴雷德准许他的朋友过时去看她,同时邮梭的投织更显得殷勤,他讲他的意大利忻快的游踪,但她酬答他的只有她的悲惨的余生——这不使他感到单调吗?他们每周会面的一天是他俩最光亮的日子。他那时住在伦敦的近郊。这正是花香的季候,乡间的清芬,黄的玫瑰,紫的铃兰,相继在函缄内侵入温斐尔街五十号的楼房。裴雷德的感情也随着初秋的阳光渐渐的成熟。她不能不把她心里的郁积——她的悲哀,她的烦闷——缓缓的流向她唯一朋友的心里。他的感激又是一度的过分,但他还记得他三月前的冒昧,既然已经忍何妨忍耐到底。他现在早已认定,无上的幸福是他的了。她不能一天不接他的信,她不能定心,她求他"一行的慈善",她的心已经为他跳着了。但她还不能完全放开她的踌躇。她能承受他的爱吗?这是公平吗?他,一个完全的丈夫。她:一个颓废的病人。他能不白费他的黄金吗?这砂留得住这清泉吗?她是一个对生命完全放弃的人,幸福,又是这样的幸福,这念头使她付着时都觉得眩晕。但这些不是阻难。在他只求每天在她的身旁坐一小时,承受她的灵感,写他的诗,由此救全他的灵魂,他还有什么可求的?不,她即使是永远残废都不成问题,他要的只是性灵的化合。她再不能固执,再不能坚持,她只求他不要为她过分迁就,她如其有命,这命完全是他一手救活的,对他她只有无穷的感恩。她准许他用她的乳名称呼!

五

现在唯一的困难就只裴雷德的家庭,她的父亲。他不能想象他女儿除了对上帝和他自己的忠贞还能有别的什么感情的活动。他是一个无可通融的人。他唯一的德性是他每天非得到下午六点不得回家,这一点他的女儿们都是知感的。裴雷德想到南方去,地中海的边沿,阳光暖和处去养息身体,因为她现在的生命是贵重的了。从死的黑影里劫出来,幸福已经不是不可能的梦想了。但她的父亲如何能容她有这种思想。她只要一开口这狮子就会叫吼得一屋子发震。她空怀着希望,却完全没有主意。她的朋友是永远主张抵御恶的势力的,他贡献他的勇敢,他建议积极的动作。裴雷德不能不信任他那雄健的膀臂与更雄健的意志。同时他俩的感情也已经到了无可再容忍的程度。至少在文字上他们再不能防御真情的泛滥。纯粹的爱在了解的深处流溢着。他们这时期的通信不再是书柬,不再是文字,是——“一对搏动的心”。从黑暗转到光明,从死转到爱,从残废的绝望转到健康的欢欣,爱的力量是一个奇迹。等到第二个春天回来的时候裴雷德已经恢复她步履的愉快,走出病室的囚困,重享呼吸的清新。在阳光下,在草青与花香间,在禽鸟的歌声中,她不能不讶异生活的神秘,不能不膜拜造化的慈恩。他给她的庄严的爱在她的心中像是一盘发异香的仙花,她是在这香息中迷醉了。正如他的玫瑰,他的铃兰曾经从乡间输入她的深闺,她这时也在和风中为他亲手采撷浓蕊的蝴蝶花。在这些甜蜜的时光的流转中,她的家庭的困难一天严重似一天,她的父亲的颟顸是无法可想的,这使情人们不得不立即商量一条干脆的出路,他们决意走。到意大利去,他俩的精神的故乡。他们先结了婚,在一个隐僻的教堂里,在上帝的跟前永远合成了一体:再过了几天他俩悄悄的离别了岛国,携着忠心的威尔逊与更忠心的佛露喜,投向自由的大陆,攀度了阿尔帕斯,在阿诺河入海处玲珑的皮萨城中小住,随后又迁去翡冷翠,在那有名的 Casa Guidi 中过他们无上的幸福的生活。

六

这无上的幸福有十五年的生命,在这十五年中他俩不知道一天的分离。他们是爱游历的,在罗马与巴黎与伦敦间他们流转着他们按季候的踪迹。白夫人,本来一个沙发上的废人,如今是一个健游者,巴黎是她的“软弱”,意大利是她的“热情”,她也能登山,也能涉水。她的创作的成绩也不弱于她的

“劳勃脱”，虽则她是常病，有时还得收拾她的“盆”[①]儿的嘴脸与袜鞋。他俩的幸福正是英国文学的幸福。劳勃脱在他的“巴”的天才的跟前，只是低头，他自己即使有什么成就，那都是她的灵感。“盆”儿是他们最大的欢欣，忠心的佛露喜也给他们不少的快乐。在交友上他们也是十分幸运的。白郎宁的刚健与博大，他夫人的率真与温驯，使得凡是接近他们的没有不感到深彻的愉快。出名坏脾气的喀莱尔，“狂窜的火焰”似的老诗人兰道(Savage Landor)，长厚的谭宜孙，伟大的罗斯金，美秀的罗刹蒂弟兄，都一致的倾倒这一双无双的佳偶。罗刹蒂最说得妙，他说他就奇怪“那两个小小的人儿(指白氏夫妇)何以会得包容真实世界的那么多的一部分，他们在舟车上占不到多大的位置，在客寓里用不到一只双人床?”他们所知道的唯一的悲伤与遗憾就只白郎宁的母亲的死和白夫人父亲的倔强，他们的幸福始终得不到他的宽恕。白夫人对意大利的自由奋斗有最热烈的同情。也正当意大利得到完全解放的那一年——一八六一——白夫人和她的劳勃脱永诀。如其她在生时实现了人生的美满，她的死更是一个美满的纪录。她并没有什么病痛，只是觉得倦，临终的那一晚她正和白郎宁商量消夏的计划，“她和他说着话，说着笑话，用最温存的话表示她的爱情；在半夜的时候，她觉着倦，她就偎倚在白郎宁的手臂上假寐着。在几分钟内，她的头垂了下来，他以为她是暂时的昏晕，但她是去了，再不回来。”那临终时一些温存的话是白郎宁终身的神圣的纪念。她最后的一句话，回答白郎宁问她觉到怎么样，是一单个无价的字——“Beautiful”!“微笑的，快活的，容貌似少女一般”，她在她情人的怀抱中瞑目。

七

美！苦闷的人生难得有这样完全的美满！这不仅是文艺史的一段佳话，这是人类史上一次光明的纪录。这是不可磨灭的。这是值得永久流传的。但这段恋史本身固然是可贵，更可贵的是白夫人留给我们那四十四首十四行诗(The Sonnets from the Portuguese)。在这四十四首情诗里白夫人的天才凝成了最透明的纯晶。这在文学史上是第一次一个女子澈透的供承她对一个男子的爱情，她的情绪是热烈而抟聚的，她的声音是在感激与快乐中颤震着，她的精神是一团无私的光明。我们读她的情诗，正如我们读她的情书，我们不觉得是窥探一种不应得探窥的秘密，在这里正如在别的地方，真

① 谐指诗。

诚是解释一切,辩护一切,洁化一切的。她的是一种纯粹的热情,它的来源是一切人道与美德的来源,她的是不灭的神圣的火焰。只有白夫人才能感受这些伟大的情绪,也只有她才能不辜负这些伟大的情绪。这样伟大的内心的表现是稀有的。

关于那四十四首诗也还有一小段的佳话。白夫人发心写这一束情诗大约是在她秘密结婚以前,也许大半还是在她那楼房里写的。她不让白郎宁知道她的工作,她只在一次通信上隐隐的提过,“将来到了皮萨,”她说,“我再让你看我现在不给你看的东西。”他们夫妇俩写诗的工作是划清疆界的。在一首诗完成以前,谁都不能要求看谁的。在皮萨那时候,白夫人的书房是在楼上,照例每天在楼下吃过早饭,她就上楼去作工,让他在楼下作他的。有一天早上白夫人已经上楼去,白郎宁正站在窗前看街,他忽然觉得屋子里有人偷偷的走着,他正要回头,他的身子已经叫他夫人给推住了,叫他不许动,一面拿一卷纸塞在他的口袋里。她要他看一遍,要是不喜欢就把它撕了,话说完就逃上了楼去。这卷纸就是她那一束的情诗。白郎宁看过了就直跳了起来,说:她不但是给了他一份无价的礼物,她是给人类创造了一种独一的至宝。因此他坚持她有公开这些诗的必要。最早的单印本是一八四七年在李亭地方印的送本,书面上写着——Sonnets by E. B. B. 一八五〇年的印本才改称“Sonnets from the Portuguese”,那是白郎宁的主意。他特别挑葡萄牙因为她有过一首诗“Catarina to Camoens”是讲葡萄牙的一段故事,他又常把夫人叫作“我的小葡萄牙人”。这四十四首情诗现在已经闻一多先生用语体文译出。这是一件可纪念的工作。因为“商籁体”(一多译)那诗格是抒情诗体例中最美最庄严、最严密亦最有弹性的一格,在英国文学史上从汤麦斯槐哀德爵士(Sir Thomas Wyatt)到阿赛沙孟士(Arthur Symons)这四百年间经过不少名手的应用还不曾穷尽它变化的可能。这本是意大利的诗体彼屈阿克(Petrarch)的情诗多是商籁体,在英国槐哀德与石垒伯爵(Earl of Sarrey)最初试用时是完全仿效彼屈阿克的体裁与音韵的组织,这就叫作彼屈阿克商籁体。后来莎士比亚也用商赖体写他的情诗,但他又另创一格,韵的排列与意大利式不同,虽则规模还是相仿的,这叫作莎士比亚商籁体。写商籁体最有名的,除了莎士比亚自己与史本塞,近代有华茨华士与罗剎蒂,与阿丽思梅纳儿夫人,最近有沙孟士。白夫人当然是最显著的一个。她的地位是在莎士比亚与罗剎蒂的中间。初学诗的很多起首就试写商籁体,正如我们学作诗先学律诗,但很少人写得出色,即在最大的诗人中,有的,例如雪莱与白郎宁自己,简直是不会使用的(如同我们的李白不会写律诗)。商籁体是西洋诗式中格律最谨严的,最适宜于表现深沉的盘旋的情绪。像是山风,像是海潮,它的是圆浑的有回响的声音。在能手中它是一只完全的弦琴,它有最激昂的高音,也有最呜咽的幽声。一多这次试验也不是轻率的,他那耐心先就不易,至少有好几首是朗然可诵的。当初槐哀德与石垒伯爵既然能把这原种从意大利移植到英国,后来果然开结成异样的花果,我们现在,在解放与建设我们文学的大运动中,为什么就没有希望再把它从英国移植到我们这边来?开端都是至微细的,什么事都得人们一半凭纯粹的耐心去作。

一个行乞的诗人

1. Collected Poems of William H. Davies
2. The Autobiography of a Super Tramp
3. Later Days.
4. A poet's Pilgrimage

一

萧伯讷先在一九〇五年收到从邮局寄来的一本诗集，封面上印着作者的名字，他的住址，和两先令六的价格。附来作者的一纸短简，说他如愿留那本书，请寄他两先令六，否则请他退回原书。在那些日子萧先生那里常有书坊和未成名的作者寄给他请求批评的书本，所以他接到这类东西是不以为奇的。这一次他却发见了一些新鲜，第一那本书分明是作者自己印行的，第二他那住址是伦敦西南隅一所硕果仅存的“佃屋”，第三附来的短简的笔致是异常的秀逸而且他那办法也是别致。但更使萧先生奇怪的是他一着眼就在这集子小诗里发见了一个真纯的诗人，他那思想的清新正如他音调的轻灵。萧先生决意帮助这位无名的英雄。他作的第一件好事是又向他多买了八本，这在经济上使那位诗人立时感到稀有的舒畅，第二是他又替他介绍给当时的几个批评家。果然在短时期内各种日报和期刊上都注意到了这位流浪的诗人，他的一生的

概况也披露了，他的肖影也登出了——他的地位顿时由破旧的佃屋转移到英国文坛的中心！他的名字是惠廉苕微士，他的伙伴叫他惠儿苕微士[1]（Will Davies）。

二

苕微士沿门托卖的那本诗集确是他自己出钱印的。他的钱也不是容易来的。十九镑钱印得二百五十册书。这笔印书费是作押款借来的。苕微士先生不是没有产业的人，他的进款是每星期十个先令（合华银五元），他自从成了残废以来就靠此生活。他的计划是在十先令的收入内规定六先令的生活费，另提两先令存储备作印书费，余多的两先令是专为周济他的穷朋友的。他的住宿费是每星期三先令六（在更俭的时候是二先令四，在最俭的时候是不花一个大子儿，因为他在夏季暖和时就老实借光上帝的地面，在凉爽的树林里或是宽大的屋檐下寄托他的诗身！），但要从每星期两先令积成二三十镑的巨款当然不是易事，所以苕微士先生在最后一次的发狠决意牺牲他整半年的进款积成一个整数，自己跷了一条木腿，带了一本约书，不怎样乐观却也不绝望的投向荡荡的"王道"去。这是他一生最后一次，也是最辛苦的一次流浪，他自己说：——

> 再下去是一回奇怪的经验，无可名称的一种经验，因为我居然还能过活，虽则既没有勇气讨饭，又不甘心作小贩。有时我急得真想作贼；但是我没有得到可偷的机会，我依然平安的走着我的路。在我最感疲乏和饿慌的时候——我的实在的状况益发的黑暗，对于将来的想望益发的光鲜，正如明星的照亮衬出黑夜的深荫。
>
> 我是单身赶路的，虽则别的流氓们好意的约我作他们的旅伴，我愿意孤单因为我不许生人的声音来扰我的清梦。有好多人以为我是疯子，因为他们问起我当天所经过的市镇与乡村我都不能回答。他们问我那村子里的"穷人院"是怎样的情形，我却一点也不知道，因为我没有进去过。他们要知道最好的寓处，这我又是茫然的，因为我是寄宿在露天的。他们问我这天我是从哪一边来的，这我一时也答不上；他们再问我到那里去，这我又是不知道的。这次经验最奇怪的一点是我虽则从不看人家一眼，或是开一声口问他

① 惠儿苕微士，应作威尔·戴维斯。威尔（Will）是他的名字威廉（William）的昵称。

> 们乞讨，我还是一样受到他们的帮助。每回我要一口冷水，给我的却不是茶就是奶，吃的东西也总是跟着到手。我不由的把这一部生活认作短期的牺牲，消磨去一些无价值的时间为要换得后来千万个更舒服的；我祝颂每一个清朝，它开始一个新的日子，我也拜祷每一个安息日晚上，因为它结束了又一个星期。

这不使我们想起旧时朝山的僧人，他们那皈依的虔心使他们完全遗忘体肤的舒适？苕微士先生发见流浪生活最难堪的时候是在无荫蔽的旷野里遇雨。上帝保佑他们，因为流浪人的行装是没有替换的。有一天他在台风的乡间捡了一些麦柴，起造了一所精致的，风侵不进，露淋不着的临时公馆，自幸可以暖暖的过一夜，却不料——

> 天下雨了。在半小时内大块的雨打漏了屋顶，不到一小时这些雨点已经变成了洪流。又只能耐心耽着，在这大黑夜如何能寻到更安全的荫蔽。这雨直下了十个钟头，我简直连皮张都浸透了，比没身在水里干不了多少——不是平常我们叫几阵急雨给淋潮了的时候说的“浸透了皮”。我一点也不沮丧。把这事情只看作我应分经受的苦难的一件。到了第二天早上我在露天选了一个行人走不到的地点，躺了下来，一边安息，一边让又热又强的阳光收干我的潮湿。有两三次我这样的遭难，但在事后我完全不觉得什么难受。

头三个月是这样过的，白天在路上跑，晚上在露天寄宿，但不幸暖和的夏季是有尽期的，从十月到年底这三个月是不能没有荫蔽的。一席地也得要钱，即使是几枚铜子，苕微士先生再不能这样清高的流浪他的时日。但高傲他还是的，本来一个残废的人，求人家帮助是无须开口的，他只要在通衢上坐着，伸着一只手，钱就会来。再不然你就站在巡警先生不常到的街上唱几节圣诗，滚圆的铜子就会从住家的窗口蝴蝶似的向着你扑来。但我们的诗人不能这样折辱他的身份，他宁可忍冻，宁可挨饿，不能拉下了脸子来当职业的叫化。虽则在他最窘的日子，他也只能手拿着几副鞋带上街去碰他的机会，但他没有一个时候肯容自己应用乞丐们无耻的惯伎。这样的日子他挨过了两个月，大都在伦敦的近郊，后为要整理他的诗稿他又回到他的故居，亏了旧时一个难友借给他一镑钱，至少寄宿的费用有了着落。他的诗集是三月初印得的，但第一批三十本请求介绍的送本只带回了两处小报上冷淡的案语。日子飞快的过去，同时他借来的一点钱又快完了，这一失望他几

乎把辛苦印来的本子一起给毁了！最后他发明了寄书求售的法子，拼着十本里卖出一两本就可以免得几天的冻饿，这才蒙着了萧先生的同情，在简短的时日内结束了他的流浪的生涯。

三

但这还只是苔微士先生多曲折的生活史里最后的一个顿挫，最逼近飞升的一个盘旋。在他从家乡初到伦敦的时候，他虽则身体是残废，他对于自己文学的前途不是没有希望。他第一次寄稿给书铺，满想编辑先生无意中发见了天才竟许第二天早上就会赶来求见他，或是至少，爽快的接受他的稿件，回信问他要预支多少版税。他的初作是一篇诗剧，题目叫《强盗》。邮差带回来的还是他的原稿，除了标题，竟许一行都不曾邀览！他试了又试，结果还是一样，只是白花了邮资，污损了稿本。他不久就发见了缘故。他的寓址是乞丐收容所的变相，他的题目又不幸是《强盗》，难怪深于世故的书店主人没有敢结交他作朋友！但是他还得尝试。他又脱稿了一首长诗，在这诗里他荟集了山林的走兽，空中的飞禽，甚至海底的鱼虾，在一处青林里共同咒骂人类的残忍，商量要秘密革命，趁黑夜到邻近的一个村庄里去谋害睡梦中的居民！这回他聪明了另换了不露形迹的地址，同时寄出了两个副本，打算至少一处总有希望。一星期过去没有消息，我们的作者急了，不为别的，怕是两处同时要定了他的非常的作品。再等了几天一份稿件回来了，不用，那一份跟着也回来了，一样的不用。苔微士先生想这一定是长诗不容易销，短诗一定有希望，他一坐下来又产生了几百首的短诗，但结果还是一样的为难，承印是有人了，但印费得作者自己担负。一个靠铜子过活的如何能拿得出几十个金镑？但为什么不试试知名的慈善家？他试了。当然是无结果。他又有了主意，何妨先印两千份一两页的“样诗”，买三个便士一份，自己上街兜卖去，卖完了不就是六千个便士，合五百个先令，整整二十五个金镑，恰巧印书的费用！但这也得印费，要三十五先令，他本有一些积蓄，再熬了几星期的饿，这一笔款子果然给凑成了。二千份样诗印了来，明天起一个大早，满心的高兴和希望，苔微士先生抱了一大卷上街零售去了。他见了人就拉生意，反复的说明他想印书的苦衷，请求三便士的帮助。他走了三十家，说干了嘴，没有人明白他是什么意思，也没有人理会他，一本也卖不掉！难得有一半个人想作好事，但三便士换一张纸，似乎太不值得了。诗，什么是诗？诗是干什么的？你再会说话他们还是不明白。最后他问到了一所较大的屋子，一个女佣出来应门。他照例说明他的来意，那位姑娘瞪大了眼望着

他。“玛丽，谁在那里?”女主人在楼梯上面问。她回说有人来买字纸的。“给他这个铜子，叫他去吧”，一个铜子从楼梯上滚了下来。苔微士先生到手了一个铜子，但他还是央着玛丽拿这张纸给她主人看。竟许她是有眼光的，竟许她赏识我，竟许她愿意出钱替我印书，谁知道！但是楼梯上的声音更来得响亮而且凶狠了：“玛丽，不许拿他什么东西，你听见了没有?”在几秒钟内苔微士先站在已经关紧的门外，掌心里托着一个孤独的便士！得，饿了肚子跑酸了腿说干了嘴才到手了一个铜子，这该几十年才募得成二十五个金镑?何况回去时实在跑不动了还得花三便士坐电车！苔微士先生一发狠把二千份的样诗一口气给毁了，一页也没有存。

四

为了这一次试验的损失，苔微士先生为格外节省起见，迁居到一个救世军的收容机关。他还是不死心，还是想印行他的诗集。这回的灵感是打算请得一张小贩的执照，下乡作买卖去。这样生活有了着落，原来每星期的进款不是可以从容积聚起来了吗？况且贩卖鞋带、针簪、纽扣还难说有可观的盈余。这样要不了半年工夫就可以有办法。苔微士先生的眼前着实放了一些光亮。但要实行这计划也不是没有事前的困难。第一他身上这条假腿，花他十几镑钱安上的，经了两三年的服务早已快裂了，他哪有钱去另买一条腿？好容易他探得的一处公立的机关，可以去白要一只“锥脚”。但这也有手续。你得有十五封会员的荐信。苔微士先生这回又忙着买邮花发信了。在六星期内他先后发了一百多封信（这是说花了他一百多分邮花外加信纸费），但一半因为正当夏天出门的人多他得到的回信还是不够数。在这个时候一个慈善机关忽然派人来知照他说有人愿意帮他的忙，他当然如同奉到圣旨似的赶了去，但结果，经过了无数的手续，无数的废话，受了无数的闷气，苔微士先生还是苔微士先生！不消说那慈善机关的贵执事们报告给那位有心作好事的施主，说他是一个不值得帮助的无赖！如此过了好些时日才凑齐了必需的荐信，锥脚是到手了，但麻烦还是没有完。因为先前荐信只嫌不够，现在来得又太多了，出门人回了家都有了回信，苔微士先生又忙着退信道谢，又白花了他不少的邮花！

锥脚上了身，又进齐了货，针、骨簪、鞋带、纽扣，我们的诗人又开始了一种新生活。但他初下乡的时候因为口袋里还剩几个先令，他就不急急于作生意，倒是从容的玩赏初夏的风景：

第一晚到了圣亚尔明斯，我在镇上走了一转，就在野地里，拿我那货包当枕头仰天躺下了。那晚的天上仿佛多出了不少星，拥护着庆祝着一个美丽的亮月的成年。肢体虽则是倦了的，但为贪着这夜景又过了三两小时才睡。我想在这夏季里只要有足够的钱在经过的乡村里买东西吃，这还不是一种光荣的生活？如此三四天我懒散着走着路，站在沟渠上面看那水从黑暗冲决到光明；听野鸟的歌唱；或是眺望远处够高的一个尖顶，别的不见，指点着在千树林中隐伏着的一个僻静的乡村。

但等得他花完了带着的钱，打开货包来正想起手作生意，苔微士先生发见那包货，因为每晚用作枕头，不但受饱了潮湿，并且针头也钻破了包衣发了锈，鞋带有皱有疲的，全失了样，都是不能卖的了！他只能听天由命。他正快饿瘪的时候在路边遇见了一个穷途的同志，他，一个身高血旺的健全汉子，问得了他的窘况，安慰他说只要跟他一路走不愁没有饭吃。这位先生是有本事的。喝饱了啤酒，啃饱了面包，先到了一条长街的尾梢，他立定了脚步，对苔微士先生说，“看着，我就在这儿工作了。你只要跟在我后背捡地上的钱，钱自会来的。”“你只管捡铜子好了，只要小心不要给铜子捡了去！”他意思是只要小心巡警。这是他的法术：偻了背，摇着腿，嘎着嗓子，张着大口唱。唱完了果然街两边的人家都掷铜子给他们，但那位先生刚住口就伸直了身子向后跑，诗人也只得跟了跑，——果然那转角上晃过了一位高大的“铜子”来！

在这一路上苔微先生学得了不少的职业的秘密，但他流浪到了终期重返回到伦敦的时候，他出发时的计划还是没有实现，三个月产息的积蓄只够他短时期的安息，出书的梦想依旧是在虚无缥渺间。穷困的黑影还是紧紧的罩住他，凭他试哪一个方向，他的道是没有一条通达的。但在这穷困的道上，他虽则捡不到黄金，他却发见了不少人道的智慧，那不是黄金所能买，也不是仅有黄金的人们所能希冀。这里是他的观察：

家当全带在身上的人的最大的对头，是雨。日光有的时候他也不怎样在意，但在太阳西沉后他要是叫雨给带住了，他是应受哀怜的。他不是害怕受了潮湿在身体上发生什么病痛，如同他的有福分的同胞，但是他不喜欢那寒颤的味道，又是没有地方去取暖。这种尴尬的感觉逢空肚子更是加倍的难受。本来他御寒的唯一保卫就只是一个饱肚，只要肠胃不空他也不怎样介意风雨在他体肤上的侵袭。海上人看天边有否黑点，天文家看天上有否新光，这无家的苦人比他们更急急于看天上有否雨兆。为躲避未来的泛滥他托蔽于公共图书馆，那是唯一现成公开的去处；在这里空坐着呆对着一页书，一个字也没有念着，本来他那有心想来念。如其他一时占不到一个空座，他就站在一张报纸的跟前施展那几乎不可能的站直了睡着的本领，因为只有如此才可以骗过馆里的人员以及别的体面人们，他们正等着想看那一张报纸。要能学到这一手先得经过多次不成功的尝试，呼吸疏了神，脑袋晃摇，或是身体向着报柜磕碰，都是可能的破绽；但等得工夫一到家，他就会站直在那里睡着，外表都明明是专心在看一段最有趣味的新闻。……往往他们没有得衣服换，因此时常可以见到两个人同时靠近在一个火的跟前，一个人烤着他的湿袜子。还有那个烤着他那僵干的面包……就在这下雨天我们看到只有在极穷的人们中间看得到的细小的恩情；一个自己只有一些的帮助那赤无所有的同胞。一个人在市街上攒到的十八个铜子回去，付了四个子的床费，买过了吃，不仅替另一个人付床钱，他还得另请一个人来分吃他的东西，结果把余下的一个铜子又照顾了一个人。一个人上天生意作得不错，就慷慨的这里给那里给直到他自己不留一个大子儿。这样下来虽则你在早上只见些呆钝与着急的脸，但在中午你可以看到大半数的寓客已经忙着弄东西吃，他们的床位也已经有了着落。种种的烦恼告了结束，他们有的吹，有的哼，也有彼此打趣常开着口笑的。

这些细小的恩情是人道的连锁，它们使得一个人在极颓丧时感到安慰，在完全黑暗的中心不感到怕惧。但我们的诗人还是们索不着他成名的运道。如其他在早上发见一丝的希望，要不了天黑他就知道这无非又是一个不可充饥的画饼。他打听着了一个成名的文学家，比方说，他那奖掖后进的热心是有多人称道的，他当然不放过这机会，恭敬的备了信，把文稿送了去请求一看，但他得到唯一的回音是那位先生其实是太忙，没有余闲拜读他的大作，结果还是原封退回！这类泡影似的希冀连着来刻薄一个时运未济的天才。但苔微士先生是不知道绝望的。他依旧耐心的，不怨尤的守候着他的日子。

五

上面说的是他想在文学界里占一席地的经过的一个概况，现在我们还

得要知道苔微士先生怎样从健全变成残废，他回到英国以前的生活。因为要不为那次的意外他或许到如今都还不肯放弃他那逍遥的流浪生涯，依旧在密西西比或是落矶山的一带的地域款留他的踪迹。非到了这一边走到了尽头，他才回头来尝试那一边的门径。他不是一个走半路的人。

他是生长在英国威尔斯的，他的母亲在他父亲死后就另嫁了人，他和他的两个弟妹都是他祖父母看养大的。他的家庭，除了他的祖父母，一个妹子，一个痴呆的弟弟，还有“一个女佣人、一狗、一猫、一鹦鹉、一斑鸠、一芙蓉雀”。他从小就是大力士，他的亲属十分期望他训练成一个职业的“打手”。所以每回他从学校里回来带着“一个出血的鼻子或是一只乌青的眼睛”，他一家子就显出极大的高兴，起劲的指点他下回怎样报复他敌手的秘诀。在打架以外他又在学校里学到了一种非凡的本领——他和他的几个同学结合了一个有组织有计划的“扒儿手团”。他们专扒各式的店铺，最注意的当然是糖果铺。这勾当他们极顺利的实行了半年，但等得我们的小诗人和他的党羽叫巡警先生一把抓住颈根的日子，他挨了十二下重实的肉刑，他的祖父损失了十来镑的罚金。在他将近成年的时候他的二老先后死了，遗剩给他的有每星期十先令息金的产业。他已然作过厂工，学习过装制画框，但他不羁的天性再不容他局促在乡里间，新大陆，那黄金铺地的亚美利加，是他那时决定去施展身手的去处。到了美国，第一个朋友他交着的。是一个流浪的专家，从加拿大的北省到墨西哥的南部，从赫贞河流域到太平洋沿海，都是他邀游无碍的版图。第一个本领他学到的，是怎样白坐火车：最舒服是有空车坐，货车或牲口车也将就，最冒险是坐轨头前面的挡梗，车底有并行的铁条，在急的时候也可以蜷着坐，但最优游是坐车的顶篷，这不但危险比较的少，而且管车人很少敢上来干涉他们。跳车也不是容易，但为要逃命三十哩的速度有时都得拼着跳。过夜是不成问题的，美国多的是菁密的森林，在这里面生起一个火还不是天生的旅舍？有时在道上发见空屋了，他们就扒窗进去占领（他们不止一次占到的是出名的鬼屋！）

“作了三年叫化子，连皇帝都不要作了。”但如其我们的乞儿要过三年才能认清此中的滋味，苔微士先生一到美国就很聪明的选定了这绝对无职业的职业。在那时的美国饿死是几乎不可能的事，因为谁家没有富余的面包与牛乳，谁人不乐意帮助流浪的穷人？只要你开口，你就有饭吃，就有衣穿。不比在英国，为要一碗热汤吃，你先得鹄立多少时候才拿得到一张汤券，还得鹄立多少时候才能拿那券换得一碗汤。那些汤是“用不着调匙的，吃过了也没有剔牙的愉快：就是这清清的一汪，没有一颗青豆、一瓣蒜、或是一粒萝卜的影子；什么都没有，除了苍蝇”。他们叫化可纪录的一次是在鲍尔铁穆，

那边的居民是心好得多，正如那边的女人是美得多。只要你“站定在大街上饱餐过往的秀色，你就相信上帝是从不曾亏待你的。”他们是三个人合作的，我们的诗人当然经验最浅。他的职司是拿着一个口袋在街角上等候运道，他的两个同志分头向街两边的人家“工作”去。他们不但是有求必应，而且连着吃了三家的晚饭；在不到一个钟头，不但苔微士先生提着的口袋已经装得泼满，就连他们身上特别博大的衣袋也都不留一些余地。这次讨饭的经验，我们的诗人说，是“不容易忘记的”。因为他们回得家清理盈余的时候，他们又惊又喜的发见不仅他们想要的东西应有尽有，而且给下来的没有一个纸包是仅仅放着面包与牛油。“煎熟的蛤蜊、火鸡、童子鸡、牛排、羊腿、火肉与香肠；爱尔兰白薯、甜山薯与香芋艿；黑面包、白面包；油煎薄饼，各种的果糕，各式花样的蛋糕；香蕉、苹果、葡萄与橙子；外加一大堆的干果与一整袋的糖果”——这是他们讨得的六十几包的内容简单的清单。只有三家没有给的，但另有两家吩咐他们再去。

到了夏天他们当然去“长岛”的海滨去消夏。太阳光，凉风，柔软而和暖的海水，是不要钱也不须他们的募化。他们不是在软浪里拍浮，就在青荫下倦卧，要不然就踞坐在盘石上看潮。但如其他们的消夏计划是可羡慕，他们的消寒办法更显得独出心裁。美国北省的冬天是奇冷的，在小镇上又没有像在英国乡里似的现成的贫人院可以栖息或是小客寓里出四五个铜子可以买一席地。但如其这里没有别的公开寓所，这里的牢狱是现成的。在牢中的犯人不但有好饭吃而且有火可以取暖，并且除非你犯的是谋杀等罪，你有的是行动的自由，在“公共室”里你可以唱歌，可以谈天，可以打哈哈，可以打纸牌。苔微士先生的同志们都知道这些机关，他们只要想法子进牢狱去，这一冬天就不必担心衣食住的问题了。但监牢怎么进法当然你得犯罪。但犯罪也有步骤，你得事前有接洽。你到了一个车站，你先得找到那地方的法警，他只要一见就明白你的来意，他是永远欢迎你的。你可以跟他讲价，先问他要一饼的板烟，再要几毛钱的酒资。你对他说你要多少日子，一个月或是两个月，这就算定规了。回头你只要到他那指定的酒店去喝酒玩儿，到了将近更深的时候乘着酒兴上街去唱几声或是什么，声音自然要放高一些，法警先生就会从黑暗里走过来，一把逮住了你，就说“喂，伙计，怎么了？在夜深时闹街是扰乱平安，犯警章第几百几十条，你现在是犯人了。”到了法官那里，你见那法警先生在他的耳边嘱咐了几句话，他就正颜的通知你说你确然是犯了罪，他现在判决你处七元或十五元的罚金，罚不出的话，就得到监牢里去住一个月或两个月（如你事前和法警先生商定的）。从这晚上起你什么都有了，等到满期出来你还觉得要休养的话，你只须再跑几里路到别一个市镇里再“犯一次罪”。你犯了罪不但自己舒服，就连看守监狱的，法警先生，乃至堂上的法官，都一致感谢你的好意；因为看监牢的多一个犯人就多开一支报销；法警先生捉到一名犯人照例有一元钱的奖金，法官先生判决一件犯罪也照例另得两元钱的报酬。谁都是便宜的，除了出租税的市民们，所有的公众机关都是他们维持的。但这类腐败而有幽默的情形，虽则在那时是极普通，运命是当然不久长的。

但苔微士先生有时也中止他的泊浮的生涯，有机会时也常常歇下来作几天或是几星期短期的工。乡里收获的时候，果子成熟的时候，或是某处有巨大的建筑工程的时候，我们的诗人就跟着其他流氓的同志投身工作去。工作满了期，口袋里盛满了钱，他们就去喝酒，非得喝瘪了才完事。他最后一次的职业是“牲口人”，从美国护送牛羊到英国去。他在大西洋上往来还不止一次，在这里他学得了不少航海的经验与牲畜受虐待的惨象，这些在他的诗里都留有不磨的印象。

在这五年内，危险是常有的，困难经过不少，但他的精神是永远活泼而愉快的。在贼徒与流丐们的中间他虚心的承受他的教育。在光明的田野间，在馥郁的森林中，在多风的河岸上，在纷挐的酒屋里，他的诗魂不踌躇的吸收它的健康的营养。他偶尔唯一的抱憾是他的生活太丰满，他的诗思太显屯积，但他没有余闲坐定下来从容的抒写。他最苦恼的一次是他在奥林斯得了一次热病。

> 我不知道为什么我不上火车，却反而向着乡里走去，这使我十分的后悔。因为我没有力气走了，路旁有一大块的草沼，我就爬进去，在那里整整躺了三天三夜，再也支持不起来走路。这一带常见饿慌的野豕，有时离我近极了，但它们见我身体转动就呶吼着跑了开去。有几十只饿鹰栖息在我头顶的树枝上，我也知道这草地里多的是毒蛇。我口渴得苦极了，就喝那草沼的小潭里的死水，那是微菌的渊薮，它的颜色是天上的彩虹，这样的水往往一口就可以毒死人的。我发冷的时候，我爬到火热的阳光里去，躺着寒战；冷过了热上了身，我又蜒回到树荫下去。四天工夫一口没有得吃，到这里以前的几天也没有吃多少。我望得见火车在轨道上来去，但我没有力气喊。很多车放回声，我知道它们在离我不到一哩路停下来装水或是上煤。明知在这恶毒的草沼里耽下去一定是死，我就想尽了法子爬到那路轨上，到了邻近一个车站，那里车子停的多。距离不满一哩路，但我费了两个多钟头才到。

他自以为是必死了，但他在医院里遇到一个同乡的大夫用心把他治好了。这样他在他理想中黄金铺地的新世界飘泊了五年，他来时身上带着十多镑钱，五年后回家时居然还掏得出三先令零几个便士。但他还不死心于他的黄金梦，他第二次又渡过大西洋，这回到加拿大去试他的运道。正好，他的命运在那里等候着他。他到了加拿大当然照例还是白坐火车，但这一次他的车价可付大了！他跳车跳失了腿，车走得太快，他端了一个空，手还拉住车，给拖了一程，到地时他知道不对了，他的右脚给拉断了，经过了两次手术，锯了一条腿，在死的边沿停逗了好多天，苔微士先生虽则没有死，却从此变成了残废。他这才回还英国，放弃了他的黄金梦，开始他那（如上文叙述的）寻求文学机缘的努力。

六

这是苔微士先生从穷到通的一个概状。他的自传（The Autobiography of a Super Tramp）不是一本忏悔录，因为他没有什么忏悔的。他是一个急性的人。所以想到怎么作就怎么作，谨慎的美德不是他的。在现代生活一致平凡而又枯索的日子念苔微士先生自传的一路书，我们感觉到不少“替代的”快乐，但单是为那个我们正不少千百本离奇的侦探案与耸动的探险谈。分别是在苔微士先生的不仅是身亲的经验，而且他写的虽则是非常的事实，他的写法却只是通体的简净，没有铺张，没有雕琢，完全没有矜夸的存心。最令我们发生感动的尤其是这一点：他写的虽多是下流的生活，黑暗、肮脏、苦恼的世界，乞儿与贼徒的世界，我们却只觉得作者态度的尊严与精神的健全。他的困穷与流离是自求的，我们只见他到处发见“人道的乳酪”，融融的在苦恼的人间交流着。任凭他走到了绝望的边沿，在逼近真的（不是想象的）饿死与病死的俄顷，他的心胸只是坦然。他不怨人，亦不自艾，他从不咒诅他所处的社会，不嫉忌别人的福利，不自夸他独具的天才，不自伤他遭遇的屯邅，不怨恨他命运的不仁，——他是一个安命的君子。他跌断了一只腿，永远成了残废，但他还只是随手的写来，萧伯讷先生说他写他自己的意外正如一只龙虾失了一根须或是一只蜥蜴落了他的尾过了阵子就会重长似的。不，他再不浪费笔墨来描写他自己的痛苦，在他住院时他最注意最萦念的是那边本地人对待一个不幸的流浪人的异常的恩情。

有了苔微士先生那样的心胸，才有苔微士先生那样的诗。

他的诗是——但我们得等另一个机会来谈他的诗了。

四月

家德

家德住我们家已有十多年了。他初来的时候嘴上光光的还算是个壮夫,头上不见一茎白毛,挑着重担到车站去不觉得乏。逢着什么吃重的工作他总是说“我来!”他实在是来得的。现在可不同了。谁问他“家德,你怎么了,头发都白了?”他就回答“人总要老的,我今年五十八,头发不白几时白?”他不但发白,他上唇疏朗朗的两撇八字胡也见花了。

他算是我们家的“作生活”,但他,据我娘说,除了吃饭住,却不拿工钱。不是我们家不给他,是他自己不要。打头儿就不要。“我就要吃饭住,”他说,我记得有一两回我因为他替我挑行李上车站给他钱,他就瞪大了眼说,“给我钱作什么?”我以为他嫌少,拿几毛换一块圆钱再给他,可是他还是“给我钱作什么?”更高声的抗议。你再说也是白费,因为他有他的理性。吃谁家的饭就该为谁家作事,给我钱作什么?

但他并不是主义的不收钱。镇上别人家有丧事喜事来叫他去帮忙的作完了有赏封什么给他,他受。“我今天又‘摸了’钱了,”他一回家就欣欣的报告他的伙伴。他另有一种能耐,几乎是专门的,那叫作“赞神歌”。谁家许了愿请神,就非得他去使开了他那不是不圆润的粗嗓子唱一种有节奏有顿挫的诗句赞美各种神道。奎星、纯阳祖师、关帝、梨山老母,都得他来赞美。小孩儿时候我们最爱看请神,一来热闹,厅上摆得花绿

绿点得亮亮的,二来可以借口到深夜不回房去睡,三来可以听家德的神歌。乐器停了他唱,唱完乐又作。他唱什么听不清,分得清的只"浪溜圆"三个字,因为他几乎每开口必有浪溜圆。他那唱的音调就像是在厅的顶梁上绕着,又像是暖天细雨似的在你身上匀匀的洒,反正听着心里就觉得舒服,心一舒服小眼就闭上,这样极容易在妈或是阿妈的身上靠着甜甜的睡了。到明天在床里醒过来时耳边还绕着家德那圆圆的甜甜的浪溜圆。家德唱了神歌想来一定到手钱,这他也不辞,但他更看重的是他应分到手的一块祭肉。肉太肥或太瘦都不能使他满意:"肉总得像一块肉,"他说。

"家德,唱一点神歌听听,"我们在家时常常央着他唱,但他总是板着脸回说"神歌是唱给神听的,"虽则他有时心里一高兴或是低着头作什么手工他口里往往低声在那里浪溜他的圆。听说他近几年来不唱了。他推说忘了,但他实在以为自己嗓子干了,唱起来不能原先那样圆转如意所以决意不再去神前献丑了。

他在我家实在也作不少的事。每天天一亮他就从他的破烂被窝里爬起身。一重重的门是归他开的,晚上也是他关的时候多。有时老妈子不凑手他是帮着煮粥烧饭。挑行李是他的事,送礼是他的事,劈柴是他的事。最近因为父亲常自己烧檀香,他就少劈柴,多劈檀香。我时常见跨坐在一条长凳上戴着一副白铜边老花眼镜伛着背细细的劈。"你的镜子多少钱买的,家德?""两只角子。"他头也不抬的说。

我们家后面那个"花园"也是他管的。蔬菜,各样的,是他种的。每天浇,摘去焦枯叶子,厨房要用时采,都是他的事。花也是他种的,有月季,有山茶,有玫瑰,有红梅与腊梅,有美人蕉,有桃,有李,有不开花的兰,有葵花,有蟹爪菊,有可以染指甲的凤仙,有比鸡冠大到好几倍的鸡冠。关于每一种花他都有不少话讲:花的脾,花的胃,花的颜色,花的这样那样。梅花有单瓣双瓣,兰有荤心素心,山茶有家有野,这些简单,但在小孩儿时听来有趣的知识,都是他教给我们的。他是博学得可佩服。他不仅能看书能写,还能讲书,讲得比学堂里先生上课时讲的有趣味得多。我们最喜欢他讲《岳传》里的岳老爷。岳老爷出世,岳老爷归天,东窗事发,莫须有三字构成冤狱,岳雷上坟,朱仙镇八大锤——唷,那热闹就不用提了。他讲得我们笑,他讲得我们哭,他讲得我们着急,但他再不能讲得使我们磕睡,那是学堂里所有的先生们比他强的地方。

也不知是谁给他传的,我们都相信家德曾经在乡村里教过书。也许是实有的事,像他那样的学问在乡里还不是数一数二的。可是他自己不认。

我新近又问他,他还是不认。我问他当初念些什么书。他回一句话使我吃惊。他说我念的书是你们念不到的。那更得请教,长长见识也好。他不说念书,他说读书。他当初读的是百家姓,千字文,神童诗,——还有呢?还有酒书。什么?“酒书,”他说,什么叫酒书?酒书你不知道,他仰头笑着说,酒书是教人吃酒的书。真的有这样一部书吗?他不骗人,但教师他可从不曾作过。他现在口授人念经。他会念不少的经,从《心经》到《金刚经》全部,背得溜熟的。

他学念佛念经是新近的事。早三年他病了,发寒热。他一天对人说怕好不了,身子像是在大海里浮着,脑袋也发散得没有个边,他说。他死一点也不愁,不说怕。家里就有一个老娘,他不放心,此外妻子他都不在意。一个人总要死的,他说。他果然昏晕了一阵子,他床前站着三四个他的伙伴。他苏醒时自己说,“就可惜这一生一世没有念过佛,吃过斋,想来只可等待来世的了。”说完这话他又闭上了眼仿佛是隐隐念着佛。事后他自以为这一句话救了他的命,因为他竟然又好起了。从此起他就吃上了净素。开始念经,现在他早晚都得作他的功课。

我不说他到我们家有十几年了吗,原先他在一个小学校里作当差。我作学生的时候他已经在。他的一个同事我也记得,叫矮子小二,矮得出奇,而且天生是一个小二的嘴脸。家德是校长先生用他进去的。他初起工钱每月八百文,后来每年按加二百文,一直加到二千文的正薪,那不算少。矮子小二想来没有读过什么酒书,但他可爱喝一杯两杯的,不比家德读了酒书倒反而不喝。小二喝醉了回校不发脾气就倒上床,他的一份事就得家德兼作。后来矮子小二因为偷了学校的用品到外边去换钱使发觉了被斥退。家德不久也离开学校,但他是为另一种理由。他的是自动辞职,因为用他进去的校长不作校长了,所以他也不愿再作下去。有一天他托一个乡绅到我们家来说要到我们家住,也不说别的话。从那时起家德就长住我们家了。

他自己乡里有家。有一个娘,有一个妻,有三个儿子,好的两个死了,剩下一个是不好的。他对妻的感情,按我妈对我说,是极坏。但早先他过一时还得回家去,不是为妻,是为娘。也为娘他不能不对他妻多少耐着性子。但是谢谢天,现在他不用再耐,因为他娘已经死了。他再也不回家去,积了一些钱也不再往家寄。妻不成材,儿子也没有淘成,他养家已有三十多年,儿子也近三十,该得担当家,他现在不管也没有什么亏心的了。他恨他妻多半是为她不孝顺他的娘,这最使他痛心。他妻有时到镇上来看他问他要钱,他一见她的影子都觉得心痛,她一到他就跑,她说话他作哑巴,她闹他到庭心

里去伏在地下劈柴。有一回他接他娘出来看迎灯，让她睡他自己的床，盖他自己的棉被，他自己在灶边铺些稻柴不脱衣服睡。下一天他妻也赶来了，从厨房的门缝里张见他开着笑口用筷捡一块肥肉给他脱尽了牙翘着个下巴的老娘吃。她就在门外大声哭闹。他过去拿门给堵上了，捡更肥的肉给娘，更高声的说他的笑话，逗他娘和厨下别人的乐。晚上他妻上楼见他娘睡家德自己的床，盖他自己的被，回下来又和他哭闹——他从后门往外跑了。

他一见他娘就开口笑说话没有一句不逗人乐。他娘见他乐也乐，翘着一个干瘪下巴眯着一双皱皮眼不住的笑，厨房里顿时添了无穷的生趣。晚上在门口看灯，家德忙着招呼他娘，端着一条长凳或是一只方板凳，半抱着她站上去，连声的问看得见了不，自己躲在后背双手扶着她防她闪，看完了灯他拿一只碗到巷口去买一碗大肉面一两烧酒给他娘吃，吃完了送她上楼睡去。“又要你用钱，家德，”他娘说。“喔，这算什么，我有的是钱！”家德就对他妈背他最近的进益，黄家的丧事到手三百六；李家的喜事到手五角小洋，还有这样那样的，尽他娘用都用不完，这一点点算什么的！

家德的娘来了，是一件大新闻。家德自己起劲不必说，我们上下一家子都觉得高兴。谁都爱看家德跟他娘在一起的神情，谁都爱听他母子俩甜甜的谈话。又有趣，又使人感动。那位乡下老太太，穿紫棉绸衫梳元宝髻的，看着他那头发已经斑白的儿子心里不知有多么得意。就算家德作了皇帝，她也不能更开心。“家德！”她时常尖声的叫，但等得家德赶忙回过头问“娘，要啥，”她又就只眯着一双皱皮眼甜甜的笑，再没有话说。她也许是忘了她想着要说的话，也许她就爱那么叫她儿子一声，这来屋子里人就笑家德也笑，她也笑，家德在她娘的跟前，拖着早过半百的年岁，身体活灵得像一只小松鼠，忙着为她张罗这样那样的，口齿令俐得像一只小八哥，娘长娘短的叫个不住。如果家德是个皇帝，世界上决没有第二个皇太后有他娘那样的好福气。这是家德的伙伴们的思想。看看家德跟他娘，我妈比方一句有诗意的话，就比是到山楼上去看太阳——满眼都是亮。看看家德跟他娘，一个老妈子说，我总是出眼泪，我从来不知道作人会得这样的有意思。家德的娘一定是几世前修得来的。有一回家德脚上发流火，走路一颠一颠的不方便，但一走到他娘的跟前，他立即忍了痛僵直了身子放着腿走路，就像没有病一样。家德你今年胡须也白了，他娘说。“人老的好，须白的好：娘你是越老越清，我是胡须越白越健。”他这一插科他娘就忘了年岁忘了愁。

他娘已在两年前死了。寿衣，有绸有缎的，都是家德早在镇上替她预备好了的。老太太进棺材还带了一支重足八钱的金押发去，这当然也是家德孝敬的。他自从娘死过，再也不回家，他妻出来他也永不理睬她。他现在吃素、念经，每天每晚都念——也是念给他娘的。他一辈子难得花一个闲钱，就有一次因为妻儿的不贤良叫他太伤心了，他一气就“看开”了。他竟然连着有三五天上茶店，另买烧饼当点心吃，一共花了足足有五百钱光景，此外再没有荒唐过。前几天他上楼去见我妈，手筒着手，兴匆匆的说：“太太，我要到乡下去一趟。”“好的，”我妈说，“你有两年多不回去了。”“我积下了一百多块钱，我要去看一块地葬我娘去。”他说。

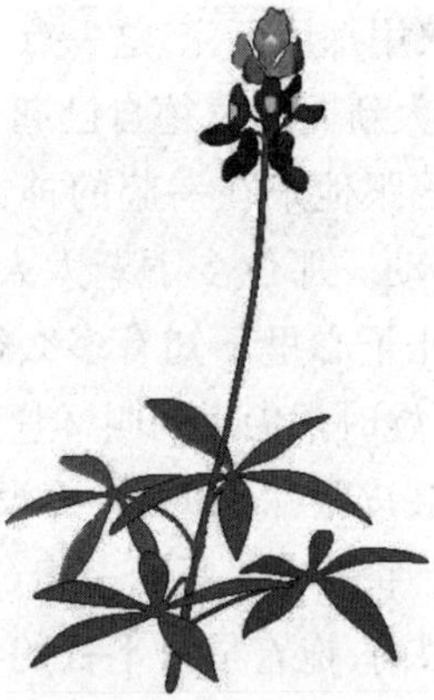

“浓得化不开”（星加坡）

大雨点打上芭蕉有铜盘的声音，怪。“红心蕉”，多美的字面，红得浓得好。要红，要热，要烈，就得浓，浓得化不开，树胶似的才有意思，“我的心像芭蕉的心，红……”不成！“紧紧的卷着，我的红浓的芭蕉的心……”更不成。趁早别再谄什么诗了。自然的变化，只要你有眼，随时随地都是绝妙的诗。完全天生的。白作就不成。看这骤雨，这万千雨点奔腾的气势，这迷蒙，这渲染，看这一小方草地生受这暴雨的侵凌，鞭打，针刺，脚踹，可怜的小草，无辜的……可是慢着，你说小草要是会说话。它们会嚷痛，会叫冤不？难说他们就爱这门儿——出其不意的，使蛮劲的，太急一些，当然，可这正见情热，谁说这外表的凶狠不是变相的爱。有人就爱这急劲儿！

再说小草儿吃亏了没有，让急雨狼虎似的胡亲了这一阵子？别说了，它们这才真漏着喜色哪，绿得发亮，绿得生油，绿得放光。它们这才乐哪！

呒，一首淫诗。蕉心红得浓，绿草绿成油。本来末，自然就是淫，它那从来不知厌满的创化欲的表现还不是淫：淫，甚也。不说别的，这雨后的泥草间就是万千小生物的胎宫，蚊虫，甲虫，长脚虫，青跳虫，慕光明的小生灵，人类的大敌。热带的自然更显得浓厚，更显得猖狂，更显得淫，夜晚的星都显得玲珑些，像要向你说话半开的妙口似的。

可是这一个人耽在旅舍里看雨，够多凄凉。上街不知向哪儿转，一个熟脸都看不见，话都说不通，天又快黑，胡湿的地，你上哪儿去？得。“有孤王……”一个小声音从廉枫的嗓

子里自己唱了出来。“坐至在梅……”怎么了！哼起京调来了？一想着单身就转着梅龙镇，再转就该是李凤姐了吧，哼！好，从高超的诗思堕落到腐败的戏腔！可是京戏也不一定是腐败，何必一定得跟着现代人学势利？正德皇帝在梅龙镇上，林廉枫在星加坡。他有凤姐，我——惭愧没有。廉枫的眼前晃着舞台上凤姐的倩影，曳着围巾，托着盘，踩着跷。“自幼儿”……去你的！可是这闷是真的。雨后的天黑得更快，黑影一幕幕的直盖下来，麻雀儿都回家了。干什么好呢？有什么可干的？这叫作孤单的况味。这叫作闷。怪不得唐明皇在斜谷口听着栈道中的雨声难过，良心发见，想着玉环……我负了卿，负了卿……转自忆荒茔，——呒，又是戏！又不是戏迷，左哼右哼哼什么的！出门吧。

廉枫跳上了一架厂车，也不向那带回子帽的马来人开口，就用手比了一个丢圈子的手势。其马来人完全了解，脑袋微微的一侧，车就开了。焦桃片似的店房，黑芝麻长条饼似的街，野兽似的汽车，磕头虫似的人力车，长人似的树，矮树似的人。廉枫在急掣的车上快镜似的收着模糊的影片，同时顶头风刮得他本来梳整齐的分边的头发直向后冲，有几根沾着他的眼皮痒痒的舐，掠上了又下来，怪难受的。这风可真凉爽，皮肤上，毛孔里，哪儿都受用，像是在最温柔的水波里游泳。作鱼的快乐。气流似乎是密一点，显得沉。一只疏荡的胳膊压在你的心窝上……确是有肉糜的气息，浓得化不开。快，快，芭蕉的巨灵掌，椰子树的旗头，橡皮树的白鼓眼，棕榈树的毛大腿，合欢树的红花痢，无花果树的要饭腔，蹲着脖子，弯着臂膊……快，快：马来人的花棚，中国人家的髹灯，西洋人家的牛奶瓶，回子的回子帽，一脸的黑花，活像一只煨灶的猫……

车忽然停住在那有名的猪水潭的时候，廉枫快活的心轮转得比车轮更显得快，这一顿才把他从幻想里锸了回来。这时候旅困是完全叫风给刮散了。风也刮散了天空的云，大狗星张着大眼霸占着东半天，猎夫只看见两只腿，天马也只漏半身，吐鲁士牛大哥只翘着一支小尾。咦，居然有湖心亭。这是谁的主意？红毛人都雅化了，唉。不坏，黄昏未死的紫曛，湖边丛林的倒影，林树间艳艳的红灯，瘦怜怜的窄堤桥连通着湖亭。水面上若无若有的涟漪，天顶儿颗疏散的星。真不坏。但他走上堤桥不到半路就发见那亭子里一齿齿的把柄，原来这是为安量水表的，可这也将就，反正轮廓是一座湖亭，平湖秋月……呒，有人在哪！这回他发见的是靠亭阑的一双人影，本来是糊成一饼的，他一走近打搅了他们。“道歉，有扰清兴，但我还不只是一朵游云，虑俺作甚。”廉枫默诵著他戏白的念头，粗粗望了望湖，转身走了回去。“苟……”他坐上车起首想，但他记起了烟卷，忙着在风尖上划火，下文如其

有,也在他第一喷龙卷烟里没了。

廉枫回进旅店门仿佛又投进了昏沉的圈套。一阵热,一阵烦,又压上了他在晚凉中疏爽了来的心胸。他正想叹一口安命的气走上楼去,他忽然感到一股彩流的袭击从右首窗边的桌座上飞骠了过来。一种巧妙的敏锐的刺激,一种浓艳的警告,一种不是没有美感的迷惑。只有在巴黎晦盲的市街上走进新派的画店时,仿佛感到过相类的惊惧。一张佛拉明果的野景,一幅玛提斯的窗景,或是佛朗次马克的一方人头马面。或是马克夏高尔的一个卖菜老头。可这是怎么了,那窗边又没有挂什么未来派的画,廉枫最初感觉到的是一球大红,像是火焰,其次是一片乌黑,墨晶似的浓,可又花须似的轻柔;再次是一流蜜,金漾漾的一泻,再次是朱古律(Chocolate),饱和着奶油最可口的朱古律。这些色感因为浓初来显得凌乱,但瞬息间线条和轮廓的辨认笼住了色彩的蓬勃的波流。廉枫幽幽的喘了一口气。"一个黑女人,什么了!"可是多妖艳的一个黑女,这打扮真是绝了,艺术的手腕神化了天生的材料,好!乌黑的惺松的是她的发,红的是一边鬓角上的插花,蜜色是她的玲巧的挂肩,朱古律是姑娘的肌肤的鲜艳,得儿朗打打,得儿铃丁丁……廉枫停步在楼梯边的欣赏不期然的流成了新韵。

"还漏了一点小小的却也不可少的点缀,她一只手腕上还带着一小支金环哪。"廉枫上楼进了房还是尽转着这绝妙的诗题——色香味俱全的奶油朱古律,耐宿儿老牌,两个便士一厚块,拿铜子往轧缝里放,一,二,再拉那铁环,喂,一块印金字红纸包的耐宿儿奶油朱古律。可口!最早黑人上画的怕是孟内那张《奥林匹亚》吧,有心机的画家,廉枫躺在床上在脑筋里翻着近代的画史。有心机有胆识的画家,他不但敢用黑,而且敢用黑来衬托黑,唉,那斜躺着的奥林比亚不是鬓上也插着一朵花吗?底下的那位很有点像奥林比亚的抄本,就是白的变黑了。但最早对朱古律的肉色表示敬意的可还得让还高根,对了,就是那味儿,浓得化不开,他为人间,发见了朱古律皮肉的色香味,他那本Noa,Noa是20世纪的"新生命"——到半开化,全野蛮的风土间去发见文化的本真,开辟文艺的新感觉……

但底下那位朱古律姑娘倒是作什么的?作什么的,傻子!她是一个人道主义者,一筏普济的慈航,他是赈灾的特派员,她是来慰藉旅人的幽独的。可惜不曾看清她的眉目,望去只觉得浓,浓得化不开。谁知道她眉清还是目秀。眉清目秀!思想落后!唯美派的新字典上没有这类腐败的字眼。且不管她眉目,她那姿态确是动人,怯怜怜的,简直是秀丽,衣服也剪裁得好,一头蓬松的乌霞就耐人寻味。"好花儿出至在僻岛上!"廉枫闭着眼又哼上了。……

“谁，”悉率的门响将他从床上惊跳了起来，门慢慢的自己开着，廉枫的眼前一亮，红的！一朵花！是她！进来了！这怎么好！镇定，傻子，这怕什么？

她果然进来了，红的，蜜的，乌的，金的，朱古律，耐宿儿，奶油，全进来了。你不许我进来吗？朱古律笑口的低声的唱着，反手关上了门。这回眉目认得清楚了。清秀，秀丽，韶丽；不成，实在得另翻一本字典，可是“妖艳”，总合得上。廉枫迷糊的脑筋里挂上了“妖”“艳”两个大字。朱古律姑娘也不等请，已经自己坐上了廉枫的床沿。你倒像是怕我似的，我又不是马来半岛上的老虎！朱古律的浓重的色浓重的香团团围裹住了半心跳的旅客。浓得化不开！李凤姐，李凤姐，这不是你要的好花儿自己来了！笼着金环的一支手腕放上了他的身，紫姜的一只小手把住了他的手。廉枫从没有知道他自己的手有那样的白。“等你家哥哥回来”……廉枫觉得他自己变了骤雨下的小草，不知道是好过，也不知道是难受。湖心亭上那一饼子黑影。大自然的创化欲。你不爱我吗？朱古律的声音也动人——脆，幽，媚。一只青蛙跳进了池潭，扑崔！猎夫该从林子里跑出来了吧？你不爱我吗？我知道你爱，方才你在楼梯边看我我就知道，对不对亲孩子？紫姜辣上了他的面庞，救驾！快辣上他的口唇了。可怜的孩子，一个人住着也不嫌冷清，你瞧，这胖胖的荷兰老婆都让你抱瘪了，你不害臊吗？廉枫一看果然那荷兰老婆让他给挤扁了，他不由的觉得脸有些发烧。我来作你的老婆好不好？朱古律的乌云都盖下来了。“有孤王……”使不得。朱古律，盖苏文，青面獠牙的……“干米一家的姑母，”血盆的大口，高耸的颧骨，狼嗥的笑响……鞭打，针刺，脚踢——喜色，呸，见鬼！唷，闷死了，不好，茶房！

廉枫想叫可是嚷不出，身上油油的觉得全是汗。醒了醒了，可了不得，这心跳得多厉害。荷兰老婆活该遭劫，夹成了一个破烂的葫芦。廉枫觉得口里直发腻，紫姜，朱古律，也不知是什么。浓得化不开。

十七年一月

“浓得化不开”之二（香港）

廉枫到了香港，他见的九龙是几条盘错的运货车的浅轨，似乎有头有尾，有中段，也似乎有隐现的爪牙，甚至在火车头穿度那栅门时似乎有迷漫的云气。中原的念头，虽则有广九车站上高标的大钟的暗示，当然是不能在九龙的云气中幸存。这在事实上也省了许多无谓的感慨。因此眼看着对岸，屋宇像樱花似盛开着的一座山头，如同对着希望的化身，竟然欣欣的上了渡船。从妖龙的脊背上过渡到希望的化身去。

富庶，真富庶，从街角上的水果摊看到中环乃至上环大街的珠宝店；从悬挂得如同 Banyan 树一般繁衍的腊食及海味铺看到穿着定阔花边艳色新装走街的粤女；从石子街的花市看到饭店门口陈列着“时鲜”的花狸金钱豹以及在浑水盂内倦卧着的海狗鱼，唯一的印象是一个不容分析的印象：浓密，琳琅。琳琅琳琅，廉枫似乎听得到钟磬相击的声响。富庶，真富庶。

但看香港，至少玩香港少不了坐吊盘车上山去一趟。这吊着上去是有些好玩。海面，海港，海边，都在轴辘声中继续的往下沉。对岸的山，龙蛇似盘旋着的山脉，也往下沉，但单是直落的往下沉还不奇，妙的是一边你自身凭空的往上提，一边绿的一角海，灰的一陇山，白的方的房屋，高直的树，都怪相的一头吊了起来结果是像一幅画斜提着看似的。同时这边的山头从平放的馒头变成侧竖的，山腰里的屋子从横刺里倾斜了去，相近的树木也跟着平行的来。怪极了。原来一个人从来不想到他自己的地位也有不端正的时候；你坐在吊盘车里

只觉得眼前的事物都发了疯,倒竖了起来。

但吊盘车的车里也有可注意的。一个女性在廉枫的前几行椅座上坐着。她满不管车外拿大顶的世界,她有她的世界。她坐着,屈着一支腿,脑袋有时枕着椅背,眼向着车顶望,一个手指含在唇齿间。这不由人不注意。她是一个少妇与少女间的年青女子。这不由人不注意,虽则车外的世界都在那里倒竖着玩。

她在前面走。上山。左转弯,右转弯,宕一个。山腰的弧线,她在前面走。沿着山堤,靠着岩壁,转入 Aloe 丛中,绕着一所房舍,抄一折小径,拾几级石磴,她在前面走。如其山路的姿态是婀娜,她的也是的。灵活的山的腰身,灵活的女人的腰身。浓浓的折叠着,融融的松散着。肌肉的神奇!动的神奇!

廉枫心目中的山景,一幅幅的舒展着,有的山背海,有的山套山,有的浓荫,有的巉岩,但不论精粗,每幅的中点总是她,她的动,她的中段的摆动。但当她转入一个比较深奥的山坳时廉枫猛然记起了 Tannhauser 的幸运与命运——吃灵魂的薇纳丝。一样的肥满。前面别是她的洞府吓危险,小心了!

她果然进了她的洞府,她居然也回头看来,她竟然似乎在回头时露着微哂的瓠犀。孩子,你敢吗?那洞府径直的石级竟像直通上天。她进了洞了。但这时候路旁又发生一个新现象,惊醒了廉枫"邓浩然"的遐想。一个老婆子操着最破烂的粤音回他要钱,她不是化子,至少不是职业的,因为她现成有她体面的职业。她是一个劳工。她是一个挑砖瓦的。挑砖瓦上山因红毛人要造房子。新鲜的是她同时挑着不止一副重担,她的是局段的回复的运输。挑上一担,走上一节路,空身下来再挑一担上去,如此再下再上,再下再上。她不但有了年纪,她并且是个病人,她的喘是哮喘,不仅是登高的喘,她也咳嗽,她有时全身都咳嗽。但她可解释错了。她以为廉枫停步在路中是对她发生了哀怜的趣味;以为看上了她!她实在没有注意到这位年青人的眼光曾经飞注到云端里的天梯上。她实想不到在这寂寞的山道上会有与她利益相冲突的现象。她当然不能使他失望。当得成全他的慈悲心。她向他伸直了她的一只焦枯得像贝壳似的手,口里呢喃着在她是最软柔的语调。但"她"已经进洞府了。

往更高处去。往顶峰的顶上去。头顶着天,脚踏着地尖,放眼到寥廓的天边,这次的凭眺不是寻常的凭眺。这不是香港,这简直是蓬莱仙岛,廉枫的全身,他的全人,他的全心神,都感到了酣醉,觉得震荡。宇宙的肉身的神奇。动在静中,静在动中的神奇。在一刹那间,在他的眼内,在他的全生命的眼内,这当前的景象幻化成一个神灵的微笑,一折完美的歌调,一朵宇宙的琼花。一朵宇宙的琼花在时空不容分仳的仙掌上俄然的擎出了它全盘的

灵异。山的起伏，海的起伏，光的起伏；山的颜色，水的颜色，光的颜色——形成了一种不可比况的空灵，一种不可比况的节奏，一种不可比况的谐和。一方宝石，一球纯晶，一颗珠，一个水泡。

但这只是一刹那，也许只许一刹那。在这刹那间廉枫觉得他的脉搏都止息了跳动。他化入了宇宙的脉搏。在这刹那间一切都融合了，一切都消纳了，一切都停止了它本体的现象的动作来参加这“刹那的神奇”的伟大的化生。在这刹那间他上山来心头累聚着的杂格的印象与思绪梦似的消失了踪影。倒挂的一角海，龙的爪牙，少妇的腰身，老妇人的手与乞讨的碎琐，薇纳丝的洞府，全没了。但转瞬间现象的世界重复回还。一层纱幕，适才睁眼纵览时顿然揭去的那一层纱幕，重复不容商榷的盖上了大地。在你也回复了各自的辨认的感觉这景色是美，美极了的，但不再是方才那整个的灵异。另一种文法，另一种关键，另一种意义也许，但不再是那个。它的来与它的去，正如恋爱，正如信仰，不是意力可以支配，可以作主的。他这时候可以分别的赏识这一峰是一个秀挺的莲苞，那一屿像一只雄蹲的海豹，或是那湾海像一钩的眉月；他也能欣赏这幅天然画图的色彩与线条的配置，透视的匀整或是别的什么，但他见的只是一座山峰，一湾海，或是一幅画图。他尤其惊讶那波光的灵秀，有的是绿玉，有的是紫晶，有的是琥珀，有的是翡翠，这波光接连着山岚的晴霭，化成一种异样的珠光，扫荡着无际的青空，但就这也是可以指点，可以比况给你身旁的友伴的一类诗意，也不再是初起那回事。这层遮隔的纱幕是盖定的了。

因此廉枫拾步下山时心胸的舒爽与恬适不是不和杂着，虽则是隐隐的，一些无名的惆怅。过山腰时他又飞眼望了望那“洞府”，也向路侧寻觅那挑砖瓦的老妇，她还是忙着搬运着她那搬运不完的重担，但她对他犹是对“她”兴趣远不如上山时的那样馥郁了。他到半山的凉座地方坐下来休息时，他的思想几乎完全中止了活动。

“死城”（北京的一晚）

廉枫站在前门大街上发怔。正当上灯的时候，西河沿的那一头还漏着一片焦黄。风算是刮过了，但一路来往的车辆总不能让道上的灰土安息。他们忙的是什么？翻着皮耳朵的巡警不仅得用手指，还得用口嚷，还得旋着身体向左右转。翻了车，碰了人，还不是他的事？声响是杂极了的，但你果然当心听的话，这匀匀的一片也未始没有它的节奏；有起伏，有波折，也有间歇。人海里的潮声。廉枫觉得他自己坐着一叶小艇从一个涛峰上颠渡到又一个涛峰上。他的脚尖在站着的地方不由的往下一按，仿佛信不过他站着的是坚实的地土。

在灰土狂舞的青空兀突着前门的城楼，像一个脑袋，像一个骷髅。青底白字的方块像是骷髅脸上的窟窿，显着无限的忧郁，廉枫从不曾想到前门会有这样的面目。它有什么忧郁？它能有什么忧郁。可也难说，明陵的石人石马，公园的公理战胜碑，有时不也看得发愁？总像是有满肚的话无从说起似的。这类东西果然有灵性，能说话，能冲着来往人们打哈哈，那多有意思？但前门现在只能沉默，只能忍受——忍受黑暗，忍受漫漫的长夜。它即使有话也得过些时候再说，况且它自己的脑壳都已让给蝙蝠们，耗子们作了家，这时候它们正在活动，——它即使能说话也不能说。这年头一座城门都有难言的隐衷，真是的！在黑夜的逼近中，它那壮伟，它那博大，看得多么远，多么孤寂，多么冷。

大街上的神情可是一点也不见孤寂,不见冷。这才是红尘,颜色与光亮的一个斗胜场。够好看的。你要是拿一块绸绢盖在你的脸上再望这一街的红艳,那完全另是一番景象。你没有见过威尼市大运河上的晚照不是?你没有见过纳尔逊大将在地中海口轰打拿破仑舰队不是?你也没有见过四川青城山的朝霞,英伦泰晤士河上雾景不是?好了,这来用手绢一护眼看前门大街——你全见着了一转手解开了无穷的想象的境界,多巧!廉枫搓弄着他那方绸绢。不是不得意他的不期的发见。但他一转身又瞥见了前门城楼的一角,在灰苍中隐现着。

进城吧。大街有什么可看的?那外表的热闹正使人想起丧事人家的鼓吹,越喧阗越显得凄凉。况且他自己的心上又横着一大饼的凉,凉得发痛。仿佛他内心的世界也下了雪,路旁的树枝都蘸着银霜似的。道旁树上的冰花可真是美;直条的,横条的,肥的瘦的,梅花也欠他几分晶莹,又是那恬静的神情,受苦还是含着笑。可不是受苦,小小的生命躲在枝干最中心的纤维里耐着风雪的侵凌——它们那心窝里也有一大饼的凉但它们可不怨;它们明白,它们等着,春风一到它们就可以抬头,它们知道,荣华是不断的。生命是悠久的。

生命是悠久的。这大冷天,雪风在你的颈根上直刺,虫子潜伏在泥土里等打雷,心窝里带着一饼子的凉,你往哪儿去?上城墙去望望不好吗?屋顶上满铺着银,僵白的树木上也不见恼人的春色,况且那东南角上亮亮的不是上弦的月正在升起吗?月与雪是有默契的。残破的城砖上停留着残雪的斑点,像是无名的伤痕,月光淡淡的斜着来,如同有手指似的抚摩着它的荒凉的伙伴。猎夫星正从天边翻身起来,腰间翘着箭囊,卖弄着他的英勇。西山的屏峦竟许也望得到,青青的几条发丝勾勒着沉郁的暝色,这上面悬照着太白星耀眼的宝光。灵光寺的木叶,秘魔岩的沉寂,香山的冻泉,碧云山的云气,山坳里间或有一星二星的火光;在雪意的惨淡里点缀着惨淡的人迹……这算计不错,上城墙去,犯着寒,冒着夜。黑黑的,孤零零的,看月光怎样把我的身影安置到雪地里去,廉枫正走近交民巷一边的城根,听着美国兵营的溜冰场里的一阵笑响,忽然记起这边是帝国主义的禁地,中国人怕不让上去。果然,那一个长六尺高一脸糟瘢守门兵只对他摇了摇脑袋,磨着他满口的橡皮,挺着胸脯来回走他的路。

不让进去,辜负了,这荒城,这凉月,这一地的银霜。心头那一饼还是不得疏散。郁得更凉了。不到一个适当的境地你就不敢拿你自己尽量的往外放,你不敢面对你自己;不敢自剖。仿佛也有个糟瘢脸的把着门哪。他不让进去。有人得喝够了酒才敢打倒那糟瘢脸的。有人得仰仗迷醉的月色。人

是这软弱。什么都怕，什么都不敢当面认一个清切；最怕看见自己。得！还有什么地方可去的？敢去吗？

廉枫抬头望了望星。疏疏的没有几颗。也不显亮。七姊妹倒看得见，挨得紧紧的，像一球珠花。顺着往东去不好吗？往东是顺的。地球也是这么走。但这陌生的胡同在夜晚。觉得多深沉，多窈远。单这静就怕人。半天也不见一副卖萝卜或是卖杂吃的小担。他们那一个小火，照出红是红青是青的，在深巷里显示得多可亲，多玲珑，还有他们那叫卖声，虽则有时曳长得叫人听了悲酸，也是深巷里不可少的点缀。就像是空白的墙壁上挂上了字画，不论精粗，多少添上一点人间的趣味。你看他们把担子歇在一家门口，站直了身子，昂着脑袋，咧着大口唱——唱得脖子里筋都暴起了。这来邻近哪家都不能不听见。那调儿且在那空气里转着那——他们自个儿的口鼻间蓬蓬的晃着一团的白云。

今晚什么都没有。狗都不见一只。家门全是关得紧紧的。墙壁上的油灯——小米的火——活像是鬼给点上的。方便鬼的。骡马车碾烂的雪地，在这鬼火的影映下，都满是鬼意。鬼来跳舞过的。化子们叫雪给埋了。口袋里有的是铜子，要见着化子，在这年头，还有不布施的？静：空虚的静，墓底的静。这胡同简直没有个底。方才拐了没有？廉枫望了望星知道方向没有变。总得有个尽头，赶着走吧。

走完了胡同到了一个旷场。白茫茫的。头顶星显得更多更亮了。猎夫早就全身披挂的支起来了，狗在那一头领着路。大熊也见了。廉枫打了一个寒噤。他走到了一座坟山。外国人的，在这城根。也不知怎么的，门没有关上。他进了门。这儿地上的雪比道上的白得多，松松的满没有斑点。月光正照着，墓碑有不少，疏朗朗的排列着，一直到黑巍巍的城根。有高的，有矮的，也有雕镂着形象的。悄悄的全戴着雪帽，盖着雪被，悄悄的全躺着。这倒有意思，月下来拜会洋鬼子，廉枫叹了一口气。他走近一个墓墩，拂去了石上的雪，坐了下去。石上刻着字，许是金的，可不易辨认。廉枫拿手指去摸那字迹。冷极了！那雪腌过的石板吸墨纸似的猛收着他手指上的体温冷得发僵，感觉都失了。他哈了口气再摸，仿佛人家不愿意你非得请教姓名似的。摸着了，原来是一位姑娘，FRAULEIN ELIZA BERKSON。还得问几岁，这字小更费事，可总得知道。早三年死的二十八除六是二十二。呀，一位妙年姑娘，才二十二岁的！廉枫感到一种奇异的战栗，从他的指尖上直通到发尖；仿佛身背有一个黑影子在晃动。但雪地上只有淡白的月光。黑影子是他自己的。

作梦也不易梦到这般境界。我陪着你那，外国来的姑娘。廉枫的肢体

在夜凉里冻得发了麻,就是胸潭里一颗心热热的跳着,应和着头顶明星的闪动。人是这软弱他非得要同情。盘踞在肝肠深处的那些非得要一个尽情倾吐的机会。活的时候得不着,临死,只要一口气不曾断,还非得招承、眼珠已经褪了光,发音都不得清楚他一样非得忏悔。非得到永别生的时候人才有胆量,才没有顾忌。每一个灵魂里都安着一点谎谎能进天堂吗?你不是也对那穿黑长袍胸前挂金十字的老先生说了你要说的话才安心到这石块底下躺着不是,贝克生姑娘?我还不死哪。但这静定的夜景是多大一个引诱!我觉得我的身子已经死了,就只一点子灵性在一个梦世界的浪花里浮萍似的飘着。空灵,安逸。梦世界是没有墙围的。没有涯涘的。你得宽恕我的无状,在昏夜里踞坐在你的寝次,姑娘。但我已然感到一种超凡的宁静,一种解放,一种莹澈的自由。这也许是你的灵感——你与雪地上的月影。

我不能承受你的智慧,但你却不能吝惜你的容忍。我不是你的谁,不是你的朋友,不是你的相知,但你不能不认识我现在向你诉说的忧愁,你——廉枫的手在石板的一头触到了冻僵的一束什么。一把萎谢了的花——玫瑰。有三朵,叫雪给腌僵了。他亲了亲花瓣上的冻雪。我羡慕你在人间还有未断的恩情,姑娘但这也是个累赘,说到彻底的话。这三朵香艳的花放上你的头边——他或是你的亲属或是你的知己——你不能不生感动不是?我也曾经亲自到山谷里去采集野香去安放在我的她的头边。我的热泪滴上冰冷的石块时,我不能怀疑她在泥土里或在星天外也含着悲酸在体念我的情意。但她是远在天的又一方,我今晚只能借景来抒解我的苦辛——

人生是辛苦了。最辛苦是那些在黑茫茫的天地间寻求光热的生灵。可怜的秋蛾,他永远不能忘情于火焰。在泥草间化生,在黑暗里飞行,抖擞着翅羽上的金粉——它的愿望是在万万里外的一颗星。那是我。见着光就感到激奋,见着光就顾不得粉脆的躯体,见着光就满身充满着悲惨的神异,殉献的奇丽——到火焰的底里去实现生命的意义。那是我。天让我望见那一炷光!那一个灵异的时间!“也就一半句话,甘露活了枯芽。”我的生命顿时豁裂成一朵奇异的愿望的花。“生命是悠久的,”但花开只是朝露与晚霞间的一段插话。殷勤是夕阳的顾盼,为花事的荣悴关心。可怜这心头的一撮土,更有谁来凭吊?“你的烦恼我全知道,虽则你从不曾向我说破;你的忧愁我全明白,为你我也时常难受。”清丽的晨风,吹醒了大地的荣华!“你耐着吧,美不过这半绽的蓓蕾。”“我去了,你不必悲伤,珍重这一卷诗心,光彩常留在星月间。”她去了!光彩常在星月间。

陌生的朋友,你不嫌我话说得晦塞吧。我想你懂得。你一定懂。月光染白了我的发丝,这枯槁的形容正配与墓墟中人作伴;它也仿佛为我照出你

长眠的宁静……那不是我那她的眉目？迷离的月影。你何妨为我认真来刻画个灵通？她的眉目；我如何能遗忘你那永诀时的神情！竟许就那一度，在生死的边沿，你容许我怀抱你那生命的本真；在生死的边沿你容许我亲吻你那性灵的奥隐，在生死的边沿，你容许我哺啜你那妙眼的神辉。那眼，那眼！爱的纯粹的精灵迸裂在神异的刹那间！你去了，但你是永远留着。从你的死，我才初次会悟到生。会悟到生死间一种幽玄的丝缕。世界是黑暗的。但我却永久存储着你的不死的灵光。

廉枫抬头望着月。月也望着他。青空添深了沉默。城墙外仿佛有一声鸦啼，像是裂帛，像是鬼啸。墙边一支树上抛下了一捧雪，亮得辉眼。这还是人间吗？她为什么不来，像那年在山中的一夜？

“我送别她归去，与她在此分离，

在青草里飘拂，她的洁白的裙衣。”

诡异的人生！什么古怪的梦希望在你擎上手掌估计分量时，已经从你的手指间消失，像是发珠光的青汞。什么都得变成灰，飞散，飞散飞散……我不能不羡慕你的安逸，缄默的墓中人！我心头还有火在烧，我怀着我的宝；永没有人能探得我的痛苦的根源，永没有人知晓，到那天我也得瞑目时，我把我的宝交还给上帝：除了他更有谁能赐与，能承受这生命的生命？我是幸福的！你不羡慕我吗，朋友？

我是幸福的，因为我爱，因为我有爱。多伟大、多充实的一个字！提着它胸肋间就透着热，放着光，滋生着力量。多谢你的同情的倾听，长眠的朋友，这光阴在我是希有的奢华。这又是北京的清静的一隅。在凉月下，在荒城边，在银霜满树时。但北京——廉枫眼前又扯亮着那狞恶的前门。像一个脑袋，像一个骷髅。丧事人家的鼓乐。北海的芦苇。荣叶能不死吗？在晚照的金黄中，有孤鹜在冰面上飞。销沉，销沉。更有谁眷念西山的紫气？她是死了——一堆灰。北京也快死了——准备一个钵盂，到枯木林中去安排它的葬事。有什么可说的？再会吧，朋友、还有什么可说的？

他正想站起身走，一回头见进门那路上仿佛又来了一个人影。肥黑的一团在雪地上移着，迟迟的移着，向着他的一边来。有树拦着，认不真是什么，是人吗？怪了，这是谁？在这大凉夜还有与我同志的吗？为什么不，就许你吗？可真是有些怪，它又不动了，那黑影子绞和着一颗树影，像一个大包袱。不能是鬼吧。为什么发噤，怕什么的？是人，许是又一个伤心人，是鬼，也说不定它也别有怀抱。竟许是个女子，谁知道！在凉月下，在荒冢间，在银霜满地时。它伛偻着身子哪，像是捡什么东西。不能是个化子——化子化不到墓园里来。唷，它转过来了！

它过来了。那一团的黑影。走近了。站定了,他也望着坐在坟墩上的那个发愣哪。是人,还是鬼,这月光下的一堆?他也在想。“谁?”粗糙的,沉浊的口音。廉枫站起了身,哈着一双冻手。“是我。你是谁?”他是一个矮老头儿,屈着肩背,手插在他的一件破旧制服的破袋里。“我是这儿看门的。”他也走到了月光下。活像《哈姆雷德》里一个掘坟的,廉枫觉得有趣,比一个妙年女子,不论是鬼是人,都更有趣。“先生,你什么时候进来的?我哼是睡着了。那门没有关严吗?”“我进来半天了。”“不凉吗您坐在这石头上?”“就你一个人看着门的?”“除了我这样的苦小老儿,谁肯来当这苦差?”“你来有几年了?”“我怎么知道有几年了!反正老佛爷没有死,我早就来了。这该有不少年份了吧,先生?我是一个在旗吃粮的,您不看我的衣服?”“这儿常有人来不?”“倒是有。除了洋人拿花来上坟的,还有学生也有来的,多半是一男一女的。天凉了就少有来的了。你不也是学生吗?”他斜着一双老眼打量廉枫的衣服。“你一个人看着这么多的洋鬼不害怕吗?”老头他乐了。这话问得多幼稚,准是个学生,年纪不大。“害怕?人老了,人穷了,还怕什么的!再说我这还不是靠鬼吃一口饭吗?靠鬼,先生!”“你有家不,老头儿!”“早就死完了。死干净了。”“你自己怕死不,老头儿,”老头又乐了。“先生,您又来了!人穷了,人老了,还怕死吗?你们年青人爱玩儿,爱乐,活着有意思,咱们哪说得上?”他在口袋里掏出一块黑绢子擤着他的冻鼻子。这声音听大了。城圈里又有回音,这来坟场上倒添了不少生气。那边树上有几只老鸦也给惊醒了,亮着他们半冻的翅膀。“老头,你想是生长在北京的吧?”“一辈子就没有离开过。”“那你爱不爱北京?”老头简直想咧个大嘴笑。这学生问的话多可乐!爱不爱北京?人穷了,人老了,有什么爱不爱的?“我说给您听听吧,”他有话说。

“就在这儿东城根,多的是穷人,苦人。推土车的,推水车的,住闲的,残废的,全跟我一模一样的,生长在这城圈子里,一辈子没有离开过。一年就比一年苦,大米一年比一年贵。土堆里煤渣多捡不着多少。谁生得起火?有几顿吃得饱的?夏天还可对付,冬天可不能含糊。冻了更饿,饿了更冻。又不能吃土。就这几天天下大雪,好;狗都瘪了不少!”老头又擤了擤鼻子。“听说有钱的人都搬走了,往南,往东南,发财的,升官的,全去了。穷人苦人哪走得了?有钱人走了他们更苦了,一口冷饭都讨不着。北京就像个死城,没有气了,您知道!哪年也没有本年的冷清。您听听,什么声音都没有,狗都不叫了!前儿个我还见着一家子夫妻俩带着三个孩子饿急了,又不能作贼,就商量商量借把刀子破肚子见阎王爷去。可怜着哪,那男的一刀子捅了他媳妇的肚子,肠子漏了,血直冒,算完了一个,等他抹回头拿刀子对自个儿

的肚子撩，您说怎么了，那女的眼还睁着没有死透，眼看着她丈夫拿刀扎自己，一急就拼着她那血身体向刀口直推，您说怎么了，她那手正冲着刀锋，快着哪，一只手，四根手指，就让白萝卜似的给批了下来，脆着哪！那男的一看这神儿，一心痛就痛偏了心，掷了刀回身就往外跑，满口疯嚷嚷的喊救命，这一跑谁知他往哪儿去了，昨儿个盔甲厂派出所的巡警说起这件事都撑不住淌眼泪哪。同是人不是，人总是一条心，这苦年头谁受得了？苦人倒是爱面子，又不能偷人家的。真急了就吊，不吊就往水里淹，大雪天河沟冻了淹不了，就借把刀子抹脖子拉肚肠根。是穷末，有什么说的？好，话说回来了，您问我爱不爱北京。人穷了，人苦了，还有什么路走？爱什么！活不了，就得爱死！我不说北京就像个死城吗？我说它简直死定了！我还掏了二十个大子给那一家三小子买窝窝头吃。才可怜哪！好，爱不爱北京？北京就是这死定了，先生！还有什么说的？”

廉枫出了坟园低着头走，在月光下走了三四条老长的胡同才雇到一辆车。车往西北正顶着刀尖似的凉风。他裹紧了大衣，烤着自己的呼吸，心里什么念头都给冻僵了。有时他睁眼望望一街阴惨的街灯，又看看那上年纪的车夫在滑溜的雪道上顶着风一步一步的挨，他几回都想叫他停下来自己下去让他坐上车拉他，但总是说不出口。半圆的月在雪道上亮着它的银光。夜深了。

《猛虎集》序

在诗集子前面说话不是一件容易讨好的事。说得近于夸张了自己面上说不过去,过分谨恭又似乎对不起读者。最干脆的办法是什么话也不提,好歹让诗篇它们自身去承当。但书店不肯同意;他们说如其作者不来几句序言书店作广告就无从着笔。作者对于生意是完全外行,但他至少也知道书卖得好不仅是书店有利益,他自己的版税也跟着像样:所以书店的意思,他是不能不尊敬的。事实上我已经费了三个晚上,想写一篇可以帮助广告的序。可是不相干,一行行写下来只是仍旧给涂掉,稿纸糟蹋了不少张,诗集的序终究还是写不成。

况且写诗人一提起写诗他就不由得伤心。世界上再没有比写诗更惨的事;不但惨,而且寒碜。就说一件事,我是天生不长髭须的,但为了一些破烂的句子,就我也不知曾经捻断了多少根想象的长须。

这姑且不去说它。我记得我印第二集诗的时候曾经表示过此后不再写诗一类的话。现在如何又来了一集,虽则转眼间四个年头已经过去。就算这些诗全是这四年内写的(实在有几首要早到十三年份)每年平均也只得十首,一个月还派不到一首,况且又多是短短一阕的。诗固然不能论长短,如同Whistler说画幅是不能用田亩来丈量的。但事实是咱们这年头一口气总是透不长——诗永远是小诗,戏永远是独幕,小说永远是短篇。每回我望到莎士比亚的戏,丹丁的《神曲》,歌德的《浮士德》一类作品，比方说，我就不由的感到气馁，觉得我们即使有一些声音，那声音是微细得随时可以用一个小拇指给掐死的。天呀！哪天我们才可以在创作里看到使人起敬的东西？哪天我们这些细嗓子才可以豁免混充大花脸的急涨的苦恼？

说到我自己的写诗，那是再没有更意外的事了。我查过我的家谱，从永乐以来我们家里没有写过一行可供传诵的诗句。在二十四岁以前我对于诗的兴味远不如对于相对论或民约论的兴味。我父亲送我出洋留学是要我将来进“金融界”的，我自己最高的野心是想作一个中国的Hamilton！在二十四岁以前，诗，不论新旧，于我是完全没有相干。我这样一个人如果真会成功一个诗人——哪还有什么话说？

但生命的把戏是不可思议的！我们都是受支配的善良的生灵，哪件事我们作得了主？整十年前我吹着了一阵奇异的风，也许照着了什么奇异的月色，从此起我的思想就倾向于分行的抒写。一份深刻的忧郁占定了我；这忧郁，我信，竟于渐渐的潜化了我的气质。

话虽如此，我的尘俗的成分并没有甘心退让过；诗灵的稀小的翅膀，尽他们在那里腾扑，还是没有力量带了这整份的累坠往天外飞的。且不说诗化生活一类的理想那是谈何容易实现，就说平常在实际生活的压迫中偶尔挣出入行十二行的诗句都是够艰难的。尤其是最近几年有时候自己想着了都害怕：日子悠悠的过去内心竟可以一无消息，不透一点亮，不见丝纹的动。我常常疑心这一次是真的干了完了的。如同契决腊的一身美是问神道通融得来限定日子要交还的，我也时常疑虑到我这些写诗的日子也是什么神道因为怜悯我的愚蠢暂时借给我享用的非分的奢侈。我希望他们可怜一个人可怜到底！

一眨眼十年已经过去。诗虽则连续的写，自信还是薄弱到极点。“写是这样写下了”，我常自己想，“但准知道这就能算是诗吗”？就经验说，从一点意思的晃动到一篇诗的完成，这中间几乎没有一次不经过唐僧取经似的苦难的。诗不仅是一种分娩，它并且往往是难产！这份甘苦是只有当事人自己知道。一个诗人，到了修养极高的境界，如同泰戈尔先生比方说，也许可以一张口就有精圆的珠子吐出来，这事实上我亲眼见过来的不打谎，但像我这样既无天才又少修养的人如何说得上？

只有一个时期我的诗情真有些像是山洪暴发，不分方向的乱冲。那就是我最早写诗那半年，生命受了一种伟大力量的震撼，什么半成熟的未成熟的意念都在指顾间散作缤纷的花雨。我那时是绝无依傍，也不知顾虑，心头有什么郁积，就付托腕底胡乱给爬梳了去，救命似的迫切，哪还顾得了什么

美丑！我在短时期内写了很多，但几乎全部都是见不得人面的。这是一个教训。

我的第一集诗——《志摩的诗》——是我十一年回国后两年内写的；在这集子里初期的汹涌性虽已消灭，但大部分还是情感的无关阑的泛滥，什么诗的艺术或技巧都谈不到。这问题一直要到民国十五年我和一多、今甫一群朋友在《晨报副镌》刊行《诗刊》时方才开始讨论到。一多不仅是诗人，他也是最有兴味探讨诗的理论和艺术的一个人。我想这五六年来我们几个写诗的朋友多少都受到《死水》的作者的影响。我的笔本来是最不受羁勒的一匹野马，看到了一多的谨严的作品我方才憬悟到我自己的野性；但我素性的落拓始终不容我追随一多他们在诗的理论方面下过任何细密的工夫。

我的第二集诗——《翡冷翠的一夜》——可以说是我的生活上的又一个较大的波折的留痕。我把诗稿送给一多看，他回信说"这比《志摩的诗》确乎是进步了——一个绝大的进步。"他的好话我是最愿意听的，但我在诗的"技巧"方面还是那愣生生的丝毫没有把握。

最近这几年生活不仅是极平凡，简直是到了枯窘的深处。跟着诗的产量也尽"向瘦小里耗"。要不是去年在中大认识了梦家和纬德两个年青的诗人，他们对于诗的热情在无形中又鼓动了我奄奄的诗心，第二次又印《诗刊》，我对于诗的兴味，我信，竟可以消沉到几乎完成没有。今年在六个月内在上海与北京间来回奔波了八次，遭了母丧，又有别的不少烦心的事，人是疲乏极了的，但继续的行动与北京的风光却又在无意中摇活了我久蛰的性灵。抬起头居然又见到天了。眼睛睁开了心也跟着开始了跳动。嫩芽的青紫，劳苦社会的光与影，悲欢的图案，一切的动，一切的静，重复在我的眼前展开，有声色与有情感的世界重复为我存在；这仿佛是为了要挽救一个曾经有单纯信仰的流入怀疑的颓废，那在帷幕中隐藏着的神通又在那里栩栩的生动：显示它的博大与精微，要他认清方向，再别错走了路。

我希望这是我的一个真的复活的机会。说也奇怪，一方面虽则明知这些偶尔写下的诗句，尽是些"破破烂烂"的，万谈不到什么久长的生命，但在作者自己，总觉得写得成诗不是一件坏事，这至少证明一点性灵还在那里挣扎，还有它的一口气。我这次印行这第三集诗没有别的话说，我只要借此告慰我的朋友，让他们知道我还有一口气，还想在实际生活的重重压迫下透出一些声响来的。

你们不能更多的责备。我觉得我已是满头的血水，能不低头已算是好的。你们也不用提醒我这是什么日子；不用告诉我这遍地的灾荒，与现有的以及在隐伏中的更大的变乱，不用向我说正今天就有千万人在大水里和身子浸着,或是有千千万人在极度的饥饿中叫救命;也不用劝告我说几行有韵或无韵的诗句是救不活半条人命的;更不用指点我说我的思想是落伍或是我的韵脚是根据不合时宜的意识形态的……这些,还有别的很多,我知道,我全知道;你们一说到只是叫我难受又难受。我再没有别的话说,我只要你们记得有一种天教歌唱的鸟不到呕血不住口,它的歌里有它独自知道的别一个世界的愉快,也有它独自知道的悲哀与伤痛的鲜明;诗人也是一种痴鸟,他把他的柔软的心窝紧抵着蔷薇的花刺,口里不住的唱着星月的光辉与人类的希望非到他的心血滴出来把白花染成大红他不住口。他的痛苦与快乐是浑成的一片。

爱眉小札(日记4则)

八月十一日

这过的是什么日子！我这心上压得多重呀！眉，我的眉，怎么好呢？刹那间有千百件事在方寸间起伏，是忧，是虑，是瞻前，是顾后，这笔上哪能写出？眉，我怕，我真怕世界与我们是不能并立的，不是我们把他们打毁成全我们的话，就是他们打毁我们，逼迫我们的死。眉，我悲极了，我胸口隐隐的生痛，我双眼盈盈的热泪，我就要你，我此时要你，我偏不能有你，喔，这难受——恋爱是痛苦的，是的眉，再也没有疑义。眉，我恨不得立刻与你死去，因为只有死可以给我们想望的清静，相互的永远占有。眉，我来献全盘的爱给你，一团火热的真情，整个儿给你，我也盼望你也一样拿整个，完全的爱还我。

世上并不是没有爱，但大多是不纯粹的，有漏洞的，那就不值钱，平常，浅薄。我们是有志气的，决不能放松一屑屑，我们得来一个直纯的榜样。眉，这恋爱是大事情，是难事情，是关生死超生死的事情——如其要到真的境界，那才是神圣，那才是不可侵犯。有同情的朋友是难得的，我们现在有少数的朋友，就思想见解论，在中国是第一流。他们都是真爱你我，看重你我，期望你我的。他们要看我们作到一般人作不到的事，实现一般人梦想的境界。他们，我敢说，相信你我有这天

赋，有这能力；他们的期望是最难得的，但同时你我负着的责任，那不是玩儿。对己，对友，对社会，对天，我们有奋斗到底，作到十全的责任！眉，你知道我近来心事重极了，晚上睡不着不说，睡着了就来怖梦，种种的顾虑整天像刀光似的在心头乱刺，眉，你又是在这样的环境里嵌着，连自由谈天的机会都没有，咳，这真是哪里说起！眉，我每晚睡在床上寻思时，我仿佛觉着发根里的血液一滴滴的消耗，在忧郁的思念中黑发变成苍白。一天二十四时，心头哪有一刻的平安——除了与你单独相对的俄顷，那是太难得了。眉，我们死去吧，眉，你知道我怎样的爱你，啊眉！比如昨天早上你不来电话，从九时半到十一时我简直像是活抱着炮烙似的受罪，心那么的跳，那么的痛，也不知为什么，说你也不信，我躺在榻上直咬着牙，直翻身喘着哪！后来再也忍不住了，自己拿起了电话，心头那阵的狂跳，差一点把我晕了。谁知你一直睡着没有醒，我这自讨苦吃多可笑，但同时你得知道，眉，在恋中人的心理是最复杂的心理，说是最不合理可以，说是最合理也可以。眉，你肯不肯亲手拿刀割破我的胸膛，挖出我那血淋淋的心留着，算是我给你最后的礼物？

今朝上睡昏昏的只是在你的左右。那怖梦真可怕，仿佛有人用妖法来离间我们，把我迷在一辆车上，整天整夜的飞行了三昼夜，旁边坐着一个瘦长的严肃的妇人，像是运命自身，我昏昏的身体动不得，口开不得，听凭那妖车带着我跑，等得我醒来下车的时候有人来对我说你已另订约了。我说不信，你带约指的手指忽在我眼前闪动。我一见就往石板上一头冲去，一声悲叫，就死在地下——正当你电话铃响把我振醒，我那时虽则醒了，但那一阵的凄惶与悲酸，像是灵魂出了窍似的，可怜呀，眉！我过来正想与你好好的谈半句钟天，偏偏你又得出门就诊去，以后一天就完了，四点以后过的是何等不自然而局促的时刻！我与"先生"谈，也是凄凉万状，我们的影子在荷池圆叶上晃着，我心里只是悲惨，眉呀，你快来伴我死去吧！

八月十九日

眉，你救了我，我想你这回真的明白了，情感到了真挚而且热烈时，不自主的往极端方向走去，亦难怪我昨夜一个人发狂似的想了一夜，我何尝成心和你生气，我更不会存一丝的怀疑，因为那就是怀疑我自己的生命，我只怪嫌你太孩子气，看事情有时不认清亲疏的区别，又太顾虑，缺乏勇气。须知真爱不是罪（就怕爱而不真，作到真字的绝对义那才作到爱字），在必要时我们得以身殉，与烈士们爱国，宗教家殉道，同是一个意思。你心上还有芥蒂时，还觉得"怕"时，那你的思想就没有完全叫爱染色，你的情没有到晶莹剔

透的境界,那就比一块光泽不纯的宝石,价值不能怎样高的。昨晚那个经验,现在事后想来,自有它的功用,你看我活着不能没有你,不单是身体,我要你的性灵,我要你身体完全的爱我,我也要你的性灵完全的化入我的,我要的是你的绝对的全部——因为我献给你的也是绝对的全部,那才当得起一个爱字。在真的互恋里,眉,你可以尽量,尽性的给,把你一切的所有全给你的恋人,再没有任何的保留,隐藏更不须说;这给,你要知道,并不是给,像你送人家一件袍子或是什么,非但不是给掉,这给是真的爱,因为在两情的交流中,给与爱再没有分界;实际是你给的多你愈富有,因为恋情不是像金子似的硬性,它是水流与水流的交抱,有明月穿上了一件轻快的云衣,云彩更美,月色亦更艳了。眉,你懂得不是,我们买东西尚且要挑剔,怕上当,水果不要有蛀洞的,宝石不要有斑点的,布绸不要有皱纹的,爱是人生最伟大的一件事实,如何少得一个完全;一定得整个换整个,整个化入整个,像糖化在水里,才是理想的事业,有了那一天,这一生也就有了交代了。

眉,方才你说你愿意跟我死去,我才放心你爱我是有根了;事实不必有,决心不可不有,因为实际的事变谁都不能测料,到了临场要没有相当准备时,原来神圣的事业立刻就变成了丑陋的顽笑。

世间多的是没志气人,所以只听见顽笑,真的能认事的能有几个人;我们不可不格外自勉。

我不仅要爱的肉眼认识我的肉身,我要你的灵眼认识我的灵魂。

八月二十二日

眉,今儿下午我实在是饿荒了,压不住上冲的肝气,就这么说吧,倒叫你笑话酸劲儿大,我想想是觉着有些过分的不自持,但同时你当然也懂得我的意思。我盼望,聪明的眉呀,你知道我的心胸不能算不坦白,度量也不能说是过分的窄,我最恨是琐碎地方认真,但大家要分明,名分与了解有了就好办,否则就比如一盘不分疆界的棋,叫人无从下手了。很多事情是庸人自扰,头脑清明所以是不能少的。

你方才跳舞说一句话很使我自觉难为情,你说"我们还有什么客气?"难道我真的气度不宽,我得好好的反省才是。眉,我没有怪你的地方,我只要你的思想与我的合并成一体,绝对的泯缝,那就不易见错儿了。

我们得互相体谅;在你我间的一切都得从一个爱字里流出。

我一定听你的话,你叫我几时回南我就回南,你叫我几时往北我就几时往北。

今天本想当人前对你说一句小小的怨语,可没有机会,我想说:“小眉真对不起人,把人家万里路外叫了回来,可连一个清静谈话的机会都没给人家!”下星期西山去一定可以有机会了,我想着就起劲,你呢,眉?

我较深的思想一定得写成诗才能感动你,眉,有时我想就只你一个人真的懂我的诗,爱我的诗,真的我有时恨不得拿自己血管里的血写一首诗给你,叫你知道我爱你是怎样的深。

眉,我的诗魂的滋养全得靠你,你得抱着我的诗魂像抱亲孩子似的,他冷了你得给他穿,他饿了你得喂他食——有你的爱他就不愁饿不愁冻,有你的爱他就有命!

眉,你得引我的思想往更高更大更美处走;假如有一天我思想堕落或是衰败时就是你的羞耻,记着了,眉!

已经三点了,但我不对你说几句话我就别想睡。这时你大概早睡着了,明儿九时半能起吗?我怕还是问题。

你不快活时我最受罪,我应当是第一个有特权有义务给你慰安的人不是?下回无论你怎样受了谁的气不受用时,只要我在你旁边看你一眼或是轻轻的对你说一两个小字,你就应得宽解;你永远不能对我说“Shut up”(当然你决不会说的,我是说笑话),叫我心里受刀伤。

我们男人,尤其是像我这样的痴子,真也是怪,我们的想头不知是哪样转的,比如说去秋那“一双海电”,为什么这一来就叫一万二千度的热顿时变成了冰,烧得着天的火立刻变成了灰,也许我是太痴了,人间绝对的事情本是少有的。All or Nothing 到如今还是我作人的标准。

眉,你真是孩子,你知道你的情感的转向来的多快,一会儿气得话都说不出,一会儿又嚷吃面包了!

今晚与你跳的那一个舞,在我是最 enjoy 不过,我觉得从没有经验过那样浓艳的趣味——你要知道你偶尔唤我时我的心身就化了!

八月二十四日

这来你真的很不听话,眉,你知道不?也许我不会说话,你不爱听,也许你心烦听不进,今晚在真光我问你记否去年第一次在剧场觉得你的发鬈擦着我的脸(我在海拉尔寄回一首诗来纪念那初度尖锐的官感,在我是不可忘的),你理都没有理会我,许是你看电影出了神,我不能过分怪你。

今晚北海真好,天上的双星那样的晶清,隔着一条天河含情的互睇着;满池的荷叶在微风里透着清馨;一弯黄玉似的初月在西天挂着;无数的小虫

相应的叫着；我们的小舫在荷叶丛中刺着，我就想你，要是你我俩坐着一只船在湖心里荡着，看星，听虫，嗅荷馨，忘却了一切，多幸福的事，我就怨你这一时心不静，思想不清，我要你到山里去也就为此。你一到山里心胸自然开豁的多，我敢说你多忘了一件杂事，你就多一分心思留给你的爱：你看看地上的草色，看看天上的星光，摸摸自己的胸膛，自问究竟你的灵魂得到了寄托没有，你的爱得到了代价没有，你的一生寻出了意义没有？你在北京城里是不会有清明思想的——大自然提醒我们内心的愿望。

我想我以后写下的不拿给你看了，眉，一则因为天天看烦得很，反正是这一路的话，这爱长爱短老听也是怪腻烦的；二则我有些不甘愿因为分明这来你并不怎样看重我的“心声”。我每天的写，有功夫就写，倒像是我唯一的功课，很多是夜阑人静半夜三更写的，可是你看也就翻过算数，到今天你那本子还是白白的，我问你劝你的话你也从不提及，可见你并不曾看进去，我写当然还是写，但我想这来不每天缴卷似的送过去了，我也得装装马虎，等你自己想起时问起时真的要看时再给你不迟。我记得（你记得吗，眉？）才几个月前你最初与我秘密通讯时，你那时的诚恳，焦急，需要，怎样抱怨我不给你多写，你要看我的字就比掉在岸上的鱼想水似的急，——咳，那时间我的肝肠都叫你摇动了，眉！难道这几个月来你已经看够了不成？我的话准没有先前的动听，所以你也不再着急要，虽则我自问我对你一往的深情真是一天深似一天，我想看你的字，想听你的话，想搂抱你的思想，正比你几个月前想要我的有增无减——眉，这是什么道理？我知道我如其尽说这一套带怨意的话，你一定看得更不耐烦，你真是愈来愈蠢了，什么新鲜的念头，讨人欢喜招人乐的俏皮话一句也想不着，这本子一页又一页只是板着脸子说的郑重话，哪能怪你不爱看——我自个儿活该不是？下回我想来一个你给我的信的一个研究——我要重新接近你那时的真与挚，热烈与深刻。眉，你知道你那时偶尔看一眼，那一眼里含着多少的深情呀！现在你快正眼都不爱觑我了，眉，这是什么道理？你说你心烦，所以连面都不愿见我——我懂得，我不怪你，假如我再跑了一次看看——我不在跟前时也许你的思想倒会分给我一些——你说人在身边，何必再想，真是！这样来我愿意我立即死了，那时我倒可以希望占有你一部分纯洁的思想的快乐。眉，你几时才能不心烦？你一天心烦，我也一天不心安，因为我们俩的思想镶不到一起，随我怎样的用力用心——

眉，假如我逼着你跟我走，那是说到和平办法真没有希望时，你将怎样发付我？不，我情愿收回这问句，因为你也许忍心拿一把刀插在爱你的摩的心里！

咳,“以不了了之”,什么话!我倒不信,徐志摩不是懦夫,到相当时候我有我的颜色,无耻的社会你们看着吧!

眉,只要你有一个日本女子一半的痴情与侠气——你早跟我飞了,什么事都解决了。乱丝总得快刀斩,眉,你怎的想不通呀!

上海有时症,天又热,我也有些怕去。

爱眉小札(书信3通)

一九二五年三月三日自北京

小曼：

这实在是太惨了，怎叫我爱你的不难受？假如你这番深沉的冤屈有人写成了小说故事，一定可使千百个同情的读者滴泪，何况今天我处在这最尴尬最难堪的地位，怎禁得不咬牙切齿的恨，肝肠进断的痛心呢？真的太惨了，我的乖，你前生作的是什么孽，今生要你来受这样残酷的报应？无端折断一支花，尚且是残忍的行为，何况这生生的糟蹋一个最美最纯洁最可爱的灵魂。真是太难了，你的四周全是铜墙铁壁，你便有翅膀也难飞，咳，眼看着一只洁白美丽的稚羊让那满面横肉的屠夫擎着利刀向着她刀刀见血的蹂躏谋杀——旁边站着不少的看客，那羊主人也许在内，不但不动怜惜，反而称赞屠夫的手段，好像他们都挂着馋涎想分尝美味的羊羔哪！咳，这简直的不能想，实有的与想象的悲惨的故事我亦闻见过不少，但我爱，你现在所身受的却是谁都不曾想到过，更有谁有胆量来写？我倒劝你早些看哈代那本 Jude The Obscure 吧，那书里的女子 Sue 你一定很可同情她，哈代写的结果叫人不忍卒读，但你得明白作者的意思，将来有机会我对你细讲。

咳，我真不知道你伸冤的日子在哪一天！实在是没有一

个人能明白你,不明白也算了,一班人还来绝对的冤你,阿呸,狗屁的礼教,狗屁的家庭,狗屁的社会,去你们的,青天里白白的出太阳,这群人血管的水全是冰凉的！我现在可以放怀的对你说,我腔子里一天还有热血,你就一天有我的同情与帮助;我大胆的承受你的爱,珍重你的爱,永葆你的爱,我如其凭爱的恩惠还能从我性灵里放射出一丝一缕的光亮,这光亮全是你的,你尽量用吧！假如你能在我的人格思想里发现有些许的滋养与温暖,这也全是你的,你尽量使吧！最初我听见人家诬蔑你的时候,我就热烈的对他们宣言,我说你们听着,先前我不认识她,我没有权利替她说话,现在我认识了她,我绝对的替她辩护,我敢说如其女人的心曾经有过纯洁的,她的就是一个。Her heart is as pure and unsoiled as any women's heart can be;and her soul as noble. 现在更进一层了,你听着这分别,先前我自己仿佛站得高些,我的眼是往下望的,那时我怜你惜你疼你的感情是斜着下来到你身上的,渐渐的我觉得我的看法不对,我不应得站得比你高些,我只能平看着你。我站在你的正对面,我的泪丝的光芒与你的泪丝的光芒针对的交换着,你的灵性渐渐的化入了我的,我也与你一样觉悟了一个新来的影响,在我的人格中四布的贯彻;——现在我连平视都不敢了,我从你的苦恼与悲惨的情感里憬悟了你的高洁的灵魂的真际,这是上帝神光的反映,我自己不由的低降了下去,现在我只能仰着头献给你我有限的真情与真爱,声明我的惊讶与赞美。不错,勇敢,胆量,怕什么？前途当然是有光亮的,没有也得叫他有。一个灵魂有时可以到最黑暗的地狱里去游行,但一点神灵的光亮却永远在灵魂本身的中心点着——况且你不是确信你已经找着了你的真归宿,真想望,实现了你的梦？来,让这伟大的灵魂的结合毁灭一切的阻碍,创造一切的价值,往前走吧,再也不必迟疑！

你要告诉我什么,尽量的告诉我,像一条河流似的尽量把他的积聚交给天边的大海,像一朵高爽的葵花,对着和暖的阳光一瓣瓣的展露她的秘密。你要我的安慰,你当然有我的安慰,只要我有我能给;你要什么有什么,我只要你作到你自己说的一句话——"Fight On"——即使运命叫你在得到最后胜利之前碰着了不可躲避的死,我的爱,那时你就死,因为死就是成功,就是胜利。一切有我在,一切有爱在。同时你努力的方向得自己认清,再不容丝毫的含糊,让步牺牲是有的,但什么事都有个限度,有个止境;你这样一朵希有的奇葩,决不是为一对不明白的父母,一个不了解的丈夫牺牲来的。你对上帝负有责任,你对自己负有责任,尤其你对于你新发现的爱负有责任,你已往的牺牲已经足够,你再不能轻易糟蹋一分半分的黄金光阴。人间的关

系是相对的，应职也有个道理，灵魂是要救度的，肉体也不能永远让人家侮辱蹂躏，因为就是肉体也是含有灵性的。

总之一句话：时候已经到了，你得 Assert your own personality 你的心肠太软，这是你一辈子吃亏的原因，但以后可再不能过分的含糊了，因为灵与肉实在是不能绝对分家的，要不然 Nora 何必一定得抛弃她的家，永别她的儿女，重新投入渺茫的世界里去？她为的就是她自己人格与性灵的尊严，侮辱与蹂躏是不应得容许的。且不忙慢慢的来，不必悲观，不必厌世，只要你抱定主意往前走，决不会走过头，前面有人等着你。

以后的信，你得好好的收藏起来，将来或许有用，在你伸冤出气时的将来，但暂时决不可泄漏，切切！

摩　一九二五年三月三日

一九二五年三月十日自北京

龙龙：

我的肝肠寸寸的断了，今晚再不好好的给你一封信，再不把我的心给你看，我就不配爱你，就不配受你的爱。我的小龙呀，这实在是太难受了，我现在不愿别的，只愿我伴着你一同吃苦——你方才心头一阵阵的作痛，我在旁边只是咬紧牙关闭着眼替你熬着，龙呀，让你血液里的讨命鬼来找着我吧，叫我眼看你这样生生的受罪，我什么意念都变了灰了！你吃现鲜鲜的苦是真的，叫我怨谁去？

离别当然是你今晚纵酒的大原因，我先前只怪我自己不留意，害你吃成这样，但转想你的苦，分明不全是酒醉的苦，假如今晚你不喝酒，我到了相当的时刻得硬着头皮对你说再会，那时你就会舒服了吗？再回头受逼迫的时候，就会比醉酒的病苦强吗？咳，你自己说的对，顶好是醉死了完事，不死也得醉，醉了多少可以自由发泄，不比死闷在心窝里好吗？所以我一想到你横竖是吃苦，我的心就硬了。我只恨你不该留这许多人一起喝，人一多就糟，要是单是你与我对喝，那时要醉就同醉，要死也死在一起，醉也是一体，死也是一体，要哭让眼泪和成一起，要心跳让你我的胸膛贴紧在一起，这不是在极苦里实现了我们想望的极乐，从醉的大门走进了大解脱的境界，只要我们

灵魂合成了一体,这不就满足了我们最高的想望吗?

啊我的龙,这时候你睡熟了没有?你的呼吸调匀了没有?你的灵魂暂时平安了没有?你知不知道你的爱正在含着两眼热泪在这深夜里和你说话,想你,疼你,安慰你,爱你?我好恨呀,这一层的隔膜,真的全是隔膜,这仿佛是你淹在水里挣扎着要命,他们却掷下瓦片石块来算是救渡你,我好恨呀!这酒的力量还不够大,方才我站在旁边我是完全准备了的,我知道我的龙儿的心坎儿只嚷着"我冷呀,我要他的热胸膛偎着我,我痛呀,我要我的他搂着我,我倦呀,我要在他的手臂内得到我最想望的安息与舒服!"——但是实际上我只能在旁边站着看,我稍微的一帮助就受人干涉,意思说"不劳费心,这不关你的事,请你早去休息吧,她不用你管!"哼,你不用我管!我这难受,你大约也有些觉着吧!

方才你接连了叫着,"我不是醉,我只是难受,只是心里苦",你那话一声声像是钢铁锥子刺着我的心:愤,慨,恨,急的各种情绪就像潮水似的涌上了胸头;那时我就觉得什么都不怕,勇气像天一般的高,只要你一句话出口什么事我都干!为你我抛弃了一切,只是本分为你我,还顾得什么性命与名誉——真的假如你方才说出了一半句着边际着颜色的话,此刻你我的命运早已变定了方向都难说哩!

你多美呀,我醉后的小龙,你那惨白的颜色与静定的眉目,使我想象起你最后解脱时的形容,使我觉着一种逼迫赞美崇拜的激震,使我觉着一种美满的和谐——龙我的至爱,将来你永诀尘俗的俄顷,不能没有我在你的最近的边旁,你最后的呼吸一定得明白报告这世间你的心是谁的,你的爱是谁的,你的灵魂是谁的!龙呀,你应当知道我是怎样的爱你,你占有我的爱,我的灵,我的肉,我的"整个儿"。永远在我爱的身旁旋转着,永久的缠绕着,真的龙龙,你已经激动了我的痴情。我说出来你不要怕,我有时真想拉你一同死去,去到绝对的死的寂灭里去实现完全的爱,去到普遍的黑暗里去寻求唯一的光明——咳,今晚要是你有一杯毒药在近旁,此时你我竟许早已在极乐世界了。说也怪,我真的不沾恋这形式的生命,我只求一个同伴,有了同伴我就情愿欣欣的瞑目;龙龙,你不是已经答应作我永久的同伴了吗?我再不能放松你,我的心肝,你是我的,你是我这一辈子唯一的成就,你是我的生命,我的诗;你完全是我的,一个个细胞都是我的——你要说半个不字叫天雷打死我完事。

我在十几个钟头内就要走了,丢开你走了,你怨我忍心不是?我也自认我这回不得不硬一硬心肠,你也明白我这回去是我精神的与知识的"散拿吐

瑾”我受益就是你受益，我此去得加倍的用心，你在这时期内也得加倍的奋斗，我信你的勇气这回就是你试验，实证你勇气的机会，我人虽走，我的心不离开你，要知道在我与你的中间有的是无形的精神线，彼此的悲欢喜怒此后是会相通的，你信不信？（身无彩凤双飞翼，心有灵犀一点通）我再也不必嘱咐，你已经有了努力的方向，我预知你一定成功，你这回冲锋上去，死了也是成功！有我在这里，阿龙，放大胆子，上前去吧，彼此不要辜负了，再会！

摩　三月十日早三时

一九三一年六月十四日自北平

我至爱的老婆：

先说几件事，再报告来平后行踪等情。第一，文伯怎么样了？我盼着你来信，他三弟想已见过，病情究有甚关系否？药店里有一种叫因陈，可煮当水喝，甚利于黄病。仲安确行，医治不少黄病。他现在北平，伺候副帅。他回沪定为他调理如何？只是他是无家之人，吃中药极不便，梦绿家或我家能否代煎？盼即来信。

第二是钱的问题，我是焦急得睡不着。现在第一盼望节前发薪，但即节前有，寄到上海，定在节后，而二百六十元期转眼即到，家用开出支票，连两个月房钱亦在三百元以上，节还不算。我不知如何弥补得来？借钱又无处开口。我这里也有些书钱、车钱、赏钱，少不了一百元，真的踌躇极了。本想有外快来帮助，不幸目前无一事成功，一切飘在云中，如何是好？钱是真可恶，来时不易，去时太易。我自阳历三月起，自用不算，路费等等不算，单就付银行及你的家用，已有二千零五十元。节上如再寄四百五十元，正合二千五百元，而到六月底还只有四个月，如连公债果能抵得四百元，那就有三千元光景，按五百元一月，应该尽有富余，但内中不幸又夹有债项。你上节的三百元，我这节的二百六十元，就去了五百六十元，结果拮据得手足维艰。此后又已与老家说绝，缓急无可通融。我想想，我们夫妻俩真是醒起才是！若再因循，真不是道理。再说我原许你家用及特用每月以五百元为度，我本意教书而外，另有翻译方面二百可得，两样合起，平均相近六百，总还易于维持。不想此半年各事颠倒，母亲去世，我奔波往返，如同风里篷帆。身不定，心亦不定.莎士比亚更如何译得？结果仅有学校方面五百多，而第一个月又被扣了一半。眉眉亲爱的，你想我在这情形下，张罗得苦不苦？同时你那里

又似乎连五百都还不够用似的，那叫我怎么办？我想好好和你商量，想一长久办法，省得拔脚窝脚，老是不得干净。家用方面，一是（屋子），二是（车子），三是（厨房）：这三样都可以节省，照我想一切家用此后非节到每月四百，总是为难。眉眉，你如能真心帮助我，应得替我想法子，我反正如果有余钱，也决不自存。我靠薪水度日，当然梦想不到积钱，唯一希冀即是少债，债是一件 degrading and humiliating thing。眉，你得知道有时竟连最好朋友都会因此伤到感情的，我怕极了的。

写至此，上沅夫妇来打了岔，一岔直岔到下午六时。时间真是不够支配。你我是天成的一对。都是不懂得经济，尤其是时间经济。关于家务的节省，你得好好想一想，总得根本解决车屋厨房才是。我是星期四午前到的，午后出门。第一看奚若，第二看丽琳叔华。叔华长胖了好些，说是个有孩子的母亲，可以相信了。孩子更胖，也好玩，不怕我，我抱她半天。我近来也颇爱孩子。有伶俐相的，我真爱。我们自家不知到哪天有那福气，作爸妈抱孩子的福气。听其自然是不成的，我们都得想法，我不知你肯不肯。我想你如果肯为孩子牺牲一些，努力戒了烟，省得下来的是大烟里。哪怕孩子长成到某种程度，你再吃。你想我们要有，也真是时候了。现在阿欢已完全与我不相干的了。至少我们女儿也得有一个，不是？这你也得想想。

星期四下午又见杨今甫，听了不少关于俞珊的话。好一位小姐，差些一个大学都被她闹散了。梁实秋也有不少丑态，想起来还算咱们露脸，至少不曾闹什么话柄。夫人！你的大度是最可佩服的。北京最大的是清华问题，闹得人人都头昏。奚若今天走，作代表到南京，他许去上海来看你，你得约洵美请他玩玩。他太太也闹着要离家独立谋生去，你可以问问他。

星期五午刻，我和罗隆基同出城。先在燕京，叔华亦在，从文亦在，我们同去香山看徽音。她还是不见好，新近又发了十天烧，人颇疲乏。孩子倒极俊，可爱得很，眼珠是林家的，脸盘是梁家的。昨在女大，中午叔华请吃鲥鱼蜜酒，饭后谈了不少话，吃茶。有不少客来，有 Rose，熊光着脚不穿袜子，海也不回来了，流浪在南方已有十个月，也不知怎么回事。她亦似乎满不在意，真怪。昨晚与李大头在公园，又去市场看王泊生戏，唱逍遥津，大气磅礴，只是有气少韵。座不甚佳，亦因配角太乏之故。今晚唱探母，公主为一民国大学生，唱还对付，貌不佳。他想搭小翠花，如成，倒有希望叫座。此见下海亦不易。说起你们唱戏，现在我亦无所谓了。你高兴，只有俦伴合式，你想唱无妨，但得顾住身体。此地也有捧雪艳琴的。有人要请你作文章。昨天我不好受，头腹都不适。冰淇淋吃太多了。今天上午余家来，午刻在莎

菲家,有叔华、冰心、今甫、性仁等,今晚上沅请客,应酬真烦人,但又不能不去。

说你的画,叔华说原卷太差,说你应该看看好些的作品。老金、丽琳张大了眼,他们说孩子是真聪明,这样聪明是糟了可惜。他们总以为在上海是极糟,已往确是糟,你得争气,打出一条路来,一鸣惊人才是。老邓看了颇夸,他拿付裱,裱好他先给题,杏佛也答应题,你非得加倍用功小心,光娘的信到了,照办就是。请知照一声,虞裳一二五元送来否?也问一声告我。我要走了,你得勤写信。乖!

你的摩　十四日